Dino

BEREITS ERSCHIENEN

WARCRAFT Band 1: Der Tag des Drachen
Richard A. Knaak – ISBN 3-89748-700-4

WARCRAFT Band 2: Der Lord der Clans
Christie Golden – ISBN 3-89748-701-2

WARCRAFT Band 3: Der letzte Wächter
Jeff Grubb – ISBN 3-89748-702-0

WARCRAFT: Krieg der Ahnen, Buch 1 (von 3)
– Die Quelle der Ewigkeit
Richard A. Knaak – ISBN 3-8332-1092-3

DIABLO Band 1: Das Vermächtnis des Blutes
Richard A. Knaak – ISBN 3-89748-703-9

DIABLO Band 2: Der Dunkle Pfad
Mel Odom – ISBN 3-89748-704-7

DIABLO Band 3: Das Königreich der Schatten
Richard A. Knaak – ISBN 3-8332-1042-7

STARCRAFT Band 1: Libertys Kreuzzug
Jeff Grubb – ISBN 3-8332-1043-5

STARCRAFT Band 2: Schatten der Xel'Naga
Gabriel Mesta – ISBN 3-8332-1090-7

STARCRAFT Band 3: Im Sog der Dunkelheit
Tracy Hickman – ISBN 3-8332-1148-2

AB JUNI 2005 ERHÄLTLICH:

WARCRAFT: Krieg der Ahnen, Buch 2 (von 3)
– Die Dämonenseele
Richard A. Knaak – ISBN 3-8332-1205-5

StarCraft®

Im Sog der Dunkelheit

Tracy Hickman

Ins Deutsche übertragen von Timothy Stahl

Dino

Die Deutsche Bibliothek – CIP-Einheitsaufnahme
Ein Titeldatensatz für diese Publikation ist bei der Deutschen Bibliothek erhältlich.

Dieses Buch wurde auf chlorfreiem,
umweltfreundlich hergestelltem Papier gedruckt.
In neuer Rechtschreibung.

Übersetzung: Timothy Stahl
Lektorat: Manfred Weinland
Redaktion: Mathias Ulinski, Holger Wiest
Chefredaktion: Jo Löffler
Umschlaggestaltung: tab werbung GmbH, Stuttgart
Cover art by Bill Petras
Satz: Greiner & Reichel, Köln
Druck: Panini S. P. A.
ISBN: 3-8332-1148-2
Printed in Italy

www.paninicomics.de/videogame

Für die Männer und Frauen von der

U. S. S. Carl Vinson (CVN-70).

Möge Gott mit euch sein, wenn ihr den Strand überquert,

und euch auf eurer Heimreise eine ruhige See bescheren.

Vis per mare.

KAPITEL 1

UNTERGANG

Golden …

Das war sein Wort für diesen seltenen, vollkommenen Tag, der die Seele mit dem goldenen Schein der Freude wärmte. Friede lag in einem goldenen Tag.

Manche Tage waren grau, verhangen mit bleiernen Wolken und Regen, durchbrochen von grellweißen Blitzen und grollendem Donner. Andere Tage waren von einem kraftvollen, kalten Blau, das sich über die Eis umkrusteten Kuppelbauten und Schuppen der Siedlung legte. Manche Tage waren sogar rot – wenn der Abendhimmel vom Staub im Frühlingswind gefärbt wurde, ehe die Saat im Boden aufgegangen war. Und manche Tage erstreckten sich bis in die Nacht, in einer samtenen, kobaltblauen Decke, die sich über den Himmel breitete.

Er mochte diese Herbstnächte, in denen er seine Welt hinter sich lassen konnte, indem er einfach nur in diese üppige Dunkelheit emporblickte. Gott hatte das Gewölbe der Nacht mit Nadeln durchstochen, so stellte er sich vor, damit Sein Licht hindurchscheinen konnte. Als Kind hatte er angestrengt zu den Sternen hinaufgeschaut, in der Hoffnung, zur anderen Seite hinüber sehen und einen Blick auf diesen Schöpfer erhaschen zu können. Er hatte nie aufgehört, zum Himmel hinaufzustarren, obgleich er inzwischen neunzehn Jahre alt war und eigentlich glaubte, zu erwachsen für solche Dinge zu sein.

Jeder Tag hielt andere Farben für ihn bereit. Er hatte sie in all ihren Tönen erlebt. Jede barg eine Erinnerung und hatte einen Platz in seinem Herzen. Und doch ließ sich seiner Erfahrung nach nichts mit einem *goldenen* Tag vergleichen. Es war die Farbe der Weizenfelder, die vom Gehöft seines Vaters aus wie Wellen über die niedrigen Hügel wogten. Golden war die Wärme der Sonne auf seinem Gesicht, golden der Glanz, den er in sich spürte.

Golden waren die Farbe ihres Haares und der Klang ihrer Stimme.

„Du träumst schon wieder, Ardo", flüsterte sie neckisch. „Komm zurück zu mir. Du bist viel zu weit weg!"

Er öffnete die Augen. Sie war golden.

„Melani, ich bin doch hier", lächelte Ardo.

„Nein, bist du nicht." Sie machte einen Schmollmund – ein ausgezeichnetes Mittel, um ihren Kopf durchzusetzen. „Du bist fort und träumst wieder, und mich hast du hier zurückgelassen."

Er drehte sich auf die Seite und stützte den Kopf auf einen Ellbogen, sodass er sie besser betrachten konnte. Sie war nur ein Jahr jünger als er. Ihre Familie war gekommen, als Ardo neun gewesen war, eine weitere Gruppe in einer langen Reihe religiöser Flüchtlinge, die vom Himmel fielen, um sich den anderen Heiligen in Helaman Township anzuschließen.

Damals hatten sich überlebende Flüchtlinge von fast allen Planeten der Konföderation zusammengefunden – Sternenpioniere wider Willen. Viele fromme Religionsgemeinschaften waren unter den Ersten gewesen, die im Jahr '31 von der United Powers League auf der Erde geächtet wurden. Für Heilige und Märtyrer war das nichts Neues. Während der ganzen Menschheitsgeschichte waren die Gläubigen von jenen, die sie nicht verstanden, von Ort zu Ort und von Exil zu Exil getrieben worden. Dass sie nun von Planet zu Planet und von Stern zu Stern getrieben werden sollten, musste ihnen vorkommen wie eine noch brutalere Variante des allzu leidvoll bekannten Schicksals. Einmal mehr verbannt, verteilten sich die Familien der Gläubigen auf die unglückseligen Transporter des ATLAS-Projekts, und nachdem diese Mission zu einem katastrophalen Fehlschlag geraten war, suchten die überlebenden Familien verzweifelt nach ihren Brüdern und Schwestern.

Als man endlich eine Kommunikation zwischen den Planeten eingerichtet hatte, erkoren die Patriarchen eine entlegene Region einer Welt, die sie Bountiful nannten, zu ihrer neuen Heimat. Bald darauf landeten täglich orbitale Transportschiffe auf dem Zarahemla Starport. Die neu eingetroffenen Familien schlugen sich dann nach Möglichkeit zu den abgeschiedenen Siedlungen durch.

Arthur und Keti Bradshaw und ihre großäugige Tochter waren eine von fünf Familien, die an jenem Tag angekommen waren. Ardo hatte seinen Vater begleitet, als die ganze Stadt zusammenkam, um die neuen Familien willkommen zu heißen und ihnen in der Anfangszeit unter die Arme zu greifen.

Daran, wie Melani damals gewesen war, konnte Ardo sich kaum noch erinnern; nur noch undeutlich sah er ein spindeldürres Mädchen vor sich, das ihm linkisch, einsam und scheu vorgekommen war. Richtig aufgefallen war sie ihm erst, als sie sich nach ihrem vierzehnten Geburtstag auf bemerkenswerte Weise verändert hatte. Das „spindeldürre Mädchen“ schien wie ein Schmetterling, der sich entpuppte, in seine Wahrnehmung hinein zu platzen. Ihre Züge waren von einer natürlichen Schönheit – Körperbemalung und Schminke missbilligten die Patriarchen der Stadt –, und es war Ardos Glück gewesen, dass er sich ihr als Erster genähert hatte. Sein Herz und seine Seele sanken gleichsam in ihre großen, leuchtend blauen Augen hinein.

Ihr langes, glänzendes Haar wehte sanft in der warmen Brise, die über die Weizenfelder strich. Der Wind trug das ferne Brummen der Mühle und den schwachen Duft des Brotes aus der Bäckerei heran.

Golden.

„Ich bin vielleicht weit fort in meinen Träumen, aber ich würde dich nie zurücklassen“, sagte er mit einem Lächeln zu ihr. Der Weizen raschelte rings um die Decke, auf der sie lagen. „Sag mir, wohin du möchtest, und ich bring dich dorthin!“

„Jetzt gleich?“ Ihr Lachen war Sonnenschein. „In deinen Träumen?“

„Klar!“ Ardo richtete sich auf der schweren Decke, die er für sie ausgebreitet hatte, auf die Knie auf. „Überallhin, zu jedem Stern, den du willst!“

„Ich kann nicht fort.“ Sie lächelte. „Ich schreibe heute Nachmittag in Schwester Johnsons Hydroponik-Klasse eine Prüfung! Und außerdem“, fügte sie in ernsterem Ton hinzu, „warum sollte ich überhaupt irgendwo anders hinwollen? Alles, was ich will, ist hier.“

Golden. Wer hätte an einem so goldenen Tag auch schon fortgehen mögen?

„Dann lass uns nirgendwohin gehen“, sagte er eifrig. „Lass uns hier bleiben … und heiraten.“

„Heiraten?“ Sie sah ihn an, halb belustigt, halb fragend. „Ich habe dir doch gesagt, dass ich heute Nachmittag Unterricht habe.“

„Nein, ich meine es ernst.“ Ardo hatte einige Zeit auf diesen

Moment hingearbeitet. „Ich habe meinen Abschluss gemacht, und mit Dads Agrarparzellen läuft alles bestens. Er sagte, er habe daran gedacht, mir vierzig Hektar auf der gegenüberliegenden Seite des Gehöfts zu geben. Das ist der schönste Fleck, gleich in der Nähe der Canyonsohle. Da gibt es ein Plätzchen neben dem Fluss, wo … wo … Melani?"

Das Mädchen mit dem goldenen Haar hörte ihn nicht. Sie setzte sich auf und blinzelte aus ihren blauen Augen in Richtung der Siedlung. „Die Sirene, Ardo!"

Dann hörte er es auch. Das ferne Heulen, das über den Feldern an- und abschwoll.

Ardo schüttelte den Kopf. „Die wird doch immer zur Mittagszeit eingeschaltet …"

„Aber es ist nicht Mittag, Ardo."

In diesem Augenblick verfinsterte sich die Sonne. Ardo sprang auf, fuhr herum und blickte zum verdunkelten Himmel. Sein Mund klappte auf, während sich ein länger werdender Schatten über die gelblichen Weizenfelder wälzte. Ardos Augen weiteten sich unter dem Ansturm von Angst. Adrenalin schoss in seine Adern.

Gewaltige Rauchwolken folgten Feuerbällen, die vom westlichen Ende des weiten Tales her direkt auf ihn zudonnerten. Ardo griff rasch hinab und zerrte Melani auf die Beine. Seine Gedanken rasten. Sie mussten fliehen, Schutz suchen … Aber wohin konnten sie? Melani schrie, und er sah ein, dass sie nirgends mehr hinkonnten und dass es keinen Ort mehr gab, der ihnen Sicherheit geboten hätte.

Die Feuerbälle schienen so nahe, dass sie sich beide duckten. Die Flammen wölbten sich über ihnen, der dröhnende Lärm des wütenden Brausens übertönte die ferne Warnsirene. Der Schatten der Rauchschwaden bedeckte das gesamte Tal.

Fünf gewaltige Säulen schossen über Ardo und Melani hinweg, ihre Ausläufer griffen nach den aneinander gedrängten Gebäuden von Helaman Township. Dann drehten sich die Feuerbälle in einer synchronen Bewegung, stiegen über der Siedlung in die Höhe und gingen etwa eine Meile vom Zentrum des Ortes als wogende Flammen auf Segard Yohansens Felder nieder, die auf der Stelle verbrannten.

Ardo zitterte – er wusste nicht, ob vor Angst oder Aufregung –, aber irgendwann wich die Erstarrung von ihm. Er umklammerte Melanis Arm und zerrte sie mit sich. „Komm! Wir müssen in die Stadt, bevor sie die Tore schließen! Komm schon!"

Er brauchte sie nicht weiter zu drängen.

Sie rannten los.

Er konnte sich hinterher nicht erinnern, wie sie in die Stadt gelangt waren.

Das Gold des Tages hatte sich in schlammiges Braun verwandelt, das durch den Rauch, der immer noch den Himmel verdeckte, zu einem Grau verblasste. Es war eine bedrückende Farbe, schiefern und kalt. Sie schien hier so völlig fehl am Platze.

„Wir müssen meinen Onkel Dez finden", hörte sich Ardo sagen. „Er hat einen Laden am Festungshof … Komm! Komm schon!"

Ardo und Melani hatten Mühe, sich durch das Zentrum der Stadt zu kämpfen, die jetzt von Flüchtlingen wimmelte. Ursprünglich war Helaman nichts weiter als ein Außenposten in einer entlegenen Region von Bountiful gewesen. Die Stadtmitte war der ehemalige Festungshof, dessen Verteidigungsmauer die Hauptgebäude umschloss. Seither war die Stadt jedoch weit über diese Mauern in ihrem Zentrum hinausgewachsen. Mehr als zehntausend Menschen waren heute in Helaman zu Hause – und fast alle von ihnen suchten nun Schutz im alten Festungshof.

Ardo konnte gerade noch das Schild mit der Aufschrift „Dez Hardwarez“ auf der anderen Seite des überfüllten Platzes sehen.

Plötzlich drang das Rattern von Automatikwaffen von der Umgrenzungsmauer zu ihnen herunter. Zwei dumpfe Explosionen hallten wider, gefolgt vom heiseren Bellen weiterer Maschinengewehre.

Ein Schrei entstieg der Menschenmasse auf dem Platz. Ardo spürte die Angst in der wimmelnden Menge mehr, als dass er sie hörte. Rufe erklangen, manche schrill, andere beruhigend. Der Rauch legte einen schweren Schleier über den wogenden Mob.

„Bitte, Ardo!“, sagte Melani. „Ich … Wo gehen wir denn hin? Was machen wir?“

Ardo sah sich um. Er konnte die Panik schmecken, die in der Luft lag.

„Wir müssen es über den Platz schaffen“, hustete er, dann sah er den Ausdruck in ihren Augen. „Das haben wir doch schon hundert Mal getan.“

„Aber, Ardo –“

„Es ist nicht weiter als sonst auch. Nur ein bisschen voller, das ist alles.“ Ardo sah Tränen in diesen schönen blauen Augen aufsteigen. Er drückte ihre Hand. „Keine Sorge. Ich bin bei dir.“

Irgendwie hatten sie es geschafft, den Platz zur Hälfte zu überqueren, als es passierte.

Hinter der Außenmauer der Festung stieg eine Feuerwand

empor. Ihr rotes Licht brach sich blitzend an der Rauchdecke, die drückend über der Stadt lag. Die blutige Färbung elektrisierte die panische Menge. Kreischen, Rufe und Schreie vermengten sich zu einer lärmenden Kakofonie, ein paar der körperlosen Stimmen jedoch drangen ganz klar an Ardos Bewusstsein.

„Wo sind die Konföderierten Streitkräfte? Wo sind die Marines?"

„Streite dich nicht mit mir herum! Hol die Kinder! Bleibt zusammen!"

„Das können nicht die Zerg sein! Sie können nicht so weit in die Konföderation vorgedrungen sein …"

Zerg? Ardo hatte Gerüchte über sie gehört. Alpträume, hatte er gedacht, Schreckensmärchen, um Kinder einzuschüchtern oder Außenstehende davon abzuhalten, sich in den äußeren Kolonien anzusiedeln. Er konnte sich nicht an alle Geschichten erinnern, die man sich flüsternd erzählte, aber nun war das Schreckgespenst hier, und es war sehr real.

Eine weitere Stimme drang in seine Gedanken. Er wandte sich ihr zu.

„Ardo, ich habe Angst!" Melanis Augen waren geweitet und feucht. „Was ist das? Was geschieht hier?"

Ardo öffnete den Mund. Er konnte ihre Frage nicht beantworten. Ihm kam kein Ton über die Lippen. Es gab so viele Worte, die er ihr in diesem Augenblick sagen wollte – so viele Worte, die nicht gesagt zu haben er in den vielleicht noch vor ihm liegenden Jahren bereuen würde. Aber er war unfähig, sie zu formulieren.

Ein Licht flackerte auf. Er spürte die Hitze in seinem Rücken. Er drehte sich um, darauf achtend, dass Melani hinter ihm blieb.

In der Ostmauer war ein Riss entstanden. Der alte Wall wurde von draußen niedergerissen, vor Ardos Augen geschliffen. Es schien, als bräche sich eine dunkle Woge an der Lücke, eine wallende Silhouette. Dann nahm sein Verstand Einzelheiten wahr: ein strahlend purpurfarbener Rückenschild … rotgefleckte Elfenbeinklauen rutschten vom schlaffen Körper eines Kolonisten ab … sich wölbende, schlangenartige Leiber glitten über geborstenen Stein …

Es war unfassbar: Der Alptraum war wahrhaftig nach Bountiful gekommen!

Die Schulter an Schulter stehende Menge auf dem Platz brüllte ihre abgrundtiefe Angst hervor und machte kehrt, um von dem Durchbruch in der Mauer wegzurennen. Aber die Menschen konnten nirgendwohin. Zerg-Hydralisken schoben sich bereits über die gegenüberliegende Mauer und ergossen sich wie schwarze Tropfen einer zähen Flüssigkeit auf die Straße. Binnen weniger Augenblicke hatten sich kobraähnliche Hauben über ihren rasiermesserscharfen Krallen entfaltet. Sie bogen ihre Schwänze nach oben. Gepanzerte Pfeile explodierten aus ihren gezackten Achselhöhlen hervor und bohrten sich mit tödlicher Wirkung in die westliche Flanke der Menge.

Diejenigen, die sich mit dieser neuen Gefahr konfrontiert sahen, versuchten plötzlich, die Richtung zu ändern, warfen sich gegen die nachdrängende Meute in ihrem Rücken.

Ardo hörte Melani hinter sich keuchen. „Ich kann nicht … ich kann nicht atmen …“

Der Mob drohte, sie beide zu zerquetschen. Ardo sah sich verzweifelt um, suchte nach einem Ausweg.

Über sich nahm er eine Bewegung wahr. Ein aufgedunsenes, klobiges Etwas, einem körperlosen Gehirn ähnlich, trieb über die Mauer der Kolonie. Tentakel hingen wie Eingeweide daran herab, bebend vor Aktivität. Damit griff das Ding nach dem Kern der Menge.

Ardo hatte Geschichten gehört, in denen die Zerg Kolonisten gefangen genommen und lebend verschleppt hatten – ein Schicksal, das nur noch schlimmer als der Tod sein konnte.

Tränen füllten Ardos Augen. Sie konnten nirgendwohin, und es gab nichts mehr, was sie überhaupt hätten tun können.

Plötzlich schauderte der Zerg-Overlord, der über der Kolonie trieb, und glitt zur Seite. Mehrere Explosionen rissen die Flanke des entsetzlichen Dings auf. Der Overlord explodierte in einem gewaltigen Feuerball, und die Zerg-Hydralisken, die in die Festung eindrangen, zögerten mit einem Mal.

Ein Geschwader von fünf Wraith-Jägern der Konföderation pflügte durch den Rauch am Himmel. Das Kreischen der Triebwerke übertönte beinahe die Schreie der entsetzten Menge. 25-Millimeter-Lasersalven pulsierten wieder und wieder, als die Wraiths durch die Luft schnitten, und die Blitze hämmerten gegen Ziele auf der gegenüberliegenden Seite der einstürzenden Festungsmauer.

Einer der Wraiths geriet plötzlich ins Wanken, dann explodierte er in einem Feuerhagel der tobenden Zerg am Boden.

Die Zerg, die in die Festung vorgedrungen waren, verstärkten ihren Angriff, töteten etliche Menschen und schleiften andere mit sich fort, ohne dass es für sie einen Unterschied zu machen schien. Sie hatten ihre Beute eingekesselt und mussten sie nur noch von den Flanken her abpflücken.

Ein zweites Wraith-Geschwader pflügte über den rauchschwarzen Himmel. Dann rauschte ein einzelnes Transportschiff der Konföderation durch die Luft, drehte sich in einem abrupten Bremsmanöver und sank dem Platz entgegen. Der Ausstoß der Triebwerke erzeugte einen Hurrikan. Bäume bogen sich fast dem Boden entgegen. Es war unmöglich, durch das Brüllen der Maschinen etwas zu hören. Rings um Ardo kamen taumelnde Menschen zu Fall und versuchten, sich vor dem Sturm zu schützen.

Ardo spähte blinzelnd durch den Staub. Der Transporter schwebte immer noch in der Luft, schaffte es aber irgendwie, seine Transportrampe auf dem Platz aufsetzen zu lassen. Ardo konnte die schemenhafte Gestalt eines Marines der Konföderation erkennen, der ihnen zuwinkte.

Auch die anderen Menschen sahen den Marine. Ohne Sinn und Verstand stürmten sie auf die Rampe zu. Eine menschliche Lawine riss Ardo mit sich.

Melanis Hand entglitt der seinen.

„Melani!“, schrie er. Er versuchte, gegen den reißenden Strom der panischen Menge anzukämpfen. Seine Worte verloren sich im Dröhnen der Transportertriebwerke. „Melani!“

Er sah sie hinter sich. Die Zerg trieben ihre Attacke jetzt zornig voran. Das Transportschiff betrog sie um ihre sicher geglaubte Beute. Ardo war entsetzt darüber, wie schnell die riesige Menge hingemetzelt wurde – niedergemäht wie blutroter Weizen auf einem Feld. Die Zerg hatten Melani schon fast erreicht.

Ardo kämpfte zähnefletschend. Er schrie.

Drei Hydralisken packten Melani gleichzeitig, zerrten sie vom Rand der Menge fort.

„Ardo, bitte!“, schluchzte sie. „Lass mich nicht allein!“

Der wie geistlos agierende Mob schob ihn weiter in das Schiff hinein.

Plötzlich fuhren Zergklauen über die Hülle des Transporters. Der Pilot hatte so lange gewartet, wie es zu verantworten war. Das Schiff reagierte umgehend auf seinen Befehl, ruckte und schlingerte nach oben, weg von den Zerg, und trug Ardo von seinem Zuhause fort, seinem Leben und seiner Liebe.

„Lass mich nicht allein!“ Das waren ihre letzten Worte an ihn gewesen, sie dröhnten durch seinen Geist, seine Seele, lauter und lauter und drohten, ihm den Schädel zu sprengen …

Ardos Welt wurde schwarz – und blieb es für eine lange, lange Zeit.

KAPITEL 2

MAR SARA

„In Ordnung, ihr Saftsäcke! Gebt auf eure Ärsche Acht! Wir gehen runter!“

Der Gefreite Ardo Melnikov machte sich nicht die Mühe, den Sergeant anzusehen, während dieser sie anbrüllte. Der Mann war ihnen für diesen Transport als Tic zugewiesen – als *temporarily in command* –, und die Chancen standen gut, dass Ardo ihn nie wiedersehen würde, wenn sie erst einmal unten waren. Es war am besten, dem Kerl einfach aus dem Weg zu gehen, bis Ardos neuer Zug auf die Mission eingeschworen war. Er konnte den Tic über den kreischenden Triebwerken des Transportschiffs und dem Donnern ihres steilen Sinkflugs, der die Hülle zum Dröhnen brachte, kaum verstehen. Aus irgendeinem Grund schien der Sergeant zu meinen, brüllen und wütend dreinschauen zu müssen. Wie auch immer, Ardo kümmerte es nicht – der Sergeant spielte nur ihren Babysitter, bis sie unten auf der Oberfläche waren. Und dort, das wusste Ardo, wartete jemand, der ihm sein Leben auf wesentlich längere Dauer zur Hölle machen würde.

Ardo hob die Schultern und versuchte, seinen Rücken von der Wandpolsterung zu lösen. Das Innere des Transporters war schon normalerweise ein Backofen, aber beim Sturz durch die

Atmosphäre wurde es noch schlimmer. Diesem Transportschiff fehlten mindestens zwei Kühlaggregate, um für eine halbwegs behagliche Temperatur zu sorgen. Deshalb klebte ein sich ausweitender Schweißfleck seine Schulterblätter an das Polster. Schweiß perlte Ardo übers Gesicht; immer wieder fielen Tropfen auf seine Drillichkleidung. Der Haltebügel ließ nicht zu, dass er sich bewegte und sich Erleichterung von der unangenehmen Nässe verschaffte, die sich an verschiedenen Stellen seiner Uniform sammelte.

Noch schlimmer wurde die Sache dadurch, dass der Transporter voll beladen war – von einer Seite bis zur anderen und von Schott zu Schott. Die Hitze war nicht annähernd so belastend wie der zunehmende Gestank, der die Luftfilter überforderte.

Ardo konnte nichts anderes ansehen als die schlaffen, ausdruckslosen Gesichter der anderen Marine-Rekruten, die am Schott gegenüber von ihm festgeschnallt waren. Er konnte auf nichts anderes lauschen als das gelegentliche Knurren des Sergeants und das monotone Dröhnen der Schiffshülle hinter ihm. Und er konnte nichts anderes tun, als abzuwarten – allein mit seinen Gedanken … und das war das Letzte, worauf er Bock hatte.

Sie suchten ihn heim, diese Gedanken, die in seinem Hinterkopf lauerten. Manchmal kam es ihm vor, als verfolgten ihn die Geister aus seinem eigenen Hirn heraus. Die Augen zu schließen, vertrieb diese Gespenster nicht. Kein Geräusch vermochte sie lange zu übertönen. Dieser Spuk war schmerzhaft strahlend und schön, schrecklich und zermalmend. Still, geduldig warteten die Gespenster am Rande seines bewussten Denkens, nur von seinem Willen im Zaum gehalten. Manchmal war er anmaßend genug zu glauben, er hätte die Herrschaft über sie errungen, sie ein für alle Mal verbannt. Doch dann wehte von irgendwoher der Geruch saftigen Grases oder gepflügter Erde auf einer Brise an ihm vorbei, oder er sah das Funkeln der Farbe von hellem Honig oder hörte ein fernes, leises Lachen oder nahm irgendeine nicht zu bestimmende Eigenschaft seiner Umgebung wahr, und die Dämonen kehrten blitzschnell zurück und übermannten ihn.

Er hätte allein ob der Erinnerung an sie Tränen geblutet, wenn er es gekonnt hätte.

Alles, was er wollte, war kämpfen. Er musste kämpfen. Das war das Einzige, was die Dämonen wirklich in Schach hielt. Er konnte sich auf die Mission und ihre Ziele konzentrieren … oder wenigstens auf diese kleinen Ziele, von denen sein Kommandant meinte, dass er sie kennen müsse. Das große strategische Gesamtbild fiel nicht in seinen Zuständigkeitsbereich. Es ging ihn nichts an. Seine Aufgabe war es, zu tun, was man ihm zu tun befahl, und zwar ohne viel darüber nachzudenken. Und das war ihm gerade recht.

Das Heulen des Transportschiffs wurde schwächer. Das Gefährt hatte seine Energie endlich an der Atmosphäre dieser Welt aufgerieben, auf die sie zustürzten. Die Triebwerke taten nun ihr Bestes, um dem Schiff die Eleganz eines dahinfliegenden Vogels zu verleihen. Ardo kicherte bei dieser Vorstellung in sich hinein. Die Quantradyne APOD-33 war der Beweis der Konföderation an die Sterne, dass alles fliegen konnte, wenn es nur Flügel hatte, die groß genug waren – wie gut es damit flog, stand auf einem anderen Blatt. Natürlich hatte er schon viele Trainingsabsprünge absolviert. Keiner davon war bemerkenswert verlaufen, und er hatte keine Lust, sie sich im Detail in Erinnerung zu rufen. Warum etwas reflektieren, das so schmerzhaft war wie still stehende Zeit und Nachdenken?

Er tat besser daran, an etwas anderes zu denken … irgendetwas anderes. Ardo ließ den Blick über die Gesichter der Marines ringsum schweifen. Es war eine Übung in Sachen Selbsterhaltung. Es war immer gut, wenn man die Marines, die einen umgaben, kannte. Man wusste nie, wann sein Leben von ihnen abhing … oder wann es von einem von ihnen bedroht werden könnte.

Die Frau ihm gegenüber schien ein gutes Beispiel für die eine wie die andere Möglichkeit zu sein – Ardo wusste nur nicht recht, für welche. Sie hatte kurz geschorenes blondes Haar, das in gleichmäßigen Borsten von ihrem wohl geformten Kopf abstand. Ihr Gesicht war scharf gezeichnet, kantige Wangenknochen umrahmten zwei glänzende, stahlfarbene Augen. Sie starrten unkonzentriert auf irgendeinen fernen Punkt hinter Ardos Schulter, blinzelten dabei aber nicht einmal und blieben verschlossene Fenster zu ihrer Seele – falls sie eine besaß. *Diese Augen könnten einen Fluss im Hochsommer gefrieren lassen,* dachte er. Wie der Rest von ihr aussah, blieb seiner Fantasie überlassen. Der Kampfanzug, den sie trug, verbarg wirksam alle körperlichen Merkmale, die sie ohne diese Montur vielleicht offenbart hätte, aber er verriet ihm zumindest eines: Die Abzeichen auf ihrem Anzug waren die eines Offiziers.

Das bedeutete Gefahr für einen Gefreiten, wie man es auch drehte und wendete. Keine allzu engen Kontakte zu Offizieren zu pflegen, ist das Erste, was ein Gefreiter lernt – und sich selbst einen Maulkorb in deren Gegenwart aufzuerlegen. Der letzte Gefreite, der mit seinem Truppführer zu gut ausgekommen war, erinnerte sich Ardo, endete mit einem Loch an der Stelle, wo sich bis dahin sein Kopf befunden hatte.

Die Offizierin hatte kein Wort gesprochen, seit sie an Bord des Transporters gekommen waren. Und was Ardo anging, sollte sie ruhig weiter den Mund halten. *Sprich nur, wenn du angesprochen wirst,* ermahnte er sich. *Sonst handelst du dir todsicher Ärger ein.*

Zumindest *sie* hatte es bequem. Ihr Anzug war selbst kühlend, und Ardo konnte das Stromkabel sehen, das mit einer Steckdose des Transporters verbunden war. Er nahm an, dass ihre Kühle nicht nur mit der Temperatur zu tun hatte. Eines Tages würde er auch lernen, wie man einen CMC-300 trug, vielleicht sogar das neue 400er-Modell. Aber dieser Tag lag noch in weiter Ferne.

Dennoch, eine solche Montur würde im Kampf wesentlich besser zu tragen sein als ein paar Lagen Stoff und die Standardunterwäsche. Wenn er es nur schaffte, lange genug am Leben zu bleiben, um einen eigenen Kampfanzug zu bekommen, würden sich seine Zukunftsaussichten beträchtlich verbessern.

Nun, hoffentlich ließen sie ihm wenigstens irgendeine Waffenausbildung angedeihen. Er hatte bislang noch nicht einmal dazu Gelegenheit gehabt.

Der Rest des Abteils war mit Leuten wie ihm gefüllt. Alle trugen den standardmäßigen abwesenden Gesichtsausdruck eines Security Marines der Konföderation zur Schau. Und alle schwitzten Konföderationsschweiß durch ihre Konföderationskleidung, wie es ihre verdammte Pflicht war.

Einen Moment lang allerdings fiel Ardos Blick auf einen besonders hoch gewachsenen Gefreiten. Der Mann war riesig – Ardo erinnerte sich, dass das Vorbereitungsteam einige Schwierigkeiten hatte, seine Gurte zu schließen –, und er hörte nicht eine Sekunde lang auf zu maulen. Ardo hatte keine Ahnung, wo man eine Uniform aufgetrieben hatte, die ihm passte. Seine Haut war dunkel, und Ardo erinnerte sich vage, dass die alte United Powers League auf der Erde diesen Burschen einmal als „Südseeinsulaner“ bezeichnet hatte. Er hatte breite, kantige Züge und volle Lippen. Sein Haar war eine lange Mähne, die ihm in natürlichen schwarzen Wellen von der Stirn bis in den Nacken floss.

Der Riese war unverkennbar einer von der übereifrigen Sorte – einer dieser Psychotiker, die ihr Herz zum Frühstück verspeisten, und von denen man sich wünschte, sie seien der Erste, der im Notfall kam, um einen aus dem Feuer zu ziehen … die aber auch die Letzten waren, denen man in ein Feuer folgen wollte.

„Bringt diesen Schrotthaufen endlich runter!" Der Riese lachte mit strahlenden Augen. „Ich hab ein bisschen Tod auszustreuen! Will mir ein paar Zerg am Spieß braten! Und vielleicht fress ich ihr Hirn gleich roh!"

Der Insulaner warf den Kopf nach hinten und lachte abermals zu laut. Er schlug mit seinen gewaltigen Pranken auf die Oberschenkel der beiden Marines, die neben ihm saßen. Beide zuckten unter den Hieben zusammen, und ihnen schossen die Tränen in die Augen.

„Wir verspachteln sie zum Abendessen, was? Großes Zerg-Gelage! Ha! Seht zu, dass ihr diese fliegende Müllhalde endlich landet, bevor *ich* sie öffne!"

Der Pilot im versiegelten Cockpit vor der Ausstiegsbucht konnte die Aufforderung unmöglich gehört haben, schien aber trotzdem willens zu sein, ihr zu folgen. Das Schiff vollzog eine merkliche Drehung – Ardo wusste, dass dies ein Standardmanöver vor der Landung war –, und die Triebwerke heulten eine Idee anders. Ein letztes Rucken, und die Maschinen wurden heruntergefahren.

Der Lieutenant vor Ardo verschwendete keine Zeit damit, den Anzug aus der Energieversorgung des Transportschiffs zu stöpseln, und schaffte es, sich zu befreien, noch ehe sich der Haltebügel ganz geöffnet hatte. Mit einer geschickten Bewegung ihrer freien Hand holte sie ihren Seesack aus dem Gepäcknetz. Als sich die Rampe im hinteren Teil des Schiffes zu senken begann, ging sie bereits darauf zu. Sie war sogar schneller als der Insulaner, der es ebenfalls nicht erwarten konnte, sich in den nächstbesten Kampf zu stürzen.

Ardo ließ sich Zeit und löste seine Kleidung an all den Stellen vom Körper, wo sie schweißnass anklebte. Er konnte die Veränderung der Atmosphäre durch die offene Rampe bereits riechen. Eine schmerzhaft trockene Brise Hochofenhitze fegte die muffige Feuchtigkeit aus dem Abteil. Ardo zerrte seinen eigenen Seesack aus der Gepäckhalterung und folgte den anderen, die zum Heck des Transporters hinaustrotteten.

„Schwingt eure Ärsche hier raus, Ladies“, knurrte der Sergeant. „Wir haben nicht den ganzen Tag Zeit!“

Die Luft war ofenheiß und trocken – trockener als alles, was Ardo je eingeatmet hatte. Eine steife Brise wühlte die Schmelzofenhitze auf. Sein Schweiß verdampfte fast augenblicklich, als er auf das Landefeld des Raumhafens trat.

Ardo sah sich mit verbissener Miene um.

Er hatte die Hölle betreten.

Die Welt war rostrot, gefärbt von dem Sand, der jedem Gebäude und Fahrzeug unabhängig von ihrer Originalfarbe seine eigene Tönung zu verleihen schien. Der Eindruck wurde noch verstärkt durch die flammende Morgendämmerung, die gerade über dem Starport heraufzog … Oder über das eben, was von ihm übrig war. Fast die Hälfte der sieben Kontrolltürme, die ursprünglich um die weitläufige Einrichtung verteilt gestanden hatten, brannte jetzt. Zwei von ihnen wurden nur noch von geborstenen Trümmern gekrönt. Von verschiedenen anderen brennenden Gebäuden des Raumhafens stiegen Rauchsäulen auf. Und noch vielsagender waren die größeren

Rauchsäulen, die vom Stadtzentrum, einige Meilen dahinter, emporstiegen.

In diesem Moment hörte Ardo die Geräusche, die ihm nur allzu vertraut waren. Auf der Brise zu ihm herantreibend hörte er Schreie, die Schmerzen und Panik transportierten.

Er wandte sich ruckartig um. Auf der anderen Seite des Feldes, unmittelbar vor den Verladeflächen, konnte er den Kordon von Marines sehen, die den Konföderationsbereich des Starports und die panische Menge dahinter umstellt hatten.

Nein!

Die Erinnerungen fluteten über ihn hinweg. Abermals stand er auf dem Platz inmitten der Kolonie. Der Lärm erfüllte seinen Kopf. Die Schreie … *ihre* Schreie …

„Lass mich nicht allein!“, schluchzte sie.

Jemand versetzte Ardo von hinten einen harten Stoß. Seine antrainierten Reflexe übernahmen die Kontrolle – er stürzte zwar, kam aber sofort wieder auf die Beine, die Arme verteidigungs- und angriffsbereit erhoben.

„Halt hier keine Maulaffen feil, du Faultier“, schnarrte der Transport-Sergeant. „Worauf wartest du – auf eine offizielle Begrüßung? Scher dich rüber in die Baracken zum Training. Du wirst beim Doppel gebraucht!“

Die Baracken fürchtete Ardo mehr als sonst etwas in seinem Leben. Irgendetwas daran stieß ihn ab, erschütterte ihn bis auf den Grund seiner Seele, wann immer er das Wort auch nur hörte. Ardo fühlte sich wie betäubt und wusste, dass er das, was er nun sagte, bereuen würde. „Nein, Sergeant, ich … kann nicht …“

Der Sergeant schlug ihn kurzerhand noch einmal zu Boden.

„Willkommen auf Mar Sara, Marine! *Und jetzt beweg dich!“*

Er bewegte sich. Er sammelte seine Sachen auf und schloss

sich dem Rest seines Transports an, der auf die Baracken am Rand des Makadamfelds zuhielt. Er hatte den leisen Eindruck, gegen den Strom zu schwimmen: Alle anderen auf dem Stützpunkt bewegten sich hinaus in die andere Richtung, auf die Startpisten zu.

„Sieht aus, als wären wir der Aufräumtrupp", murmelte Ardo und versuchte nicht an das Unvermeidliche zu denken, das als Nächstes kommen würde. Er hielt den Blick zu Boden gerichtet, weigerte sich, die kartonartigen Mobilbaracken anzusehen, selbst dann noch, als er eine davon betrat. Er schaute erst auf, als er drinnen war und mit den anderen aufgereiht in dem engen Einsatzraum am oberen Ende der Zugangsrampe stand.

Der Tic war immer noch bei ihnen und bemutterte sie auf Schritt und Tritt auf seine ganz eigene Art. „Ihr wisst, wie's läuft, *Ladies and Gentlemen*. Legt eure Ausrüstung ab und zieht euch aus … und dann kommt ihr sofort wieder her!"

Ardo spürte, wie ihn eine Woge von Übelkeit überkam. Es gab nichts, was er mehr hasste, als die Baracken, und in den Baracken gab es nichts, was er mehr hasste, als das, wozu man ihn gerade zwang. Er sagte sich, dass es nur Teil des Jobs war, aber es machte die Sache selbst für ihn nicht weniger widerlich.

Wie in einer Herde ließ sich Ardo in den anschließenden Raum treiben – *wie ein Stück Vieh auf dem Weg zur Schlachtbank,* dachte er schaudernd – und fand eine leere Koje. Derjenige, der dieses Fleckchen vor ihm Zuhause genannt hatte, war offenbar in aller Eile aufgebrochen. Abfall lag auf dem Bettzeug und dem Boden verstreut. Ardo war überzeugt, dass der Tic draußen ein derart schlampiges Verhalten nicht gut geheißen hätte. Seufzend begann der junge Marine, sich sein schweißfleckiges Hemd vom Leib zu schälen. Er versuchte die anderen, die sich um ihn herum auszogen, nicht zu beachten.

Es waren sowohl Männer als auch Frauen – die Konföderation war durchaus willens, beide Geschlechter auf Missionen sterben zu lassen –, und Ardo schämte sich immer zutiefst, wenn er sich vor Männern entblößen musste, geschweige denn vor Frauen. Jung und unerfahren wie er war, fand er es jedes Mal schmerzhaft schlimm, wenn man so lässig von ihm verlangte, sich auszuziehen, und er war deshalb mehr als nur einmal für andere Marines ein Quell beträchtlicher Erheiterung gewesen.

Ardo fröstelte, als er in den Einsatzraum zurückkehrte. Die trockene Hitze kühlte den Schweiß auf seinem Rücken schnell ab. Ihm war schlecht. Er wusste, was als Nächstes kommen würde.

Er versuchte sich abzulenken, indem er den Blick über die anderen im Raum schweifen ließ. Nicht einmal sich selbst gegenüber hätte er zugegeben, dass sein Beweggrund dafür mehr als nur ein wenig mit kindlicher Neugier zu tun hatte. Die Mehrheit der Anwesenden waren Männer, stellte er fest – mehr noch, es handelte sich um eine ungewöhnliche hohe Zahl von ihnen. Er hatte sich kurz gefragt, wie wohl dieser weibliche Lieutenant aussehen mochte, wenn man sie ihrer Kampfrüstung entledigte. Ardo war einigermaßen überrascht festzustellen, dass sie nicht unter den Anwesenden war. War sie aus irgendeinem Grund von dieser Demütigung befreit?

Zwei hoch gewachsene Wachen mit Stunnerwaffen standen neben dem Tic. Zwischen ihnen führte eine einzelne Luke in den abgedunkelten Raum dahinter. Ardo schloss die Augen, versuchte sich zu beruhigen. Der Tic las Namen von einem Hand-Display ab.

„... Alley ... Bounous ..."

Das Pochen in Ardos Kopf verhinderte jeden klaren Gedanken.

„… Mellish … Melnikov …“

Als er seinen Namen hörte, machte Ardo ein paar Schritte nach vorne, dann erstarrte er. Seine Füße weigerten sich, noch weiter auf die Furcht erregende dunkle Öffnung zuzugehen. Sein Blick heftete sich auf den Durchgang dahinter. Reihen mannsgroßer Röhren, jede mit einer blaugrünen Flüssigkeit gefüllt, säumten den Korridor zu beiden Seiten.

„Melnikov, verdammt noch mal, was …?“

Sie würden ihn in eine dieser Röhren stecken, und sobald sie das taten, würde der Alptraum beginnen.

„Melnikov!“

Es war, als läge er schon jetzt in einem Sarg. Er konnte sich nicht mehr aus eigener Kraft bewegen. Die beiden Wachen hatten das schon viele Male erlebt. Sie traten lässig vor und führten Ardo, so grob es ihnen möglich war, in die Dunkelheit.

Er fiel, und der Fall nahm kein Ende. Er wusste nicht, wie er hierher gekommen war. War er überhaupt hier, oder befand er sich anderswo … war er jemand anders? Er rang darum, sich auf die Bilder und Erinnerungen zu konzentrieren, die durch seinen Kopf trieben, fand aber keine Möglichkeit, sie festzuhalten. Er griff nach ihnen, verzweifelt bemüht, sie näher zu untersuchen, aber wenn er versuchte, sie zu packen, zerplatzten sie wie Luftblasen unter Wasser.

Luftblasen …

Er konnte das Wasser atmen. Die hohe, klare Röhre war mit atembarem Wasser gefüllt. Er hatte versucht, tapfer zu bleiben, aber letztlich war er doch in Panik geraten, hatte geschrien und sich blamiert. Es kümmerte sie nicht, denn sie hatten es schon Abertausende Male gesehen. Ihre rauen Hände legten ihm das Kopfstück fest um, drückten ihn in die Röhre hinunter und drehten die Verschlüsse zu. „Hier müssen wir die Einstellung ändern", hörte er einen von ihnen sagen. Er hielt den Atem an, so lange er es konnte.

So lange er … was konnte?

Was dachte er denn da? Warum dachte er?

Haare von der Farbe eines Weizenfeldes tanzten in der Sommersonne. Da war ein goldener Tag …

Seine Hände schlugen gegen die Seitenwandung der klaren Röhre, als der letzte Atemzug aus seinen Lungen wich. Die Implantate entluden sich plötzlich in das Kopfstück, und sein Geist explodierte in eine Million Stücke, die ihn wie Blasen umwirbelten.

Kampfanzug-Schulung. Wie hatte er das vergessen können? Sein Ausbilder war ein alter Marine namens Carlyle. Sie brachten Wochen damit zu, seine Technik zu perfektionieren – oder waren es Monate gewesen? Der Kampfanzug war wie ein alter Freund. Ardo schien sein ganzes Leben in einem davon verbracht zu haben …

Der Kampfanzug. Wo war das? Wann war das? Während des Seminars? Da war Bruder Gabittas Unterricht über den Fall der Alten und die Sünde des Stolzes. *Frieden kommt von innen, frohes Wissen von der reinen Stimme Gottes, die zu jedermann spricht. „Du sollst nicht töten", sagt er, hebt aber vor der Klasse ein AGR-14-Gaußgewehr.*

„Hier, Ardo", sagt der Bruder und geht auf den Jungen zu, der in einer der hinteren Reihen des Klassenzimmers sitzt. Er reicht dem Jungen, der nicht aufgepasst hat, die 8-Millimeter-Automatikwaffe. „Benutze sie gegen andere", sagt er, während der Junge die Waffe nimmt.

Der Junge dreht sich in der Blase ab, aber die Waffe bleibt, glatt und verlockend. Magnetische Beschleunigung des Projektils auf Überschallgeschwindigkeit mit enormer kinetischer Durchschlagskraft, eine Reihe hülsenloser Geschosse verwendend, aus abgereichertem Uran bis hin zu Infanteriepatronen mit Stahlspitzen. Das Gewehr, ein weiterer Freund von früher, wendet sich von selbst, explodiert und setzt sich dann zum Gesicht seines Vaters zusammen.

„Du wirst immer mein Sohn sein", sagt der alte Mann, und eine einzelne Träne läuft ihm dabei über die Wange. Hinter ihm erstreckt sich die Agrarfarm der Familie in den Sonnenuntergang. „Ganz gleich, wo du hingehst und was du tust ... du wirst immer mein Sohn sein."

Bin ich das? Werde ich das?

Jetzt ging es Ardo besser. Unmittelbar nachdem er aus den Resozialisierungstanks kam, war er desorientiert gewesen, aber jetzt hatte er einen klaren Kopf.

Er fühlte sich immer gleich besser, wenn er seinen Kampfanzug trug. Es war ein älteres CMC-300-Modell, aber das störte ihn nicht. Er benutzte jetzt seit Jahren einen 300er, und damit kam er prima zurecht.

Ardo stand Schulter an Schulter mit den anderen Marines. Es befanden sich auch ein paar Firebats sowie Reguläre im Ready Room. In der Enge überprüfte er die Stromverbindung zwischen seinem Gaußgewehr und dem Kampfanzug. Er liebte dieses Gewehr; es war die Waffe seiner Wahl. Er schoss nun schon seit annähernd so vielen Jahren mit einem Gaußgewehr, wie er mit dem Kampfanzug arbeitete.

Ardo sah auf. Die „Go"-Lampe über der Ausgangsluke hatte gerade von rot zu grün gewechselt. Ein Brüllen stieg von den Marines auf, als die Tür binnen eines Augenblicks aufglitt.

Er hasste es, gehen zu müssen. Denn er liebte die Baracken.

KAPITEL 3

HINTERLAND

Ardo war Teil einer Flut von Marines, die sich gleichmäßig aus den Baracken in eine Welt aus Chaos ergoss.

Eine Kompanie Marines in Power-Rüstungen hatte einen Perimeter um den Konföderationsbereich des Raumhafens gebildet, der die Militäreinheiten abschirmte. Dahinter konnte Ardo, während er im Laufschritt über die Rollbahn eilte, buchstäblich Tausende von Kolonisten sehen, die sich gegen die Reihe der Marines drängten. Männer, Frauen und Kinder – eine schreiende Menschenmasse – rangen verzweifelt um einen Fluchtweg von diesem Planeten.

Hinter ihnen, auf der zivilen Seite des Starports, herrschte Anarchie. Entlang der Flugschneise kämpften sich wohl an die hundert Orbitalraumschiffe entweder vom Boden hoch oder warteten schwebend auf ihren Start. Mindestens die doppelte Anzahl bewegte sich träge hinter den äußeren Markierungen, das Tageslicht funkelte auf ihren polierten Hüllen. Ihre Bewegungen hatten etwas Verzweifeltes. Die Raumhafenkontrolle war offenbar aufgegeben worden. Schiffe versuchten zu starten und zu landen, wie es ihnen einfiel. Mehrere Transporter schwebten in der Nähe des Terminalgebäudes und suchten nach einer Stelle, an der sie heruntergehen konnten, aber die panische Menge wollte oder konnte ihnen nicht ausweichen. Die immer noch brennenden Wracks von mindestens einem halben Dutzend Schiffen lagen über die Piste verstreut. Die Piloten, die noch flogen, schenkten ihnen offenbar wenig Beachtung. Wie Motten vom Licht wurden sie von den Wucherbeträgen angelockt, die sie von jedem verlangen konnten, der es an Bord schaffte. Da sie um ihre eigene Sicherheit und ihre Schiffe fürchteten, wollten sie so schnell wie möglich landen und wieder verschwinden.

Wenn jeder unbedingt von hier weg *will, warum hat die Konföderation dann alles daran gesetzt, um* hierher *zu kommen?*, fragte sich Ardo. Die furchtbare, nagende Kälte unterhalb seines Magens machte sie wieder bemerkbar. *Ich kenne diese Leute nicht. Ich weiß nicht einmal, auf welcher Welt ich mich befinde! Was tue ich hier eigentlich?*

Er kannte das ihm zugewiesene Transportschiff und hetzte mit zwei Marines-Trupps darauf zu. Jeder wusste, wo er sich zu melden hatte. So formierte sich ihr Trupp fast wie durch eine Art magnetischen Einfluss. Ardo trabte hinter diesem weiblichen Lieutenant her, den er gestern gesehen hatte. Neben ihm befand sich der riesenhafte, dunkle Insulaner in der vielleicht größten Power-Rüstung, die Ardo je gesehen hatte. Er identifizierte sie als einen CMC-660 Heavy Combat Suit, komplett mit Plasmatanks auf dem Rücken. Der große Insulaner war also ein Firebat, überlegte Ardo, eine dieser Flammen werfenden Einheiten, die für ihre Bediener mitunter ebenso gefährlich waren wie für den Feind. Es folgten noch mehrere andere, darunter ein einzelner Techniker in leichtem Drillichzeug. *Wo geht* der *denn hin,* dachte Ardo. *In Urlaub?*

Das Brüllen der Orbitalschiffe, das unentwegt von den Startflächen herüberdröhnte, vermochte den Transporterpiloten weder zu erschrecken noch seine schrillen Worte ganz zu übertönen.

„Hereinspaziert, Ladies and Gentlemen, jung und alt!“, kreischte er, die Worte in der Art eines Jahrmarktsschreiers hervorstoßend. „Kommt und seht die größte Show des Universums! Seht, wie die einheimischen Kolonisten um ihr Leben rennen! Seht, wie die Regierung vor euren Augen zusammenbricht! Seht panische Taten, die noch kein zivilisierter Mensch je zuvor versucht hat! Tretet näher!“

Ardo hielt auf das Transportschiff zu. In der Nähe des Marine-Kordons fetzte das Knattern von automatischem Gaußfeuer durch die Luft. Ardo zuckte zusammen und versuchte nicht daran zu denken, was es bedeutete.

„Cutter!“, bellte der Lieutenant, als sie die Rampe erreichten, die ins Schiff führte.

„Ma’am!“, meldete sich der riesenhafte Insulaner.

„Sorgen Sie dafür, dass diese knitterfreien Rekruten in fünf Minuten an Bord sind.“ Ihre Befehlsstimme übertönte selbst den Lärm des Aufruhrs, der um sie herum herrschte. „Wir haben einen Job zu erledigen. Ich sortiere sie aus, wenn wir auf Station sind.“

„Ja, Ma’am! Ihr habt die Lady gehört! In einer Reihe aufstellen!“

Die kleine Gruppe trat an. Cutter schritt die Reihe ab und überzeugte sich davon, dass alle ihr Gepäck transportbereit hatten.

Der Pilot lehnte sich gegen die Landestütze des Transporters und grinste.

„Okay, Ladies!“ Cutter genoss die Situation. „Nehmt eure Plätze ein. Los, los!“

Ardo hob seine Sachen auf und setzte sich in Bewegung, wobei er neugierig die Bemalung auf der Seite des Schiffes betrachtete. *„Valkyrie Vixen?"*

„Ganz genau, mein Freund", antwortete der Pilot selbstgefällig. „Man sagt, wenn du einmal 'ne Valkyrie hattest, fliegst du nie mehr mit was anderem! Du bist hier also genau richtig ... oder falsch, wenn du verstehst, was ich meine." Der hagere Mann hatte die auffälligsten Haare, die Ardo je gesehen hatte. Leuchtend blaue Stacheln standen in spitzen Kegeln von seinem Kopf ab, die Stellen dazwischen waren sorgfältig kahl geschoren. Seine magere Gestalt schien nur aus Armen und Beinen zu bestehen, eine Vogelscheuche in einer Fliegermontur, mit einem boshaften Grinsen, das sich halb um seinen Kopf zu winden schien. „Tegis Marz heiß ich. Ich bin da draußen an der Peripherie für euch Jungs der Engel des Todes. Immer zu Diensten. Wenn du irgendwas brauchst, inklusive deinen Arsch retten: Ich bin der Mann, den du rufen musst."

„Das ist eine Todesfalle, und ich steig da nicht ein."

Tegis wandte sich der Stimme zu, die unmittelbar hinter Ardo aus der Reihe gekommen war. Sie gehörte dem Techniker. Ardo konnte sich nicht erinnern, ihn auf dem Transport zur Oberfläche herunter gesehen zu haben. Der Typ musste schon länger hier sein.

„Ich kann das Ding nicht mal ansehen", sagte der Kerl im Drillichzeug. Er war schlank, glatt rasiert, trug sein Haar kurz geschnitten und war so sauber, dass er wahrscheinlich beim Gehen quietschte. „Dieses Stück weggeworfener Schrott ist es nicht einmal wert, dass man es als weggeworfenen Schrott bezeichnet!"

Tegis löste sich von der Landestütze und knurrte bedrohlich. „Du Haufen Hundekotze! Dieses Schiff ist eine Schönheit! So was gibt es in der ganzen Flotte nicht noch mal!"

„Weil der *Rest* der Flotte wenigstens in *halbwegs* vertrauenserweckendem Zustand ist!“

„Das nimmst du zurück, Marcus!“

„Träum weiter, Tegis!“

„Du steigst jetzt sofort in dieses Schiff!“

„Nicht mal, wenn es das letzte Schiff wäre, das diesen Felsbrocken verlässt! Ich hätte eine bessere Chance, wenn ich mit den Armen schlagend von einer Klippe spränge, als in dieser rasenden Todesfalle. Wann wirst du endlich erwachsen und besorgst dir ein *richtiges* Schiff?“

Mit einem wütenden Aufschrei warf sich Tegis auf den Techniker. Sie stürzten zu Boden und rollten aufeinander einprügelnd hin und her. Roter Staub wölkte um sie herum auf und ließ Arme und Beine nur noch vage erkennen. Zwei räudige Straßenkatzen hätten Mühe gehabt, eine wildere Rauferei hinzulegen.

Ardo stand sprachlos da. Es war fast zum Lachen.

Cutter eilte herbei und zerrte die beiden Streithähne auseinander. „Mister Jans, ich glaube, der Lieutenant hat Ihnen befohlen, Ihre Ausrüstung an Bord zu bringen. Und ich glaube, jetzt wäre ein ausgezeichneter Zeitpunkt, genau das zu tun.“

Der rotgesichtige Techniker schlug weiter in die Richtung des Transporterpiloten, traf ihn aber nicht mehr. Cutter schüttelte ihn so grob, dass dem Mann die Zähne im Kiefer wackeln mussten.

„Nicht wahr?“, wiederholte er.

Marcus Jans hörte auf, sich gegen den Griff zu wehren. „Ja. Stimmt wohl.“

Cutter wandte sich an Tegis Marz. Die stachelartigen Haarspitzen des Piloten zitterten immer noch vor Wut. „Und Sie? Haben Sie nicht ein Schiff zu fliegen?“

„Ja“, antwortete Tegis, immer noch kochend. „Und zwar ein verdammt gutes Schiff!“

„Dann, bei allem Respekt, *Sir*, gehen Sie vielleicht besser und fliegen es.“ Cutters Lächeln war so voller Zähne, dass er den Eindruck erweckte, die nächste Person, die anderer Meinung war als er, auffressen zu wollen. „Ich habe einen Grund, hier zu sein, und ich möchte nicht, dass jemand zwischen mir und dem Ziel steht, zu dem ich will. Und im Augenblick stehen *Sie mir im Weg … Sir.“*

Tegis erschlaffte. „Dann … dann werde ich dieses *schöne Maschinchen* mal für Sie in die Luft bringen, denke ich.“

„Tun Sie das, Sir. Danke, Sir“, sagte Cutter und schob die Streithähne, als er sie losließ, voneinander fort. Leicht taumelnd entfernten sich die beiden Kontrahenten, um sich anderweitig zu beschäftigen.

Ardo stieß seufzend die Luft aus.

„Was ist mit Ihnen, Soldat?“, fragte Cutter und richtete seine dunklen Augen zum ersten Mal auf Ardo. „Wollen Sie mir auch in die Quere kommen?“

„Nein, Sir“, erwiderte Ardo zerknirscht, weil er der Aufmerksamkeit des großen Insulaners nicht länger hatte entgehen können. „Ich bleibe Ihnen ganz bestimmt aus dem Weg, Sir.“

Der große Mann grinste abermals, und in diesem Lächeln lag etwas zugleich teuflisch Verspieltes und Gefährliches. „Nein, mein Freund, ich bin kein ‚Sir‘.“ Die behandschuhte Hand, die er ausstreckte, war gewaltig. „PFC Fetu Koura-Abi, aber alle nennen mich nur Cutter.“

„PFC Ardo Melnikov“, sagte Ardo, dankbar, dass die aktive Reafferenz in seinem Handschuh diesen sonst wohl verkrüppelnden Händedruck abmilderte. „Freut mich, dich kennen zu lernen.“

„Du lügst“, grinste Cutter hämisch.

„Ein bisschen“, erwiderte Ardo.

Der große Mann warf den Kopf nach hinten und lachte herzhaft. „Na gut. Nimm deine Ausrüstung auf. Ich will hier raus, irgendwohin, wo ich was abfackeln kann! Hat dir die Show gefallen?“

Ardo hob seine Ausrüstung auf und bewegte sich auf die Rampe des Transportschiffs zu. „Wie? Oh, du meinst den Piloten und diesen Techniker?“

„Klar!“, gab Cutter zurück, seinen eigenen Seesack lässig mit einer Hand über der Schulter tragend. „Ist immer lustig, dabei zuzusehen, wie Brüder aufeinander losgehen. Am meisten Spaß habe ich bei meinen eigenen …“

Ardo wandte sich um. „Du meinst … die beiden sind …?“

„Das ist doch offensichtlich.“ Cutter lächelte und versetzte Ardo von hinten einen spielerischen Stoß gegen das Sprunggeschirr. Der Hieb trieb ihm beinahe die Luft aus den Lungen. „Zwei Brüder können ihre gemeinsame Abstammung nun mal nicht verhehlen.“

Plötzlich schauderte Cutter. Ardo konnte sehen, wie sich das Gesicht des großen Mannes verfinsterte. Mit einem unvermittelten Aufschrei streckte Cutter die Hand aus, packte den Versiegelungsring für Ardos Helm und zog das Gesicht des Mannes ganz nah zu seinem eigenen heran. „Deshalb bin ich hier, Melnikov. Meine Brüder sind da draußen auf dieser Kugel aus rotem Staub und arbeiten auf den Wasserfarmen im Hinterland. Ich werde sie finden, Melnikov, oder ich räche sie mit dem Feuer der Hölle! Verstehst du, Melnikov? Wirst du dich mir in den Weg stellen, Melnikov?“

Gelassen erwiderte Ardo Cutters stieren Blick. *Auge um Auge,* dachte er. Und dann: *Liebe jene, die dich hassen.*

„Ardo“, erwiderte er ruhig. „Du kannst mich Ardo nennen, wenn du willst.“

Cutters Wangenmuskeln zuckten. „Was?“

„Mein Name ist Ardo. Ich hoffe, ich darf dich Cutter nennen, ich glaube nämlich, ich habe deinen vollen Namen vorhin nicht ganz verstanden.“

Cutter lockerte seinen Griff. Ein Lächeln umspielte seine Lippen. „Sicher, Ardo. Ich mag dich. Du kannst mich Cutter nennen, mein Freund. Dann nehme ich an, du stehst *hinter* mir, was?“

So weit hinter dir, wie du nur willst, dachte Ardo, aber laut sagte er: „Jederzeit, Cutter.“

Plötzlich heulte die Hydraulik. Die Heckrampe schloss sich schnell. Cutter löste den Griff, fand sein riesenhaftes Cheshire-Katzen-Grinsen wieder und trat nach hinten an die Wandung. Er mühte sich gerade in sein eigenes Sprunggeschirr, als der Lieutenant in die Kabine zurückkam.

„In Ordnung, zuhören“, sagte sie mit fester Stimme. „Ich bin Lieutenant L. Z. Breanne und Ihr befehlshabender Offizier auf dieser Mission.“

„Oh! Was sagt ihr dazu, Jungs, wir haben ’ne *Mission*!“

Lieutenant Breanne fuhr in kühlem und befehlsgewohntem Tonfall fort: „Wir haben nicht viel Zeit, Leute. Ich habe dem Piloten unsere Absprungkoordinaten gegeben, und wir sollten in etwa dreißig Minuten auf Posten sein. Vor fünfzehn Tagen begannen Niederlassungen von Outland-Kolonisten zu verstummen. Erste Untersuchungen hatten vermisste Recon-Trupps zur Folge. Eine spätere Erkundung vor zehn Tagen bestätigte, dass dieser Planet von dem verseucht ist, was wir jetzt die Zerg nennen …“

„Zerg, Jungs!“ Alley grinste.

„Verzeihung, Ma'am, was ist ein Zerg?", schniefte Mellish.

„Eine neue außerirdische Lebensform. Momentan wissen wir noch nicht allzu viel über sie …"

„Schürt das Feuer im Grill!", rief Cutter.

Breanne ignorierte die Zwischenrufe einstweilen. „In Anbetracht der planetenweiten Verbreitung dieser Zerg – was sie auch sein mögen –, hat die Konföderation beschlossen, ihre Assets von Mar Sara abzuziehen …"

„Hey, die Konföderation zieht ihre ‚Arschets' ab!", prustete Marcus.

Gelächter rollte durch die Kabine.

„Maul halten, Jans, oder ich stecke Sie höchstpersönlich in einen Seesack." Lieutenant Breanne meinte es ernst, und im ganzen Raum gab es nicht eine Person, die das anzweifelte. „Unsere Mission besteht aus drei Teilen: Erstens, die Sturmbunkerposition auf drei-neun-zwei-sieben zur Unterstützung der Konföderations-Evakuierung halten; zweitens, Feindaktivitäten jenseits dieser Position ausspähen, und drittens, ein kleines Spielzeug auflesen, das dem Kommando unterwegs verloren gegangen ist. Das ist alles."

„Äh, Lieutenant?", sagte Cutter. „Was denn für ein … Spielzeug?"

„Das erfahren Sie noch früh genug, Cutter", sagte Breanne. „An Bord finden Sie ein Scanner-Plug-in für Ihre Rüstung, die auf das Ziel vorkalibriert ist. Ich weiß nicht, was das Ziel ist, aber *wenn* wir es finden, ist es der Passierschein, der uns von diesem Felsen hier runterbringt. Mehr erfahren Sie, wenn wir die Position gesichert haben. Das ist alles."

Lieutenant Breanne drehte sich um und nahm ihren Platz in ihrem eigenen Sprunggeschirr ein. Abermals sah sich Ardo der Frau gegenüber, die jetzt seine Kommandantin war.

„Entschuldigen Sie, Lieutenant“, begann Ardo. Die Triebwerke ihres Transporters begannen lauter zu dröhnen.

„Was ist, Soldat?“ Breanne sah ihn aus stahlkalten Augen an.

„Sie sagten, wir seien hier, um die Evakuierung des Personals und des Equipments der Konföderation zu decken?“

„Ja, das ist Teil der Mission“, antwortete sie über den anschwellenden Lärm hinweg.

„Was ist mit den Kolonisten?“, rief Ardo ebenso laut. „Sind wir auch hier, um die Evakuierung der Kolonisten zu sichern?“

Wenn Breanne die Antwort kannte, so verzichtete sie darauf, sie ihm zu geben. Vielleicht war der Maschinenlärm jetzt auch zu gewaltig geworden. Oder vielleicht hatte sie ganz einfach keine Antwort auf diese Frage.

Ardo ließ sich wieder in sein Sprunggeschirr zurücksinken und fürchtete sich vor den kommenden dreißig Minuten. Er schloss für einen Moment die Augen und stellte sich vor, wie die Ruinen des Starports von Mar Sara unter dem Schiff zurückfielen. Trotz des Lärms hätte er schwören können, das Brüllen Tausender zu hören, die verzweifelt zu fliehen versuchten.

Und er bildete sich ein, auch Melani wäre darunter.

KAPİTEL 4

LITTLEFIELD

Ardo flog über eine Welt aus Rost. Die Flanken der fernen Berge waren Rost. Die Felsklippen, die in den Erdboden schnitten, waren Rost. Selbst die Außenbezirke der Siedlerstadt waren mit einer Rostschicht überzogen. Vor wenigen Tagen noch waren die Gebäude dort bewohnt gewesen, und der feine Staub, der über diese karge Welt wehte, war sorgfältig im Zaum gehalten worden. Doch jetzt vergeudete die Welt keine Zeit mehr, um sich die Oberfläche zurückzuerobern.

All das erlebte Ardo durch den Filter seines Kampfanzugs. Er war mit der Hauptschnittstelle des Transportschiffs verbunden, die Ardo konfigurieren konnte, wie er wollte. Sie lieferte ihm einen steten Strom von Daten. Er hatte das Sensorsystem auf extern geschaltet, und augenblicklich war das Schiff um ihn herum verschwunden. Seitdem war es, als rauschte er allein über die Landschaft hinweg. Das interne Displaysystem blendete den Transporter und jeden, der darin saß, automatisch aus. Er war ein Vogel, der auf dem heißen Plasmafeuer flog, das ihm folgte.

Die Außenbezirke der Zentralstadt blieben rasch zurück. Unter ihm war Ödland, von Kratern durchsetzt und schwarz zernarbt von den Schlachten, die hier stattgefunden hatten, noch bevor er gekommen war. Die Überreste eines Blutbads und verzweifelter Kämpfe sprenkelten das verheerte Land. Die verstreut liegenden Wracks von Vulture Hover Bikes und Hunderten von Ziviltransportern bildeten verbogene, schwarz metallene Blüten, die aus dem Boden zu sprießen schienen.

Über all dem segelte Ardo durch die Lüfte und stellte sich Fragen. Wo waren die Belagerungspanzer, die mobile Artillerie, die Goliath-Assault-Walkers? Alles, was er unter sich ausmachen konnte, waren durch die Bank leichte Waffen und Müll der lokalen Miliz.

Und wichtiger noch: Wo sollten sie eingesetzt werden, wenn die Schlacht dort unten doch schon so offensichtlich verloren worden war? Ardo sah nach vorne. Sein Flug verlangsamte sich, als er tiefer ging, auf einen Außenposten-Bunkerkomplex und die Landezone unmittelbar innerhalb des Perimeters zu.

„Achtung, Marine", erklang die scharfe Stimme von Lieutenant Breanne in seinem Komm-System. „Es ist Zeit zum Ausschiffen."

Augenblicklich nahm der Transporter wieder Gestalt an. Der Lieutenant blickte kühl durch Ardos Visier.

„Ja, Ma'am", entgegnete Ardo zackig. „Bereit, Ma'am!"

Lieutenant Breanne widmete ihm nicht mehr als einen kurzen Blick, dann drehte sie sich um und wandte sich an den Trupp. Ihre Stimme schnitt durch das Heulen der Triebwerke. „Wir sind aus einem bestimmten Grund hier, Leute! Also raus und an die Arbeit. Ist das klar?"

„Ma'am! Ja, Ma'am!", brüllten sie alle wie ein Mann.

„Nach dem Touchdown haben Sie zehn Minuten, um Ihre Koje zu finden und Ihre Ausrüstung zu verstauen. Dann melden Sie sich vor dem Kommandobunker bei mir zum sofortigen Einsatz." Lieutenant Breanne deutete mit zwei Fingern auf die Marines unmittelbar vor ihr. „Cutter, Wabowski, Sie beide bereiten Firebat vor, Kat-fünf. Der Rest von Ihnen macht sich zur Aufklärung bereit, Kat-drei-Konfiguration."

Ardo ging kurz die Kategorie-3-Checkliste durch: Powerrüstung, Impaler-Gaußgewehr mit Infanterieladung, kein Field-Pack … schnell zu Fuß und für alles bereit. Außerdem bedeutete es, dass sie sich nicht allzu weit vom Lager entfernen würden. Klang ganz nach einem angenehmen Nachmittag.

Lieutenant Breanne hielt kurz inne, während sie den Blick durch das Abteil schweifen ließ, das mit Angehörigen ihres Trupps gefüllt war. Ardo fragte sich, was sie wohl dachte.

„Kommen Sie eine Minute zu spät, und Sie atmen zwei Minuten später nicht mehr. Klar?"

„Ma'am! Jawohl, Ma'am!"

Der Transporter ruckte plötzlich und setzte hart auf. Lieutenant Breanne packte sofort einen Haltegriff, dann klappte sie ihr Anzugvisier zu. Sie hatte die Ausstiegsrampe hinter sich gelassen, noch bevor diese den Boden berührte.

Ardo wollte sich durch die Barackenluke schieben, aber selbst dafür war er zu durcheinander. Er schien sich nicht einmal auf einfachste Aufgaben konzentrieren zu können. Sein Seesack verfing sich irgendwo auf der anderen Seite des Rahmens. Sein Gesicht lief rot an ob des kichernden Gelächters, das um die Doppelreihe von Etagenbetten herum aufkam. Es spornte ihn an, fester zu ziehen, aber Wut und Scham verhinderten irgendwie, dass er den Seesack in die richtige Richtung drehte. Sein Denken schien in einer alptraumhaften Schleife gefangen zu sein – er begriff, was er verkehrt machte, war aber nicht imstande, es zu korrigieren.

„Nur die Ruhe, Soldat", sagte ein älterer Marine aus dem oberen Bett. „Lass dir helfen."

„Machen Sie sich keine Mühe, Mister“, grummelte Ardo. Ein Teil von ihm war überzeugt, dass der Mann ihn nur in eine noch peinlichere Lage bringen wollte.

Der ältere Marine schnaubte, dann rollte er sich von seinem Bett. „Schon gut, Junge, macht überhaupt keine Umstände. Manchmal muss man die Dinge einfach nur ein bisschen langsamer angehen, dann klappt's wie von selbst. Du strengst dich zu sehr an, das ist alles.“

Der Marine legte sanft eine Hand auf Ardos Arm.

Ardo zog den Arm wütend zurück. Die Power-Rüstung schützte seinen Ellbogen nur bedingt, als er gegen die Metallwand stieß und eine beträchtliche Delle hinterließ. Der Aufprall elektrisierte seinen Arm. Der Seesack fiel scheppernd zu Boden.

Der ältere Marine schüttelte lächelnd den Kopf. Ardo konnte den Mann durch den Nebel aus Schmerz und Scham kaum sehen. Er hatte lange, ungekämmte Strähnen eisengrauen Haares und das schwache Grau eines Bartes. Aus einem narbigen, entstellten Gesicht blickten ihm zwei durchdringende dunkle Augen entgegen. Ardo schätzte den Mann auf Ende dreißig, aber aufgrund der Verletzungen in seinem Gesicht blieb es letztlich eine äußerst grobe Schätzung. Das entstellte Gesicht lächelte Ardo immer noch an, doch nun hob der Mann beide Hände, die Handflächen nach vorne gewandt, zum Zeichen dafür, dass er keinen Streit suchte. Dann griff er langsam durch die Luke, zog den Seesack herein und setzte ihn vor Ardo ab.

„Nur die Ruhe, Bruder“, sagte er. „Sieht aus, als kämst du frisch aus dem Resoz-Tank. Das kann einen für einige Zeit ganz schön durcheinander bringen.“

Ardo nickte nur verdrießlich. Das Gefühl, dass sein Ellbogen unter Strom stand, verging allmählich.

„Jon Littlefield“, sagte der Marine und streckte ihm eine große, schwielige Hand entgegen. „Freut mich, dich kennen zu lernen, Bruder.“

Ardo blinzelte. Irgendetwas in seinem Hinterkopf schrie ihm wie von fern etwas zu, aber er konnte es nicht verstehen. Der Gedanke, „Bruder“ genannt zu werden, machte ihn schwindlig. Erinnerungen hüpften in einer verwirrenden Kaskade durch seinen Kopf.

„Bruder Melnikov!“ Sein Jugendleiter lächelte strahlend im Licht der Dämmerung …

Die Stimme seines Vaters: „In Gottes Augen sind alle Brüder, Sohn. Brüder töten ihre Brüder nicht …“

„Bruder?“ Ardo zwinkerte beim Sprechen und bemühte sich um einen sicheren Stand.

„Klar.“ Jon schniefte. „Hier sind wir alle Brüder – Waffenbrüder, Brüder im Kampf. Sieh’s ein, Rekrut, alles, was wir hier draußen haben, sind wir selbst.“

Melanis verschwindendes Gesicht, vor Entsetzen verzerrt, während die Zerg sie blutend durch das Gras des Platzes schleiften.

„Ja … natürlich“, sagte Ardo. Sein Blick war zu Boden gerichtet. „Wir sind alles, was wir haben.“

Jon Littlefield hob den Seesack mit einer geübten Bewegung auf und warf ihn auf das Bett unter dem seinen. „Mach dir keine Sorgen, Sohn. Ich war den größten Teil meines Lebens als Marine ‚immer auf dem Sprung‘. Halt dich an mich, dann läuft’s schon. Wir machen dir den Kopf frei, und in null Komma nichts geht’s dir wieder besser.“

Ardo starrte Jon Littlefield ausdruckslos an. Wenn Littlefield Anfang dreißig war, dann war er alt … älter als jeder Marine, den er bisher getroffen hatte. Natürlich hatte er vorher schon ältere Männer gesehen, auf Bountiful. Die Patriarchen der Kolonie waren allesamt grauhaarige ältere Männer gewesen. Er erinnerte sich, dass sie ihm so klug und weitsichtig erschienen waren. Es war tröstlich gewesen, Führer zu haben, die so lange überlebt hatten. Sie verfügten über eine eigene Weisheit anstatt nur über eine geliehene. Und wenn er darüber nachdachte, war Littlefield zugleich auch der einzige Marine dieses Alters, der einen niedrigeren Rang als ein Colonel hatte.

„Altes Eisen mit dreißig“ stand auf keinem Rekrutierungsplakat.

Was kümmert's mich?, dachte Ardo. *Ich bin nicht wegen des Pensionsplans eingerückt. Ich habe eine Rechnung mit den Zerg offen.*

Cutter zwängte seinen gewaltigen Körper geschickt durch die Luke. Seine riesenhafte Gestalt füllte beinahe den Raum zwischen Ardo und Littlefield aus.

„Aber hallo, Sergeant Littlefield!“ Cutters Sarkasmus und Geringschätzung waren unüberhörbar, als er auf den älteren Marine herabsah. „War das nicht *Captain* Littlefield, als wir das letzte Mal zusammen dienten, *Sir?“*

Einen Moment lang war Ardo geschockt, dass ein Gefreiter so respektlos mit einem Offizier sprach, selbst wenn es sich um einen Unteroffizier handelte.

Jon entschied sich offenbar, die klare Beleidigung einfach zu ignorieren. Lächelnd erwiderte er: „Schön, Sie in meinem Trupp zu sehen, Gefreiter. Legt jetzt alle besser einen Zahn zu. Lieutenant Breanne hat Hummeln im Hintern und nicht eher Ruhe geben, bis sie auf der einen oder der anderen Seite ein bisschen Blut vergossen hat. Ihr habt eure Befehle, also macht euch fertig, und dann raus!“

KAPİTEL 5

MISSION ELAPSED TIME

Der Wind peitschte über die öde, von Rissen durchlaufene Landschaft hinweg. Ardo konnte fast spüren, wie sich die Sandkörner in die Gelenke seines Powered Combat Suit gruben. Das ließ sich nicht vermeiden. Der Trupp stand stramm. Sollte er auch nur in Betracht ziehen, eine Bewegung zu machen, würde Lieutenant Breanne, dessen war sich Ardo sicher, dafür sorgen, dass es seine letzte war.

Obwohl der Kampfanzug seine Körpertemperatur sorgfältig kontrollierte, um ihn auf der Spitze seiner Leistungsfähigkeit zu halten, spürte er, wie ein Rinnsal aus Schweiß zwischen seinen Schulterblättern abwärts floss. Vielleicht hatte Sergeant Littlefield Recht. Vielleicht war er nach der Resoz auf dem Starport noch ein wenig durcheinander. Es fiel ihm schwer, sich zu konzentrieren, und da war dieses Gefühl einer Vorahnung, das unmittelbar am Rande seiner bewussten Gedanken zu schweben schien. Sein Vater hatte solche Ahnungen oft „Eingebungen des Geistes" genannt, diese leise Stimme, die den Menschen göttliche Anweisungen einflüsterte. „Beherzige die Stimme", hatte sein Vater gesagt, „und sie wird dich nie irreleiten."

Aber wo war dieser warnende Geist gewesen, als die Zerg seine Eltern Stück für Stück zerfetzt hatten?

Ein scharfer, blendender Schmerz schoss von hinten durch sein rechtes Auge. Ardo zuckte zusammen. Eine Woge von Übelkeit folgte. *Littlefield sagte, es gehe vorbei,* dachte Ardo, während er sich mühte, sein geistiges Gleichgewicht wiederzufinden. *Reiß dich nur einen Moment zusammen, und alles kommt in Ordnung.*

Stattdessen versuchte er sich auf Lieutenant Breanne zu konzentrieren. Sie stand vor ihnen, das polarisierte Feld ihres Helms bewusst abgeschaltet, sodass jeder ihr Gesicht klar erkennen konnte, während sie sprach. Jeder im Trupp schaute starr nach vorne. Niemand wollte riskieren, ihrem Blick zu begegnen, als sie vor ihnen auf- und abschritt.

„Alle ziehen sich zurück, und wir werden hineingeschickt, meine Hübschen“, erklang ihre Stimme, nur leicht verzerrt durch den Helm. Akustische Verstärker in den Anzügen sorgten dafür, dass sowohl übertragene als auch äußere Geräusche aus der Richtung ihrer Quelle zu kommen schienen. „Die gesamte Streitmacht der Konföderation verschwindet von der Oberfläche dieses Felsbrockens.“

Aber was ist mit den Kolonisten?, dachte Ardo. *Lässt die Konföderation sie ebenfalls hier?*

„Bevor wir uns unseren Brüdern beim Verlassen dieses Staubballs anschließen, haben wir einen Job zu erledigen.“

„Brenne drauf, die Biester zu rösten, Ma'am!“, unterbrach Cutter sie euphorisch in knackig militärischem Tonfall.

Breanne lächelte daraufhin wie ein Wolf. „Sie dürfen noch eine ganze Menge mit Ihrem Spielzeug grillen, bevor wir fertig sind, Mister Koura-Abi. Ich würde allerdings vorschlagen, dass wir den anstehenden Job zuerst erledigen und von diesem Felsen verschwinden, so lange es noch einen Ausweg gibt.“

„Ma'am! Ja, Ma'am!“ Cutter klang ein bisschen enttäuscht.

„Ihr neues Zuhause – falls Sie sich das gefragt haben sollten – ist Bunkerkomplex 3847. Vor einer Woche war das noch ein Siedlungsaußenposten. Die Leute nannten ihn Schönblick, weiß Gott, warum. Jetzt gehört er ganz uns. Genießen Sie es, so lange Sie können, denn ich habe nicht vor, auch nur einen Moment länger hier zu bleiben, als es für diese Mission unbedingt erforderlich ist.

Nordöstlich von hier befindet sich am Boden eines Einschlagkraters eine alte Pumpsiedlung. Eine Ansammlung von Schrott, Oasis genannt, ungefähr drei Kilometer vom Befehlssender entfernt. Captain Marz hier …“ Der Pilot stand blinzelnd im wehenden Staub und schaffte es, sich mit einem widerwilligen Winken zu erkennen zu geben. „… wird Patrouille fliegen und uns am Boden dirigieren.“

„Patrouille fliegen?“ Das war Sejak, der junge Bursche. „Mit einem Transportschiff?“

„Die *Vixen* ist mit einem Spezialempfänger ausgestattet, Mister Sejak, der uns helfen soll, dieses Ding, nach dem wir suchen, zu lokalisieren. Haben Sie damit ein Problem, Mister?“

Der Tonfall ihrer Stimme hätte Sejaks Gesichtsvisier eigentlich von innen anfrieren lassen müssen. „Nein, Ma’am!“

„Wir finden dieses Ding, ziehen uns zurück und nehmen es mit. Schnell und sauber. Corporal Smith-puun wird den ersten Trupp auf Vultures mit Bowers, Fu, Peaches und Windom anführen. Littlefield?“

„Ja, Ma’am?“ Die Stimme des alten Marines klang laut in Ardos Helm. Littlefield stand direkt neben ihm.

„Sie nehmen Trupp zwei – das sind Alley, Bernelli, Melnikov und Xiang. Cutter und Ekart werden sie in den Firebats unterstützen.“

Ardo konzentrierte sich so gut er konnte auf die Namen seines

Trupps. Bernelli, Xiang und Ekart waren ihm nicht bekannt, und Cutter war immer noch ein sehr gefährliches Rätsel. Aber wenn sie schon einen Truppführer brauchten, dann gab Littlefield ihm ein bisschen mehr Hoffnung, als er es sonst verspürt hätte.

„Ma'am! Jawohl, Ma'am!", bellte Littlefield zackig zurück.

Breanne nahm es kaum zur Kenntnis. „Jensen, Sie sind der Boss des dritten Trupps. Das sind Collin, Mellish, Esson und M'butu. Wabowski gibt Ihnen Firebat-Unterstützung."

„Verstanden, Ma'am", erwiderte Jensen ohne große Begeisterung. Ardo hoffte, dass der Mann besser kämpfte als er sprach. Er sah aus, als wolle er auf der Stelle einschlafen.

„Das Transportschiff fliegt hohe Deckung und gibt uns Sensorunterstützung, bis wir den Preis eingesackt haben. Dann machen wir uns aus dem Staub und verschwinden von diesem Felsen. Fragen?" Wie Breanne es sagte, war es eine Drohung, keine Aufforderung.

Ardo konnte trotzdem nicht widerstehen. Er trat vor und salutierte. „Ma'am! Jawohl, Ma'am!"

„Sprechen Sie, Mister … Melkof, nicht wahr?"

„Melnikov, Ma'am. Bitte um Verzeihung, Ma'am!"

„Was wollen Sie fragen, Melnikov?"

„Wonach suchen wir, Ma'am?"

Lieutenant Breanne wandte die Augen von ihm ab und richtete ihren Blick in weite Ferne.

„Nach einer Kiste, Gefreiter. Nur nach einer Kiste."

Ardo fühlte sich wunderbar. Er liebte es, sich in der Power-Rüstung zu bewegen. Scheinbar mühelos setzte er in Sprüngen über den Boden hinweg. Die Kilometer rollten nur so unter ihm dahin, der lachsfarbene Staub bildete eine Fahne hinter ihm und seinen Kameraden.

Er schaltete das Visier seines Kampfanzugs auf Navigationsmodus. Wo er auch hinsah, leuchtete im Helmdisplay die Karte des sie umgebenden Terrains mit den Bezeichnungen der größeren Landmarken. Entgegen der Meinung des Lieutenants war Schönblick ein durchaus passender Name. Die hauptsächliche Aufgabe der Siedlung hatte in der Wartung der oberen Pumpstation für die Aquäduktrohre, die aus Oasis kamen, bestanden. Als solche lag sie an dem steilen Felshang, der den Rand des Kessels markierte – die Überreste eines großen Einschlagkraters, der eine herrliche, lange Schüssel aus der Oberfläche herausgeschnitten hatte. Die Reste des Kraterrands waren im Laufe der Zeit verwittert. Ardos Visier benannte die scharfen Gipfel links von ihm mit „Steinwandspitzen" und den zu seiner Linken peinlich passend mit „Mollys Nippel". Der Kraterboden selbst war Ödland, wie weite Teile von ganz Mar Sara auch, aber in dieser Rauheit lag eine spröde Schönheit, die Ardos Auge erfreute.

Eine Serpentinenstraße schlängelte sich vom Kraterrand aus das steile Gefälle hinab. Ardo lächelte bei dem Gedanken an die örtlichen Zivilisten, die sich mühsam die tückische Straße hinunterquälen mussten, ehe sie den Talboden erreichten. Die Marines wurden nicht von solchen Schwächen aufgehalten. Sein gesamter Trupp war über den steilen Rand der Mesa gesprungen und schnurstracks zum Kraterboden hinabgaloppiert. Die Kampfanzüge waren auf weit heftigere Misshandlungen ausgelegt, als einen kleinen Sturz über einen Klippenrand. Und die Marines darin, dachte Ardo, waren noch härter als die Anzüge, die sie trugen.

„Überheblichkeit …" Es war die Stimme seines Vaters. *„Hochmut kommt vor dem Fall …"*

Ardo runzelte die Stirn. Plötzlich drohten seine Kopfschmerzen wiederzukehren. Besser, er dachte nicht darüber nach und konzentrierte sich stattdessen auf seine Aufgabe.

Der erste Trupp schwebte rechts von seinem auf vier Hover Bikes davon. Normalerweise würden mobile Einheiten in Belagerungspanzern oder sogar zwei Goliath-Walkers den Zug ergänzen.

Ardo vermutete, dass der erste Trupp bei seinem Eintreffen auf solch schweres Gerät gehofft hatte, aber enttäuscht worden war. Man hatte ihm örtliche Vulture Hover Bikes überlassen, die kürzlich von der lokalen Miliz „befreit" worden waren. Sie waren schnell, leicht und höchst manövrierbar, und sie boten ihren Fahrern in etwa so viel Schutz wie ein Papierhut. Der Truppführer, ein Corporal namens Smith-puun, hatte einige Schwierigkeiten, die Bikes zurückzuhalten, damit sie bei den anderen beiden Marine-Trupps blieben, die den Kraterboden zu Fuß überquerten.

Trupp drei rannte links von Ardo die Flanke hinunter, während sein eigener Trupp, Nummer zwei, die Gruppe anführte. Sie bewegten sich alle in einer Reihe. Der Hang des Kraters lief allmählich aus. Über ihnen allen heulte die *Valkyrie Vixen*, ihre nach unten gerichteten Düsen wirbelten hinter der des Zuges eine weitere Staubwand auf.

Lieutenant Breanne hielt sich etwas hinter dem dritten Trupp. Das war überraschend. Ardo hatte damit gerechnet, dass der Lieutenant im Transporter bleiben und die ganze Show von dort oben leiten würde. Er hatte unter anderen Kommandanten gedient, die es vorzogen, ihre Züge von einer angenehm abseits gelegenen Stelle aus quasi fernzusteuern. Breanne sammelte ein paar Pluspunkte bei ihm.

Unter jedem Schritt, den Ardo machte, bebte der Boden. Der Sauerstoff des Anzugs ergoss sich in Ardo, belebte ihn, sodass er bereit war und darauf brannte, seine Pflicht für die Konföderation zu tun.

Wir sind hart, dachte Ardo. *Das sagen alle* … Allerdings konnte er sich nicht erinnern, wer das gesagt oder wo er gehört hatte, dass jemand es wirklich sagte.

Er wusste nur, dass die Außenbezirke von Oasis vor ihm rasch näher kamen, und er endlich würde Gerechtigkeit walten lassen können für das, was die Zerg ihm angetan hatten.

ABSCHRIFT / CONCOM417 / MET:00:04:22

LC: Lieutenant L. Z. Breanne, Kommando

3 Trupps 1:a-e (Mech/Cycle); 2:a-g (M/Inf) / 3:a-f (M/Inf)

Unterstützung: TS (Transportschiff *Valkyrie Vixen* / Tegis Marz, Pilot)

ANFANG:

LC/Breanne: „Okay, Sandhasen! Zeit, an die Arbeit zu gehen! Erster Trupp, fahren Sie den Perimeter des Außenpostens ab."

1a/Smith-puun: „… noch einmal?! Wiederholen Sie das noch einmal!"

LC/Breanne: „Erster Trupp … Oasis umkreisen und Bericht!"

1a/Smith-puun: „Jawohl, verstanden … Fu, Linksschwenk und hoch, Mann, und bleib in der Nähe. Wenn du mir wieder abschwirrst, leg ich dich um, ich schwör's!"

1b/Bowers: „Ja, ich hab Sie auch lieb, Corporal!"

LC/Breanne: „Trupp zwei, geben Sie Trupp drei an der Barrikade Deckung."

2a/Littlefield: „Wird gemacht! Los!"

LC/Breanne: „Trupp drei …"

3b/Wabowski: „Hey, wir sind schon hier, Lady!"

LC/Breanne: „… vorziehen und aufklären … Cutter, Sie warten auf meinen Befehl, oder ich pinne Ihren Hintern an meine Bürowand!“

3a/Jensen: „Verstanden, Lieutenant! Wir sind an der Bresche.“

MET:00:04:23

3c/Collins: „Hey, Sarge! Was ist das für'n Zeug? Das ist überall am Boden!“

3b/Wabowski: „Das ist Zergscheiße, Ekart. Die verteilen das überall, wenn sie durchziehen.“

2e/Alley: „Gottchen, ist das eklig! Sieht aus, als hätten diese Käfer die ganze Stadt mit ihrer schwarzen Kotze überzogen!“

2a/Littlefield: „Schnauze, Alley … und halten Sie Ihr Schussfeld frei! So wie Sie mit diesem Gewehr herumfuchteln, könnte man glauben, Sie dirigierten eine Parade!“

MET:00:45:24

2e/Alley: „Ich decke ihnen den Rücken, Sarge. Machen Sie sich nur nicht ins Hemd …“

3a/Jensen: „Lieutenant, hier Jensen. Ich bin an der Bresche. Hier drin ist 'ne Menge von diesem Zerg-Kriecher. Da muss eine Kolonie in der Nähe sein.“

1a/Smith-puun: „Das ist Quatsch, Lieutenant! Wir haben unsere Runde um den Perimeter gerade beendet, und hier ist kein Stock.“

1b/Bowers: „Ja, sag's ihnen, Smith-puun!“

3a/Jensen: „… wie Sie wollen, Corporal, aber das hier *ist* Stock-Kriecher, und es zieht sich die ganze Hauptstraße runter und um die Gebäude herum. Ich kann nicht sagen, wo das Zeug herkommt.“

1a/Smith-puun: „Weil es nirgendwo herkommt, Jensen! Ich sag Ihnen doch, da …“

MET:00:04:25

LC/Breanne: „Schluss damit, Smith-puun. Jensen, irgendein Kontakt?“

3a/Jensen: „Nur dieser Kriecher, Lieutenant. Ansonsten: negativ.“

LC/Breanne: „Sehr gut. Marz, wie sieht’s aus? Gibt es …“

1a/Smith-puun: „Fu, ich sag’s dir zum letzten Mal, zieh dein Bike höher. Windom! Dranbleiben, ja? Und nehmt euch vor diesen Aquädukten in Acht! Wenn ihr gegen eins davon knallt, versaut euch das den ganzen Tag!“

TS/Valkyrie: „Wiederholen Sie, Lieutenant.“

LC/Breanne: „Irgendeine Spur von dem, was wir suchen?“

MET:00:04:26

TS/Valkyrie: „Negativ, Lieutenant. Sensor ist immer noch nicht klar. Keine Anzeichen bis jetzt. Ich glaube, die Gebäude stören zu stark. Sie müssen …“

1b/Bowers: „Ist dir das dicht genug, Smith-puun, oder soll ich dein Bike für dich steuern?“

LC/Breanne: „Maul halten, Bowers! Marz, wiederholen!“

TS/Valkyrie: „Ihre Truppen müssen näher ran. Schicken Sie sie rein.“

2e/Alley: „Da rein? Ihr wollt mich wohl verscheißern!“

LC/Breanne: „Verstanden, Marz. Trupp zwei, vorrücken. Trupp drei …“

2a/Littlefield: „Verstanden … rücken vor.“

LC/Breanne: „… und östliche Gebäude erkunden bis rauf zu …“

3a/Jensen: „Wiederholen. Wiederholen!“

LC/Breanne: „Ich sagte, Trupp ausschwärmen und östliche Gebäude bis hinauf zu dem Übertragungsturm erkunden. Trupp zwei, Sie …“

1a/Bowers: „Hier draußen ist nichts, Smith-puun! Wir brennen nur Kreise in die Luft.“

1a/Smith-puun: „Sei dankbar, Bowers, *wenn* hier draußen nämlich was wäre …“

LC/Breanne: „Schluss mit dem Gequatsche auf der Kommandofrequenz! Trupp zwei, Sie nehmen sich die Westseite vor. Gehen Sie zwischen den Kondensatoren durch und um das Administrationszentrum herum!“

MET:00:04:27

2a/Littlefield: „Verstanden. Wir sind dran. Sejak, Sie gehen mit Mellish und sehen sich bei den Kondensatoren um. Der Rest kommt mit mir.“

3a/Jensen: „Ihr habt die Lady gehört. Bewegung! Cutter, Sie folgen Alley und Xiang die Hauptstraße hinauf. Ekart, Sie gehen mit Melnikov und Bernelli. Gehen Sie diese Straße da runter und dann nach Norden in Richtung …“

1d/Peaches: „Hey, Smith-puun! Hast du das gesehen?“

1a/Smith-puun: „Du hast gehört, was die Lady gesagt hat, Windom. Schluss mit dem Gequatsche …“

1d/Peaches: „Dort unten bewegt sich was!“

1a/Smith-puun: „Wo?“

1b/Bowers: „Da bewegt sich nichts, ich sag's euch doch!“

MET:00:04:28

3d/Mellish: „Sarge? Können wir auf diesem – diesem Kriechzeug laufen?“

3a/Jensen: „Es heißt Kriecher, Melnikov. Ja, ihr könnt drauf laufen. Es sieht nass aus, aber es ist wahrscheinlich härter als deine Power-Rüstung.“

2a/Littlefield: „Schwenkt eure Sensoren, Ladys. Je eher wir dieses Ding finden, desto schneller kommen wir zum Essen nach Hause.“

1e/Windom: „Peaches hat Recht, Corp, dort unten bewegt sich was.“

1b/Bowers: „Das bildest du dir ein, Windom!“

1d/Peaches: „Nein, ich seh es auch. Da drüben beim Komm-Turm, in den Schatten!“

LC/Breanne: „Lasst uns diese Sache hinter uns bringen und von hier verschwinden. Marz, gibt's jetzt was?“

MET:00:04:29

TS/Valkyrie: „Noch nicht, Lieutenant … halten Sie die Sensoren in Bewegung.“

2d/Melnikov: „Hey, ich glaub, ich krieg hier was …“

LC/Breanne: „Melnikov … was ist es?“

2d/Melnikov: „Sarge, ich glaube, Sie sollten sich das mal ansehen.“

2a/Littlefield: „Wo sind Sie, Melnikov?“

MET: 00:04:30

2a/Littlefield: „Melnikov, wiederholen. Wo sind Sie?“

LC/Breanne: „Littlefield, was ist da los?“

2a/Littlefield: „Ekart, wo ist Melnikov?“

2g/Ekart: „Ich bin nicht sein Babysitter, Sarge.“

2a/Littlefield: „Ekart, antworten Sie.“

2g/Ekart: „Er war gerade noch hinter mir!“

2a/Littlefield: „Bernelli?“

2c/Bernelli: „Er ist da gleich um die Ecke, Sarge.“

2a/Littlefield: „Können Sie ihn sehen?“

2c/Bernelli: „Na ja, er ist gleich … Hey, wo ist er denn hin?“

MET:00:04:31

LC/Breanne: „Melnikov, melden!“

MET:00:04:32

LC/Breanne: „Melnikov! *Melden!*“

KAPİTEL 6

KANINCHENBAU

Ardo fiel.

Sein Sturz hatte etwas Zeitloses, ein Fallen in die Schwärze, das kein Ende zu nehmen schien. Gestört wurde der Sturz nur dadurch, dass sein Helm immer wieder gegen die unsichtbaren Wände des finsteren Schachtes prallte. Ardos Arme und Beine verrenkten und verdrehten sich von Zeit zu Zeit, wenn sie gegen die Seiten stießen, doch die automatischen Sicherheits-Servos der Kampfrüstung bewahrten ihn vor ernsthaften Verletzungen. Er fiel unaufhaltsam, immer tiefer und tiefer hinein in die unbekannte Schwärze.

Dann erfolgte der Aufschlag. Geröll prasselte rings um ihn herab. Er war mit dem Gesicht voran auf dem harten Boden des Schachtes gelandet. Der Anzug hatte ihm das Leben gerettet und automatisch auf seinen Sturz reagiert, aber jetzt regneten die abbrechenden und einstürzenden Ränder des Schachtes auf ihn herab und begruben ihn tief im Innern einer Welt, die nicht die seine war.

Panik erfasste ihn. Er schrie – ein Schrei, der schwach und kraftlos in seinen Ohren klang, obwohl er von der Innenseite des Helmes zurückgeworfen wurde. Wild schlug und trat er nach den Trümmern, nach den dunklen Objekten, die über ihn rollten. Er kämpfte sich auf die Beine, verlor in der Eile das Gleichgewicht und fiel abermals hintenüber, ruderte mit Armen und Beinen, während er versuchte, irgendwo Halt zu finden. Sein Rücken krachte gegen die glatte Wand. Dort blieb er auf zitternden Beinen stehen und lehnte sich an, schnappte nach Luft und versuchte verzweifelt, die Beherrschung wiederzuerlangen.

Dunkelheit umgab ihn, undurchdringlich, vollkommen.

Ardo schauderte und kämpfte gegen seine hastigen, flachen Atemzüge an. *„Hol tief Luft, Ardo", sagte seine Mutter, Sorge in den Augen. „Sag nichts, bevor du nicht tief Luft geholt hast."*

Er saugte einen zittrigen Atemzug ein. „Melnikov an ... Melnikov an ... Cutter!" Er brauchte einen Moment, um sich den Namen in Erinnerung zu rufen. „Cutter ... Kommen, Cutter!"

Nur ein schwaches Zischen drang an seine Ohren.

Ardo schöpfte abermals zögerlich Atem. „Ekart? ... Bernelli? Könnt ihr ... könnt ihr mich hören? Kommen, Ekart! Bernelli! Ich bin in einen Schacht gefallen, bei ..."

Ja, wo eigentlich? Das Heads-up-Display seines Visiers war leer. Auf dem Navigationsschirm blinkte das Kürzel LOS, was bedeutete, dass es keinen Kontakt mehr mit dem Navsignal des Stützpunkts hatte. Wie tief *war* er denn gestürzt? Er erinnerte sich, allein über den Kriecher marschiert zu sein, auf der östlichen Seite und in Richtung des Turmes.

Ardo stockte der Atem. Der Kriecher!

Instinktiv richtete er mit der rechten Hand die Mündung seines Gaußgewehrs nach vorne. Mit der Linken griff er hinter sich, um die Wand in seinem Rücken abzutasten. Der energiebetriebene Handschuh des Kampfanzugs glitt über die gerippte Oberfläche.

„Verdammt!“, schnaufte er. Seine Augen standen plötzlich weit offen vor Angst.

Ardo packte das Gaußgewehr mit beiden Händen und stemmte sich von der Wand ab. Er beugte sich leicht vor, in die Waffe hinein, wie man es ihm beigebracht hatte. „Licht! Volles Spektrum!“

Die am Helm angebrachten Scheinwerfer erwachten grell blitzend zum Leben.

Der Zergling befand sich mindestens zehn Meter tief in dem Tunnel der Sporenkolonie, der rechts von Ardo sichtbar wurde. Die entsetzliche Kreatur drehte sich ins Licht, gerade als Ardo sich zurechtgefunden hatte. Die langen, aus dunklem Elfenbein bestehenden Krallen, die aus beiden Unterarmen ragten, fuhren schnappend in die Richtung des angsterfüllten Marines. Die kotzebraune Kopfhaube des Zerglings richtete sich auf, als die Kreatur grauenhaft zu kreischen begann.

Ardo blieb keine Zeit zum Denken. Training gewann die Oberhand. Instinkt. Er drehte die Waffe, als das Display in seinem Helm auf Angriffsmodus umsprang.

Der Zergling setzte in Sprüngen den Korridor herunter. Seine gewaltigen Hinterläufe mit den rasiermesserscharfen Kanten trugen ihn unglaublich schnell auf den Marine zu.

„Du sollst nicht töten“, flüsterte die Stimme in seinem Hinterkopf, ohne Gehör zu finden.

Ardo zog den Abzug durch und stemmte sich dabei gegen die Waffe.

Infanteriegeschosse mit Stahlspitzen jagten aus der Mündung des Gaußautomatikgewehrs, dreißig Schuss pro Sekunde. Fünfzehn Überschallknalle erschütterten die Luft.

Ardo ließ den Stecher los. Kurze Feuerstöße. Antrainiert, in Fleisch und Blut übergegangenes Handeln.

Die Hälfte der ersten Salve hatte ihr Ziel gefunden, hatte das Fleisch des Zerglings zerfetzt, hatte die Wände mit den Überresten bespritzt. Dunkles, grünliches Blut ergoss sich aus den klaffenden Wunden im Torso der Kreatur.

Der Zergling wurde nicht langsamer.

Zehn Meter trennten sie nun noch voneinander.

Ardo drückte abermals ab. *Längere Feuerstöße,* dachte er automatisch, sein bewusstes Denken beiseite schiebend.

Das Gaußgewehr ratterte wieder. Ardos Gesichtsdisplay registrierte die Tracer und korrigierte sein Zielen auf diesen Moloch des Todes und des Hasses, der da auf ihn zusprang. Vom Rückenschild der Kreatur brachen Stücke ab, prallten gegen die Wände und klapperten auf den harten Boden des Sporentunnels. Blut spritzte aus den zerfetzten Adern, während die Bestie unter jedem Treffer erbebte.

Ardo ließ eine weitere Salve folgen.

Fünf Meter.

Der Zergling wankte mit schäumendem Maul unter den Einschlägen, hielt sich jedoch – unmöglicherweise – auf den Beinen und sprang vorwärts.

Ardo, die Augen vor Schrecken geweitet, zog den Abzug durch. Das Gaußgewehr reagierte fast augenblicklich und jagte dem Feind einen Strom heißen Metalls entgegen und durchbohrte ihn damit. Dennoch drängte das Ungeheuer weiter auf ihn zu, stemmte sich gegen den Stahlprojektilhagel, der durch es hindurchhämmerte. In diesem Moment löste sich Ardos Ausbildung in Wohlgefallen auf. Ein Schrei, roh und unbewusst in seiner Intensität, brach aus seiner Kehle hervor. Das Tier in ihm riss die Kontrolle an sich. Die Konföderation existierte nicht mehr. Die Marines existierten nicht mehr. Es gab nur noch Ardo, der mit dem Rücken an der Wand um sein Leben kämpfte.

Ein Meter.

Ardos Augen standen offen und blinzelten nicht, als die entsetzliche Alienfratze noch näher kam.

Das Gaußgewehr hörte auf zu rattern, obwohl Ardo den Abzug krampfhaft durchgedrückt hielt. Das Magazin war leer.

Das glatte, gesprenkelte Braun der Zerglingsfratze stieß gegen Ardos Visier. Ardo konnte den Blick nicht abwenden. Er starrte in die schwarzen, seelenlosen Augen, die nur Zentimeter von seinem Gesicht entfernt waren. Seine Hände schüttelten sinnlos das Sturmgewehr, wider alle Vernunft hoffend, es möge irgendwie, auf unmögliche Weise, wieder funktionieren.

Ardo konnte nicht aufhören zu schreien.

Langsam glitt die Grimasse des Zerglings an seinem Visier herab, sein Torso stieß gegen Ardos Arme.

Ardo wankte nach hinten, die Stiefel seines Kampfanzugs gerieten ein wenig ins Rutschen, als er sich von den zerfetzten Überresten der widerwärtigen Kreatur entfernte. Zitternd löste Ardo das Magazin aus dem Sturmgewehr. Er schlug das frische Magazin erst gegen seinen Helm, um es von Sand zu befreien – mehr aus Instinkt als aus Notwendigkeit –, bevor er es in die Waffe rammte und das Gewehr wieder durchlud.

Der Zergling lag zu seinen Füßen. Der Rückenschild war fast zur Hälfte weggeschossen. Ardo konnte sehen, dass einer der Arme des Wesens abgetrennt und nach hinten geschleudert worden war, wo er jetzt auf dem Boden des Sporenkorridors lag. Eine größer werdende Pfütze aus Schwärze breitete sich darunter aus.

Der Zergling atmete noch.

„Alle Geschöpfe unseres Herrn wollen singen“, säuselte seine Mutter. „Erhebt eure Stimmen und lasst sie erklingen …“

Ardo begann haltlos zu zittern.

Er war zwölf und in der Sonntagsschule. „Aber sie sind wie die unvernünftigen Tiere, die von Natur dazu geboren sind, dass sie gefangen und geschlachtet werden; sie lästern über das, wovon sie nichts verstehen, und werden auch in ihrem verdorbenen Wesen umkommen ..." Tiere waren interessant für einen Zwölfjährigen.

Vor ihm zuckte der Zergling. Das trübe, schwarze Auge des Tiers starrte zu ihm empor.

„Und Gott sprach: Es wimmele das Wasser von lebendigem Getier ..."

Ardo konnte nicht atmen. In Panik ließ er plötzlich sein Gewehr fallen. Seine Hände fuhren tastend zur Visierentriegelung. Sie widerstand seinen Bemühungen einen Moment lang, dann glitt sie mit einem entschiedenen Klicken zur Seite. Er riss das Visier auf, während er auf alle Viere niederfiel.

Sein Frühstück klatschte in einem Schwall auf den Boden des Sporentunnels. Seine Arme stützten ihn, zitterten aber immer noch unkontrolliert. Er übergab sich von neuem ... und dann noch einmal.

Erst danach fiel ihm der Gestank auf, der neben seinem eigenen den Schacht erfüllte. Er rülpste zweimal und wusste, dass sein Magen leer war. Er wischte sich die Hand an seinem jetzt verdreckten Kampfanzug ab, bevor er nach oben griff und das Visier wieder zuschnappen ließ, um den Gestank auszusperren.

Endlich versuchte er sich, ausgelaugt und schwach, wieder in die Höhe zu stemmen. Er stellte fest, dass er nicht stehen konnte. Deshalb setzte er sich hin, mit dem Rücken an der Schachtwand, und zog seine gepanzerten Knie an die Brust.

„Du sollst nicht töten ..."

Der Zergling hörte auf zu zucken. Ardo sah zu, wie das Wesen vor ihm starb, fragte sich, wie er ein Leben hatte nehmen können – Leben, das nur Gott geben konnte.

Ardo hatte getötet.

„Du sollst nicht töten ...“

Der Marine begann leise zu schluchzen, wiegte sich, auf dem Tunnelboden hockend, hin und her.

Er hatte getötet. Er hatte noch nie zuvor getötet. Er war ausgebildet worden, konditioniert, gedrillt und war in mehr simulierten Kampfsituationen gewesen, als er sich erinnern konnte. Aber bis zu diesem Augenblick hatte er nie wirklich ein Wesen seines Lebens beraubt.

Seine Mutter hatte ihn gelehrt, dass es Sünde sei zu töten. Sein Vater hatte ihm beigebracht, alles Leben zu ehren, da es ein Geschenk Gottes sei. Wo waren seine Eltern jetzt? Wo war ihr Glaube jetzt? Wo war ihre Hoffnung? Tot, mit ihnen auf einer fernen Welt namens Bountiful umgekommen. Vernichtet von denselben geistlosen Dämonen der Hölle, sagte er sich. Doch die Worte schienen ihm hohl, Ausflüchte vor der Wahrheit, wie sein Vater zu ihm zu sagen pflegte.

„... und alles Getier, das da lebt und webt, davon das Wasser wimmelt, ein jedes nach seiner Art, und alle gefiederten Vögel, einen jeden nach seiner Art. Und Gott sah, dass es gut war.“

Ardo zog seine Knie noch fester an sich. Er schien nicht mehr klar denken zu können.

Das Display auf der Innenseite seines Visiers begann beharrlich zu blinken. Die Bewegungssensoren hatten Aktivität in der Schwärze des Sporentunnels aufgefangen, der sich vor ihm erstreckte, doch Ardos Denken schien eingefroren zu sein, unfähig, diese Wichtigkeit zu begreifen.

„Es tut mir Leid, Mom“, murmelte Ardo durch seine Tränen. „Ich wollte es nicht tun. Ich wollte es nicht ...“

Das Headset begann in seinen Ohren zu knistern.

„Auge um Auge ... Zahn um Zahn ...“

Ardo umschloss seine Knie fester.

„... runter ... Sarge! ... dieses Loch!“ Aus dem Knistern formten sich Worte. Ardo hörte sie kaum, als entstammten sie einer weit, weit entfernten Unterhaltung.

Das Visierdisplay erfasste die Bewegung. Die Anzeige wurde aktualisiert: sechzig Meter und näher kommend.

„... dieser Schacht.“ Plötzlich drang die Stimme deutlich an Ardos Ohren. Vage erkannte er sie als die von Bernelli. *„Scheiße!* Müssen hundert Fuß bis da runter sein. Hey, Melnikov! Bist du noch ...“

Ardo blinzelte und holte zittrig Luft.

Mehrere Kontakte erschienen auf seinem Helmdisplay. Ihre Anzahl nahm stetig zu.

„... in einen alten Brunnenschacht, Sarge“, knisterte die Stimme in seinem Ohr weiter. „Der Kriecher muss das Loch zugedeckt haben, und da fiel er rein. Ich glaube, ich kann ihn sehen, aber er antwortet mir nicht.“

Vierzig Meter und näher kommend.

Mom war tot. Dad war tot. Melani war tot. *Ich bin der Einzige, der ihrer noch gedenken kann,* erkannte Ardo.

Fünfunddreißig Meter und näher kommend.

Er schaute nach oben. Weit über sich konnte er die Lichter von Bernellis Anzug aufblitzen sehen.

Es muss jemand überleben.

„Ich bin hier!“, rief er hinauf, während er rasch nach unten langte und sein Gaußgewehr vom Geröll übersäten Boden aufhob. Hastig zog er den Enterhaken aus seinem Gürtel und schob ihn in den Lauf des Gewehrs. „Geht zurück, ich schieß den Enterhaken hoch!“

„Hey, Mann, wir dachten schon, wir hätten dich verloren!“

„Nicht heute“, rief er zurück.

Dreißig Meter und näher kommend.

Er schoss den Enterhaken kerzengerade den Schacht hinauf. Die Monofil-Leine peitschte nach oben, spulte sich von der automatischen Winde im Rückenteil der Power-Rüstung ab.

Momente, nachdem Ardo die Liftvorrichtung aktiviert hatte, schaute er den Schacht hinunter. Ein kaltes Lächeln bildete sich auf seinem tränenverschmierten Gesicht, während der Boden rasend schnell unter seinen Füßen zurückblieb.

„Nicht heute.“

KAPİTEL 7

PUTZ- UND FLICKSTUNDE

Cutters riesenhafte Hände packten zu und zerrten Ardo aus dem Loch, mitsamt seiner Kampfrüstung und allem Drum und Dran. Er war kaum über dem Rand des Bodeneinbruchs, als drei Mitglieder seines Trupps in das Loch, das er gerade verlassen hatte, zu feuern begannen.

„Sarge!" In Alleys Stimme schwang ein bisschen mehr Aufregung, als es Ardo gefallen wollte. „Sie kommen hoch. *Scheiße!* Die nehmen überhaupt kein Ende!"

„Steht nicht einfach nur so rum, *verdammt!* Feuer frei!", brüllte Littlefield über den Kommando-Kanal.

„Wolltest sie alle für dich, was, Alter?", knurrte der Insulaner durch sein Visier, das er gegen Ardos presste. „Dachtest, du könntest den Helden des Tages spielen, wenn du sie alle selber erledigst, he?"

„Aufhören, Cutter", fauchte Littlefield. „Der Lieutenant will sofort mit dem Jungen sprechen. Alley! Sie erhalten das Störfeuer aufrecht. Ekart, Xiang, Splittergranaten in dieses Loch, und zwar sofort! Bernelli, Sie bringen eine Sprengladung an. Wenn ihr mit den Viechern fertig seid, sollen die Zerg nicht einmal mehr dran *denken*, ein Loch zu graben, klar? So bald ihr könnt, schwingt ihr eure Ärsche rüber ins Verwaltungsbüro.

Haltet die Augen offen. Wo es *ein* Sporenloch gibt, existieren sehr wahrscheinlich noch *mehr*, und ich will nicht, dass mir einer von denen auf die Schulter tippt. Klar?"

Der Trupp nickte zustimmend, während er den Tod in das Loch regnen ließ.

„Cutter, passen Sie auf diese Welpen auf und bringen Sie sie in einem Stück zu mir zurück."

„Verdammt, Sarge!", protestierte Cutter. „Ich hab den ganzen Tag noch nichts gekillt!"

Littlefield schien den Firebat-Marine einen Moment lang zu betrachten. In seinen Augen war ein Ausdruck von Traurigkeit, seine Stimme jedoch war fest und klar. „Es wartet noch eine Menge auf Sie, bevor der Tag vorüber ist, Cutter. Ich brauche diese Männer. Bringen Sie sie heil zu mir zurück, klar?"

„Klar, Sir", schniefte Cutter. „Glasklar."

Littlefield wandte sich an Ardo. „Im Laufschritt, Marine! Marsch, marsch!"

Sergeant Littlefield vergeudete keine Zeit und war schon einige Schritte entfernt, ehe Ardo loslief. Littlefield rannte durch die Gassen von Oasis, während Ardo verzweifelt versuchte, mit ihm Schritt zu halten. Der Kriecher befand sich immer noch unter ihren Stiefeln. Ardo rechnete jeden Moment damit, ein weiteres Mal durch die brüchige Kruste zu brechen und in eine Lage zu geraten, die noch schlimmer war als die zurückliegende. Aber so sehr er sich davor auch fürchtete, tief in ihm war etwas, das eine Missachtung der Befehle des Sergeants noch um einiges mehr fürchtete.

Der taktische Kanal lieferte ihm kein klares Bild dessen, was vorging, aber was er verstand, hörte sich nicht gut an.

„Heilige Scheiße, Mann! Das hört nicht auf!"

„Mehr Granaten, Mann!"

„Mach ich ja, Mann! Ich hab fast keine mehr ...“

„Zurücktreten, Ladys! Zeit, dass ich mir ein paar Zerg anzünde!“

Cutter, dachte Ardo, während er eine weitere Gasse entlanghetzte, bemüht, Littlefield nicht aus den Augen zu verlieren.

Oasis war ein kleiner Außenposten. Der Ort hatte kaum mehr zu bieten als die Arbeit an den Quellen und bei den verschiedenen Pumpstationen. Die meisten Häuser bestanden aus Fertigbauelementen und jedem war anzusehen, dass es nur zur vorübergehenden Nutzung errichtet worden war. In der Mitte der Siedlung gab es ein paar Läden, in denen die Einwohner das Nötigste einkauften.

Oder wo die Einwohner zumindest das Nötigste eingekauft *hatten*. Der Kriecher hatte sich über den gesamten Kernbereich der Stadt ausgebreitet. *Hier muss irgendwo eine Blüte in der Nähe sein,* dachte Ardo, aber er hatte Mühe, in dem Labyrinth aus willkürlich platzierten Gebäuden mit Littlefield Schritt zu halten und somit wenig Zeit, darüber nachzudenken.

„... es bewegt sich, Sergeant! Der Kriecher fängt an, sich zu bewegen!“

„Dann findet die Blüte. Wenn wir die finden, können wir das ganze Ding erledigen.“

„Ich hab ja schon gesucht. Hier ist sie nicht.“

„Wir fliegen noch mal über die Hauptstraße. Vielleicht haben wir sie übersehen.“

Als das Gebäude der Zentralverwaltung in Sicht kam, jagten über ihnen die vier Vulture Hover Bikes dröhnend vorbei. Der Bau war nicht schwer zu finden. Mit seinen drei Stockwerken überragte er alle anderen Wohngebäude der Siedlung. In einer Seite klaffte ein gezacktes Loch, die äußere Metallwand war förmlich zurückgeschält worden – ob von einer Explosion oder von unfassbar kräftigen Händen, darüber wollte Ardo gar nicht spekulieren.

Der Anblick erstaunte ihn dermaßen, dass er fast gegen Sergeant Littlefield rannte, der kurz vor dem Verwaltungsbau abrupt zum Stehen gekommen war. Der ältere Mann sah dem keuchenden Ardo in die Augen, der jetzt verdutzt vor ihm stand, und stellte seinen Funk dann auf „Einzelverbindung" um. Seine Worte waren nur für Ardo bestimmt.

„Sohn, du hast ziemlichen Ärger am Hals, aber mach dir keine Sorgen. Nimm es einfach wie ein Marine, und dann kommt schon alles in Ordnung. Verstanden?"

Ardo nickte, obwohl er wusste, dass es eine Lüge war. Es fiel ihm im Augenblick schwer, auch nur irgendetwas zu verstehen. „Sir, jawohl, Sir!"

Littlefield lächelte. „Tja, hier draußen gibt es nicht viel, was Sie mit dir machen könnten, das der Job nicht ohnehin schon für Sie erledigen würde. Sei höflich, widersprich Breanne nicht, und dann wirst du es schon soweit überleben, dass du zu deinem Trupp zurück kannst. Sie wartet in der Befehlsstelle auf dich."

Littlefield warf einen raschen Blick auf Ardos Kampfrüstung, dann lächelte er. „Ich wünschte, wir hätten Zeit, dich erst einmal mit einem Wasserschlauch abzuspritzen, Sohn! Der Lieutenant wird ganz schön das Näschen rümpfen."

Man hätte eigentlich erwarten können, dass sie zumindest die Toten wegschaffen, dachte Ardo, als er die Befehlsstelle betrat. Sie befand sich in der oberen Etage des dreistöckigen Zentralgebäudes des Komplexes. Die Fenster, jetzt bar allen Glases, blickten auf die Siedlung hinaus. Das Gebäude war wahrscheinlich die letzte Stellung der Kolonisten gewesen, und als der Kampf entschieden war, hatte es niemanden mehr gegeben, der die Toten hätte begraben können.

Das war vor einigen Tagen gewesen. Die Marines hatten den Zerg ordentlich eins übergebraten, als sie Schönblick erreichten. In den Informationen war von einer „Extermination“ die Rede, und man ging davon aus, dass es in Oasis nur noch eine minimale Streitmacht der Zerg gab. Dennoch hatte es keiner der Befehlshaber für nötig gehalten, zur Pumpensiedlung zurückzukommen, um den tapferen Gefallenen die letzte Ehre zu erweisen. Schließlich waren sie tot.

Die Befehlsstelle selbst hatte beträchtlichen Schaden genommen. Mehrere Marines des zweiten Trupps arbeiteten daran, die klaffenden Löcher in der Außenwand abzustützen. Das sporadische Licht ihrer Handschweißgeräte legte ein gespenstisch flatterndes, blauweißes Leichentuch über die grausige Szenerie. In der Mitte des Raumes beugte sich Lieutenant Breanne mit dem Rücken zu ihnen über den Kartentisch. Ihren Kampfhelm hatte sie abgenommen und neben sich gelegt, derweil sie sich auf die Anzeigen vor ihr zu konzentrieren versuchte.

Ardo konnte sie trotzdem auf dem Taktik-Kanal hören.

„Trupp drei, weiter nach Norden, in Richtung des Turmes, und dann Rückzug zur Befehlsstelle.“

„Hier drüben bewegt sich was! Da kommt etwas!“

„Halt's Maul, Mann! Hier bewegt sich überall was … überall! Die kommen aus dem Boden, Mann!“

„Weiter! Geht weiter!“

Sergeant Littlefield löste die Verschlüsse seines Helmes und beförderte ihn mit einer fließenden Bewegung in die Armbeuge. „Verzeihung, Ma'am? Melde mich wie befohlen!“

Der Lieutenant richtete sich auf und drehte sich um.

Ardo besaß gerade noch genug Geistesgegenwart, um seinen Helm abzunehmen und zu salutieren.

Der Geruch im Raum war vertrauter als der im Sporentunnel – und daher um so Übelkeit erregender.

Ihre Stimme klang wie von Eis ummantelt. „Gefreiter … Melnikov, nicht wahr? Wie schön von Ihnen, endlich einem Befehl zu folgen.“ Ihr Blick schwenkte mit einem knappen Ruck ihres Kopfes zum Sergeant hin. „Mister Littlefield, glauben Sie, dieser noch grüne Marine ist meine Mühe wert?“

„Ma'am, das … obliegt Ihrer Gnade, Ma'am!“

Ardo schielte aus den Augenwinkeln zu Littlefield, um dessen Mundwinkel ein Lächeln zu spielen schien.

„So“, schnappte Breanne. „Nun, ich hege da meine Zweifel. Treten Sie vor, Gefreiter!“

Ardo geriet in Panik. Er salutierte und durfte sich doch nicht rühren, bis der Gruß erwidert war. Dennoch war ihm gerade befohlen worden, sich zu rühren. In seinem Kopf schien sich etwas festzufressen, und er sah sich nicht in der Lage, sehr viel mehr zu tun, als weiterhin zu salutieren.

Breanne schien das auf einmal bewusst zu werden. Sie fluchte halblaut und entbot ihm einen flüchtigen Gruß.

Erleichtert ließ Ardo den Arm sinken und schauderte leicht, als er über einen kopflosen Torso und einen Arm hinwegstieg. Er konnte nicht sagen, ob es sich einmal um einen Mann oder eine Frau gehandelt hatte. Er wollte es auch gar nicht wissen. Er hielt seine Augen starr auf den Lieutenant gerichtet.

„Mister Melnikov! Habe ich diesem Team befohlen, das Waffenfeuer bei dieser Operation zurückzuhalten, oder habe ich das nicht?“

Es war eine direkte Frage. Ardo kam nicht umhin, sie zu beantworten. „Ma'am! Jawohl, Ma'am!“

„Habe ich nicht klar gemacht, dass es sich hier um eine Aufklärungs- und Bergungsmission handelt?"

„Ma'am! *Glasklar*, Ma'am!"

Breannes Gesicht kam Ardos unangenehm nahe. Ihre Worte ließen ihn frösteln. „Und warum, Soldat, haben Sie meinen Befehl missachtet?"

Ardo schluckte. „Fiel in einen Schacht, Ma'am! Traf auf einen Zerg …" Er geriet etwas ins Stammeln, als ihn die Erinnerung an sein Erlebnis überkam. Er senkte den Blick, schämte sich plötzlich. „Ich … ich habe ihn getötet!"

„Sehen Sie mich an, wenn ich mit Ihnen rede, Soldat!"

Ardos Blick fixierte sich auf ihre spitze Nase.

„Glauben Sie, das ist der Grund, weshalb wir hier sind – um Zerg zu töten?"

„Ma'am! Jawohl, Ma'am! Um sie alle zur Hölle zu schicken, Ma'am!"

Bei diesen Worten rollte Breanne mit den Augen und trat wutschäumend beiseite. „Littlefield, ist das zu fassen? *Das* ist der neue Marine! Neural-Resozialisation! Soldaten wie vom Fließband, alle gleich! Man zieht sie aus den Resoz-Tanks, zieht sie auf wie Spielzeugroboter und schickt sie los zum Sterben!"

Littlefield lachte dumpf. „Nun, Ma'am, es geht jedenfalls sehr viel schneller als die alte Methode, das steht mal fest. Das ist der Fortschritt."

„Gott bewahre uns vor dem Fortschritt!", seufzte Breanne, dann richtete sie ihre Stahlaugen wieder auf Ardo. „Mister Melnikov, lassen Sie mich versuchen, Sie nach der alten Methode zu belehren. Gefreiter, wir sind *nicht* hier, um Zerg zu töten!"

Ardo fühlte sich verwirrt. „Ma'am?"

„Wir sind hier, um die Zerg *zu stoppen*. Das ist etwas ganz anderes. Diese hülsenlose Stahlspitzen-Infanteriemunition, mit der Sie heute früh so pflichtbewusst Ihr Sturmgewehr luden, tötet den Feind nicht. Sie soll ihn verkrüppeln."

„Ma'am, ich … ich verstehe nicht."

„Tötet man einen Menschen auf dem Schlachtfeld, kann man ihn dort liegen lassen. Die Bussarde werden sich seiner annehmen." Breanne machte eine Geste, die die Befehlsstelle umfasste und noch darüber hinaus zu gehen schien. „Sehen Sie sich um, Gefreiter. Es gab nichts, was wir für die Toten tun konnten. Man erweist Ihnen die letzte Ehre, wenn man kann, aber mitten in der Schlacht kann man nichts für sie tun. Sie sind *nicht mehr von Belang*, verstanden?"

„Na ja … ja, Ma'am, aber …"

„Kein Aber! Wenn man einen Feind auf dem Feld verkrüppelt, braucht es vier oder fünf seiner Kameraden, um ihn aus dem Schlachtengetümmel zu bergen, und *noch mehr* seiner Kameraden, um ihn zusammenzuflicken, ihn zu versorgen. Tötet man einen Feind, vermindert man die gegnerische Streitmacht um eins. Verkrüppelt man einen Feind, vermindert man die gegnerische Streitmacht um *zehn*. Geht das in Ihren resozialisierten Dickschädel hinein?"

Ardo überlegte kurz. „Ja, Ma'am."

„Dann werden Sie in Zukunft im Einsatz sorgfältiger auf meine Befehle achten – *buchstabengetreu?"*

„Ma'am, jawohl, Ma'am … aber …"

Breanne kniff die Augen zusammen. „Wollen Sie etwas sagen, Gefreiter?"

Ardo schluckte. „Ich bitte um Verzeihung, Ma'am … aber meint der Lieutenant, dass ich am Grund dieses Brunnenschachts besser gestorben wäre?"

Breanne holte Luft für eine Antwort, hielt sie dann aber doch zurück. Ein boshaftes Lächeln kräuselte ihre Lippen. „Na, was sagt man dazu? Ein Marine, der denkt! Wie erfrischend. Es gibt doch noch Hoffnung für Sie, Melnikov. Ich –"

„Hey, Lieutenant! Ich glaube, wir haben etwas entdeckt!"

„Hier Marz. Sie haben etwas auf den Scannern."

„Hey, ich glaub, ich hab's gefunden!"

Breanne fuhr zu ihrem Kartentisch herum. „Wo? Wo ist es?"

„Es ist nur ein Fertigbau ... ich glaube, es steckt in einem Keller!"

„Lieber Gott! Überall um mich her bricht der Boden auf!"

„Bewegung! Bewegung!"

„Wo?"

„Überall!"

„Cutter!", bellte Breanne. „Holen Sie das Gerät! Marz! Sie sind auf ... verdammt! ... Kartengitter sechsunddreißig, vier-siebzehn. Holen Sie sie da raus!"

„Wenn ich das tue, werden Sie schutzlos sein, Lieutenant! Pfeifen Sie sie zurück zur Befehlsstelle, und ich hole Sie alle dort ab."

„Captain Marz, bringen Sie Ihre Kiste da rüber und nehmen Sie mein Team auf!"

„Dort kann ich nirgends landen, Lieutenant, und wenn ich die Extraktionsfelder benutze, werden die Leute am Boden für ein paar Sekunden in Stasis versetzt. Mehr als genug Zeit für die Zerg, um sie an Ort und Stelle umzubringen."

„Na, großartig!"

Breanne bedeutete Littlefield mit einer Geste, zu ihr zu kommen. Der Sergeant trat rasch an den Tisch. Während Breanne sprach, deutete er auf mehrere Stellen.

„Trupp zwei, holen Sie das Gerät. Trupp eins, ich brauche Deckung von oben für Trupp zwei auf sechsunddreißig, vier-siebzehn!"

„Hey, meint die uns, *Mann?"*

„Ihr habt die Lady gehört, es ist vorbei – ach du Scheiße! Wo sind die *denn hergekommen?"*

„Das ist ja 'ne ganze Wand, *verdammt noch mal!"*

„Eher ein Teppich! Verdammt, *wo sind die hergekommen?"*

„Trupp drei!", fuhr Breanne fort. „Deckungsfeuer von vierunddreißig, vier-sechzehn bis sechsunddreißig, vier-siebzehn. Halten Sie einen Korridor offen und ziehen Sie sich dann zurück."

„Wiederholen Sie."

„Ich sagte, halten Sie einen Korridor offen und ziehen Sie sich dann mit Trupp zwei zur Befehlsstelle zurück. Wir fliegen von hier ab."

Der Lieutenant wandte sich an Ardo.

„Melnikov, Ihretwegen hat das angefangen, jetzt können Sie beim Aufräumen helfen. Schließen Sie sich Trupp drei an und sehen Sie zu, dass Sie Ihren alten Trupp zwei in möglichst wenig Stücken hierher zurückbringen können."

Der Lieutenant wandte sich wieder dem Kartentisch zu. „Ich glaube, man kann ohne Übertreibung behaupten, dass sie von unserer Anwesenheit wissen."

KAPİTEL 8

FEINDKONTAKT

Ardo hetzte die Treppenstufen hinunter, sprang über die Toten hinweg, die ihm im Weg lagen, und stürmte schließlich in das, was einmal die Lobby gewesen war. Wabowski, der zweite Firebat des Zuges, lud bereits seinen Plasma-Flammenwerfer. Mellish und Esson fummelten nervös an ihren Gaußgewehren herum. Und Sejak wirkte sogar noch gereizter als die anderen.

„Wo ist Jensen?“, fragte Ardo.

„Sucht M'butu“, sagte Sejak und leckte sich die Lippen. „Er sagte, er wolle nur … o verdammt, er ist *überfällig!*“

„Ich schlage vor, wir gehen ihn suchen“, knurrte Wabowski.

„Und ich sage, wir befolgen unsere Befehle“, versetzte Littlefield, der die Treppe herunterkam und sich ihnen anschloss. „Lieutenant Breanne weiß, was sie tut. Ihr habt eure Befehle, und ihr kennt den Drill. Bewegung, Leute! Mir nach!“

Littlefield machte sein eigenes Sturmgewehr bereit und trat durch die zerbrochenen Türen der Eingangshalle hinaus. Die Männer schauten einander kurz an, dann beeilten sie sich, dem Sergeant zu folgen.

Der Wind blies eine stete, heiße Brise von Nordosten her und wirbelte Staub über den Kriecher, der sich über den Hauptplatz ausgebreitet hatte. Ardo schauderte, als sie darüber hinwegmarschierten. Auf dem Kommando-Kanal konnten sie Cutter und den Rest des ersten und zweiten Trupps hören, körperlose Stimmen, die irgendwo hinter dem Wall aus Gebäuden, der den zentralen Platz des Außenpostens einfasste, ums Überleben kämpften.

„Lauft weiter! Lauft weiter!"

„Bowers? Bowers! Verdammt, wo ist ..."

„Bowers hat's erwischt!"

„Fu! Peaches! Schwingt eure Ärsche hier rüber, los!"

„Verdammt! Sarge! Ich bin getroffen! Ich bin getroffen! Das Bike geht runter! Helft mir! O Gott ... die werden mich holen! Lasst sie nicht ..."

Littlefields Stimme echote in ihren Helmen, überlagerte die anderen Stimmen, die seiner Nähe wegen automatisch leiser wurden. „Sejak! Mellish! Sie beide flankieren den Platz und halten Ihre Stellungen. Wabowski, Sie und der Rest des Trupps folgen mir. Ich will nicht, dass sich etwas von hinten an mich ranschleicht, Marines!"

Ardo folgte ohne ein Wort, obwohl er in seiner Kampfrüstung zitterte. Der Gefreite blickte sich nervös nach allen Seiten um, während er sich vorwärts bewegte, weil man es ihm so eingetrichtert hatte. Irgendwo in seinem Hinterkopf wollte ihn ein Instinkt dazu verleiten, in die andere Richtung zu rennen, so schnell seine Kampfrüstung es zuließ. Aber seine Ausbildung hielt dieses winselnde Tier irgendwie im Zaum.

„Alley! Geh mir aus dem Weg, verdammt! Ich fackel sie ab!"

„Die sind wie eine verdammte Wand, *Cutter!"*

„Weiter! Halt bloß diese Kiste fest, Ekart, sonst lass ich dich zurückgehen, um sie zu holen, ich schwör's bei Gott, Zerg hin oder her! Lauft!"

Wabowski befand sich links von Ardo, schwer beladen mit

voll aufgeladenen Plasma-Tanks, die am Rücken seiner Firebat-Flammenwerfer-Kampfrüstung befestigt waren. Esson flankierte Wabowski auf der anderen Seite. Obwohl Ardo ihn nicht direkt sehen konnte, registrierte sein Helmdisplay M'butu unmittelbar hinter ihnen. Sie waren in der klassischen Support-Formation für Firebats, etwas, an das Ardo nicht mehr Gedanken verschwendete als die anderen, die Littlefield über den Platz folgten. Man konnte sich ebenso gut aufs Nachdenken konzentrieren wie aufs Atmen. Alles lief nach Vorschrift.

Warum, dachte Ardo, *zittere ich dann trotzdem noch?*

„Verdammt! Die sind überall! Wo kommen die her?"

„Lauf weiter, Sandhase!"

Sie erreichten eine Barrikade auf der anderen Seite des Platzes, die sich zwischen zwei Gebäuden über die östliche Straße erstreckte. Offensichtlich hatte man sie aus allem errichtet, was gerade zur Hand gewesen war. Zwei schwere Lader und ein mobiler Grabenzieher bildeten den Hauptteil der Barrikade, aber darüber hinaus schien man alles verwendet zu haben, was sich in Reichweite befunden hatte. Schreibtische, Betten, Steine, Bruchstücke von Wänden, sogar zwei Kinderfahrräder hatte man aus Verzweiflung auf den Haufen geworfen. Dem Anblick der verstümmelten Toten, die zurückgeblieben waren, nach zu schließen, hatten ihnen ihre Anstrengungen anderthalb zusätzliche Minuten eingebracht.

Ardo zitterte heftig und fürchtete plötzlich, dass das Klappern seiner Zähne über Funk zu hören sein könnte. Er konzentrierte sich darauf, was der Lieutenant gesagt hatte. *„Es gibt nichts, was man für sie tun kann. Sie sind nicht mehr von Belang, verstanden?"* Dennoch wandte Ardo den Blick ab und schämte sich dabei ein wenig.

Littlefield bemerkte Ardos Unbehagen nicht. Er ließ den

Blick über die östliche Straße schweifen, die sich zwischen den Gebäuden hindurchwand. Die Bezeichnung Straße war in diesem Fall sehr großzügig zu betrachten – es war eher ein Feldweg, der im Zickzack zwischen Häusern aus Fertigbauteilen verlief. „Da sind sie", sagte der Sergeant und deutete nach Osten.

Ardo spähte zwischen den Gebäuden hindurch. Hinter dem dünnen Schleier aus rotem Staub bewegte sich etwas, aber er konnte sich nicht ganz sicher sein, was es war. Der Wind nahm mit Schwinden des Tages zu, und der wehende rote Staub trübte die Sicht noch mehr. Die Stimmen auf dem Kommando-Kanal wurden lauter und deutlicher. Cutter machte Fortschritte, aber würde es reichen?

„M'butu! Esson!" Littlefields Worte klangen ruhig und bestimmt. Nur ein weiterer Arbeitstag im Büro, schien sein Tonfall zu vermitteln. „Ihr besetzt diese Barrikade links und rechts. Nehmt diesen Weg ins Kreuzfeuer. Melnikov!"

Ardo sah den Sergeant an, als er seinen Namen hörte.

„Sie und Wabowski kommen mit mir mit. Holen wir sie rein."

Und damit richtete Littlefield die Mündung seines Gaußgewehrs nach vorne und kletterte über die Barrikade.

Ardo konnte sich nicht bewegen.

Littlefield war bereits nur noch schwer auszumachen, die Kampfrüstung des Sergeants verschwand zunehmend in dem wehenden Staub.

Ardos Verstand schien wie gelähmt. Er konnte nicht vorwärts gehen. Er konnte nicht rückwärts gehen.

Plötzlich stieß etwas von hinten gegen seinen Rücken und ließ ihn nach vorne taumeln.

„Komm schon, Melnikov", schnaubte Wabowski. „Beweg

deinen Arsch! Das ist eine Rettungsmission, schon vergessen?“

Wabowskis Stiefeltritt löste Ardos Erstarrung. Beide überwanden sie rasch die Barrikade, Ardo gab sowohl dem kaum noch erkennbaren Littlefield als auch Wabowski hinter ihm Deckung.

„Links!“, brüllte Wabowski plötzlich.

Ardo wirbelte herum, duckte sich.

Mehrere Zerg bewegten sich auf ihren Klauen in unglaublichem Tempo an einer Wand eines Fertigbauhauses entlang. Sie schienen der Schwerkraft mit roher Stärke zu trotzen. In dem Moment, da Ardo sie sah, löste sich der Erste von ihnen mit einem Sprung von der Wand und setzte direkt auf den Marine zu.

Ardo blieb keine Zeit zum Überlegen. Er drückte den Abzug seines Gaußsturmgewehrs. Der Geschosshagel erwischte das Monster mitten in der Luft. Dessen enorme Kraft mochte es zwar vorwärts getrieben haben, aber die hochbeschleunigten Projektile glichen die Bewegung des Zergs aus und nagelten ihn an der Wand fest. Die übrigen Wesen duckten sich gegen die Wand und bereiteten sich ebenfalls auf den Sprung vor.

Eine plötzliche Säule aus Plasmafeuer verhüllte die Wand und verschlang die Zerg. Ardo drehte sich um und sah Wabowski, der, ein gewaltiges Grinsen im Gesicht, die Wand mit dem Plasmastrom bestrich.

Und er sah die Zerg-Lurker, die den oberen Rand des Gebäudes hinter dem lächelnden Firebat-Krieger säumten.

„Hinter dir!“, schrie Ardo mit schriller Stimme. Sein Gewehr ratterte in seinen Händen, die Schüsse stanzten ein Muster in das Dach. Einige der Lurker stürzten schwer auf den Boden herab, ihre Krallen gruben sich in den Staub. Mühsam versuchten sie sich weiter auf ihre Beute zuzuschleppen.

Wir sind die Beute, erkannte Ardo plötzlich. Er sah, dass das Lächeln auf Wabowskis Gesicht mit einem Mal grimmig geworden war. Die superheißen Plasmastöße jagten blitzend auf mehrere Ziele hinter Ardos Rücken zu.

„Halt sie mir vom Leib, Bruder“, sagte Wabowski gedehnt. „Ich bin hier gerade etwas beschäftigt.“

Plötzlich schienen sich die geschmeidigen, dunklen Schemen überall auf den umliegenden Modulbauten zu befinden. Ardo erinnerte sich daran, wie er als Kind einmal auf der Farm seines Vaters in einen Ameisenhaufen getreten war. Wie durch Zauberei schienen die Ameisen auf einmal überall um ihn her gewesen zu sein.

Ich bin in diesen *Ameisenhaufen getreten,* dachte Ardo.

Auf einmal hörte das Gewehr auf zu rattern. Instinktiv warf Ardo den Clip aus, schlug einen frischen gegen seinen Helm und rammte ihn in die Waffe. Der Clip war kaum eingerastet, als Ardo den Stecher auch schon wieder durchzog und die ständig wachsenden Horden von Zerg-Lurkern unter Beschuss nahm, sodass sie wie Regen von den südlich gelegenen Dächern fielen.

„Verdammt! Wie weit ist es denn noch?“

„Das schaffen wir nie, Cutter!“

„Schnauze! Weiter!“

„Wir liegen unter schwerem Feuer!“ Wabowskis Worte waren sachlich, seine Anspannung war dennoch herauszuhören. „Littlefield, wenn Sie etwas unternehmen wollen, dann wäre jetzt ein günstiger Zeitpunkt!“

„Wir haben sie, Wabowski. Sind in einer Minute bei Ihnen.“

Ardo hatte seinen zweiten Clip leer geschossen. Trotz der Innentemperaturkontrolle seiner Kampfrüstung lief ihm der Schweiß übers Gesicht. Wieder warf er den Clip aus, drückte den dritten in den Schacht und feuerte weiter. Die verstümmelten Körper der Lurker fielen übereinander. Der Haufen schleppte sich weiter auf ihn zu, bewegte sich kratzend über den Boden, gierig auf Ardos Blut.

Nach wie vor kamen sie über den Dachfirst. Ardo konnte sich nur ausmalen, gegen was Wabowski außerhalb seines Blickfelds kämpfte.

Ardos Gaußgewehr wurde warm in seinen Händen. Der Anzug filterte die Hitze, sodass er sich nicht verletzen würde, aber er wusste, dass die Waffe damit gefährlich nahe dran war, kritisch zu werden.

„Wir haben Kontakt.“ Das war Mellish hinter ihnen. *„Feuerzone hier auf dem Platz. Wir könnten etwas Hilfe brauchen!“*

Eine der Zergkrallen streckte sich aus dem Haufen und schnappte blind nach Ardos Bein. Instinktiv machte er einen Schritt nach hinten, dann jagte er eine kurze Salve nach unten, die das Gliedmaß vollständig abtrennte.

Als er wieder nach oben schaute, befanden sich die Lurker vom Dach bereits in der Luft und hielten auf ihn zu.

Sie erreichten den Boden nie. Ein Flammenstoß und Gaußgeschosse aus Ardos unmittelbarer Nähe vernichteten sie.

„Mach Platz, Junge“, sagte Cutter und rannte in seinem Firebat-Anzug in vollem Lauf an Ardo vorbei. Unter dem Arm des riesenhaften Mannes schien eine Zivilistin zu klemmen, während er vorwärts stürmte. Er hielt die Gestalt mit einer Hand fest, in der anderen trug er den mächtigen Plasmaschlauch. Im Laufen rief er über den Kommando-Kanal: „Bewegung!“

Auch Littlefield und Xiang hasteten vorbei. Zwischen sich trugen sie eine Metallkiste an deren Griffen. Bernelli erhielt das Feuer aus seiner Waffe aufrecht, schoss manchmal auf echte Ziele und manchmal auf eingebildete.

„Bleiben Sie hier und halten Sie sie zurück, Melnikov!“, rief Littlefield im Vorbeirennen. Die Kiste schien schwer zu sein, machte ihn und Xiang langsamer. „Wir sind fast da! Wabowski! Verschaffen Sie uns Zeit! Das ist ein Befehl!“

Ardo drehte sich um. Sein Blick folgte der Straße in östlicher Richtung.

Zerg ergossen sich die Straße herab. Ihre Krallen bildeten eine Wand aus Tod und Hass. Ardo wusste, dass sie seinetwegen gekommen waren. Seine Gedanken überschlugen sich. Aus irgendeinem Grund glaubte er, sie wüssten, dass er ihnen schon zweimal entkommen war. Sie wollten ihn, sein Fleisch, sein Blut.

Ardo drehte sich um und preschte los.

Wabowski bestrich weiterhin die Wände mit dem Plasmastrahl. Offenbar hatte er nicht bemerkt, dass Ardo ihn verlassen hatte.

Die Lurker an der gegenüberliegenden Wand sprangen.

Ardo wandte sich nach dem Schrei um. Die Zerg-Lurker hatten Wabowski die Düse aus den Händen gerissen und scharrten über die Rüstung, beschnüffelten sie vorsichtig. Offensichtlich waren sie schlau genug, einen Firebat-Anzug nicht einfach planlos aufzufetzen. In wenigen Augenblicken aber würden sie ihn auseinander nehmen, den schreienden Wabowski herauszerren und dann …

Drei Hydralisken packten Melani zugleich und schleiften sie vom Rand der Menge zurück.

„Bitte, Ardo“, schluchzte sie. „Lass mich nicht allein!“

Ardo hob seine Waffe und feuerte eine Salve panzerbrechender Geschosse in die Tanks von Wabowskis Firebat-Anzug. Firebat-Anzüge sind selbst unter günstigsten Umständen mit Vorsicht zu genießen.

Die Eindämmungsfelder zerbrachen und Wabowski verging in einer gewaltigen Feuersbrunst, einem rollenden Ball, der die umliegenden Gebäude einhüllte und die Zerg verschlang, die zu begierig auf ihre Beute gewesen waren. Die Flammen wälzten sich zwischen die Gebäude, ein sich ausdehnendes Inferno, das wie durch einen Kanal auf Ardo zutobte.

KAPİTEL 9

RÜCKZUG

„Melnikov!“

Ardo drehte sich um, als er seinen Namen im Helmfunk knistern hörte.

„Bewegung, Marine! *Verdammt,* Melnikov! Antworten Sie!“

Der Feuerball toste hinter ihm, fraß die Luft zwischen den Gebäuden. Ardo spürte die Gier und die Macht des Feuers in seinem Rücken. Er begann auf die Barrikade am Ende der gewundenen Straße zuzurennen, die von den nahenden Flammen bereits hell erleuchtet wurde.

Ardos Füße waren wie Blei. Seine Arme und Beine bewegten sich quälend langsam. Die Zeit arbeitete gegen ihn. Er versuchte, um Hilfe zu rufen, doch die Worte klangen selbst in den eigenen Ohren missgebildet und zusammenhanglos.

Plötzlich hüllte ihn die Helligkeit ein. Chaos brach in seinem Helm aus. Ein halbes Dutzend verschiedener Alarme wurden ausgelöst, aber er hatte keine Zeit, auch nur auf einen einzigen davon zu achten. Er schwamm durch die strahlende Fülle aus Flammen und Hitze. Die Anzug-Servos stemmten sich gegen die explosive Gewalt, mühten sich ab, Ardos Gliedmaßen dort zu halten, wo sie hingehörten. Er taumelte durch das Feuer, die Hitze war machtvoller als die Innenkühlung. Ardo spürte, wie ihm das Webflex-Geflecht des Unteranzugs das Fleisch versengte. Jeder Sinn für oben oder unten, innen oder außen ging ihm verloren, als ihn die Panik übermannte.

Plötzlich fiel er vom Himmel. Der Boden raste auf ihn zu und rammte seinen Schädel brutal gegen das Innere des Helmes. Benommen hatte er den Eindruck, sich immer noch zu bewegen, obwohl die groben Erdkrumen und Steinchen, in denen sein Visier halb begraben war, den Gedanken Lüge straften. Einen Augenblick lang lag er reglos und nahm ein dünnes Blutrinnsal wahr, das sich über das klare Plexithen des Visiers schlängelte und sich langsam zu einer kleinen Pfütze sammelte.

Er richtete sich ruckartig auf. Die Bewegung verschmierte sein Blut über das Helminnere und über sein Gesicht. Littlefield bewegte sich neben ihm im Krabbengang rückwärts, dabei schleppte er die unhandliche Metallkiste mit sich. Eben noch hatte Xiang ihm beim Tragen geholfen. Ardo fragte sich beunruhigt, was mit ihm geschehen sein mochte. Das Gaußgewehr des Sergeants ratterte in seinen Händen, spie einen tödlichen Strom aus. Andere Mitglieder des Trupps wichen ebenfalls von der Barrikade zurück.

„Weiter! Weiter!“, schrie Littlefield.

Ardo kam unsicher auf die Beine. Neben ihm drehte sich der Sergeant plötzlich auf den Hacken um und richtete seine Waffe instinktiv auf die nahe Bewegung. Angst und Verzweiflung zeigten sich kurz auf den Zügen des alten Veteranen. Ardo rechnete fast damit, hier, an Ort und Stelle, umgelegt zu werden. Doch der Abzugsfinger des Sergeants verharrte lange genug, um ihn erkennen zu lassen, wer da plötzlich in seinem Blickfeld aufgetaucht war.

„*Gottverdammt,* Melnikov! Sie sind aber auch schwer umzubringen!“, rief Littlefield mit einem Anflug hysterischen Lachens in der Stimme und wandte sich wieder der Barrikade zu. „Rückzug! Achtung! Zieht euch zurück, los!“

Das Inferno von Wabowskis Explosion tobte weiter die Straße jenseits der Barrikade entlang und verhinderte, dass die meisten Zerg-Groundlings sie erreichten. Hier und da schafften es jedoch ein paar, durch die Flammen zu schwärmen. Cutter, dessen gewaltige Firebat-Rüstung die verbliebenen Mitglieder des Kommandos überragte, jagte den Zerg immer noch kurze Plasmastöße entgegen, während sie wiederholt versuchten, die Barrikade zu überwinden. Ardo starrte offenen Mundes hin. Cutter feuerte seine Plasmawaffe mit einer Hand ab, während er mit der anderen immer noch den an eine Puppe erinnernden Überlebenden festhielt, den er sich über die Schulter geworfen hatte.

„Es funktioniert“, flüsterte Ardo, mehr zu sich selbst als an den Sergeant gerichtet, der neben ihm stand. „Wir halten sie auf.“

„Einen *Scheißdreck* tun wir“, schnappte Littlefield. „Sie sind gerissen, diese Schleimkäfer. Ein paar ihrer Art beschäftigen uns hier, gerade lange genug, damit die anderen einen Bogen schlagen und uns von hinten angreifen können. Machen Sie sich nützlich, Melnikov, und nehmen Sie die andere Seite dieser Kiste!“ Der Sergeant richtete seine Aufmerksamkeit abermals auf den riesenhaften Firebat. „Cutter, schaffen Sie diese Zivilistin hier raus! Sejak! Ekart! Deckungsfeuer und Rückzug nach null-siebenunddreißig, eins-dreiundfünfzig. Wir haben unsere Beute, und jetzt nichts wie weg hier!“

Cutter grummelte im Komm-System, aber er gehorchte und fiel mit dem Rest der Reihe zurück. Die glänzenden Rückenschilde der Zerglinge hüpften sicher und geschickt über die

Barrikade, mit einer Eleganz und einer Geschwindigkeit, die Ardo nicht für möglich gehalten hätte. Im Gegenzug wurde jedes der Wesen vom konzentrierten Feuer der sich zurückziehenden Marines empfangen.

„Wie sieht's aus, Boss?", rief Littlefield.

„Die Zeit läuft." Das war die Stimme von Lieutenant Breanne, die sich immer noch im Turm der Befehlsstelle aufhielt, der in Ardos Vorstellung plötzlich Meilen entfernt lag. *„Auf dem Taktik-Schirm kann ich sie nicht sehen, aber wir wissen, dass sie zu uns unterwegs sein müssen. Ich gebe die Basis hier jetzt auf. Im Laufschritt nach null-siebenunddreißig, einsdreiundfünfzig. Dort werden wir abgeholt. Verstanden, Peaches?"*

„Ja, Ma'am." In der Stimme lag eine eigenartige Schärfe. Wenn Peaches auf dem Kommando-Kanal antwortete, dann war es für die Vulture-Cycle-Crews nicht gut gelaufen.

„Vixen, *haben Sie die Koordinaten?"*

„Schwingen Sie Ihren hübschen Arsch nur da rüber, und die Vixen *erledigt den Rest. Abholung und Lieferung! Fünf Minuten bis zum Start."*

„Gehen wir, Leute!", donnerte Littlefields Stimme. „Wir haben nicht viel Zeit!"

Cutters Grummeln drang durch das Komm-System, dann drehte er sich um. Mit einem Blick erfasste Ardo den Ausdruck auf dem Gesicht des Mannes. Seine Worte galten Littlefield, aber seine kalten, schwarzen Augen waren starr auf Ardo gerichtet, als er sprach. „Melde einen gefallenen Firebat, Sir! Wabowski, Sir!"

Ardo packte den Griff der Metallkiste. Seine Rüstung war energieverstärkt, doch die Feedback-Systeme ließen ihn wissen, dass sie schwer war.

„Auf geht's!", bellte Littlefield.

Beiderseits der Kiste begannen sie über den Platz zurückzurennen. Littlefield deutete links neben den Turm der Befehlsstelle. Ardo spürte, dass der Rest des Trupps mit ihnen zurückfiel. Der Perimeter brach zusammen, während sie auf dem Evak-Punkt entgegenstrebten.

Ardo rannte, aber er konnte seine Gedanken nicht ignorieren. „Sergeant … Sir, was Wabowski angeht, ich …"

„Das war ein *verteufelter* Zug, Junge", unterbrach Littlefield ihn. Zwischen ihnen hüpfte die Kiste wie wild, während sie rannten. „Wabowski war schon ein toter Mann. Sie haben ihm einen Gefallen getan … und wir verschwenden hier das bisschen Zeit, das Sie damit herausgeschunden haben."

„Ja … danke." Cutter rannte unmittelbar hinter ihnen. Der Helm behinderte Ardos Blick auf den riesigen Insulaner, aber der Tonfall des großen Mannes verriet ihm, dass er alles andere als dankbar war.

„Lassen Sie nur diese Zivilistin nicht los, Cutter, und überlassen Sie das Denken getrost mir. Und was Sie angeht, Melnikov … wenn Sie heute Abend noch am Leben sind …" Littlefield schnaubte zwischen schnellen Atemzügen. „… na ja, bei Gott, dann bist du vielleicht ein Veteran, mein Sohn!"

Nur zwei Schritte hinter ihnen giftete Cutters Stimme: „Ein Veteran, ach ja, Melnikov? Aber bitte, dann geh ruhig voraus. Ich habe gesehen, was du mit einem Gewehr anrichten kannst, und ich glaube, es ist besser, wenn ich *hinter* dir bin."

„Noch zwei Minuten. Die Vixen *dreht jetzt vor dem Wind. Herrgott! Seht sie euch an da unten! Sie haben den Stock echt in Aufruhr versetzt, was Breanne?!"*

Sie rannten an den Gebäuden entlang, behielten die Flanken im Auge. Da draußen war etwas, hundertprozentig – aber nichts, was Ardo wirklich sehen konnte. Dunkle Bewegung huschte in den Lücken zwischen den Gebäuden. *Nicht stehen bleiben, um genauer hinzusehen,* sagte er sich, den Rhythmus seiner Schritte kontrapunktierend. *Nicht stehen bleiben, sonst erwischen sie dich.*

„Feuer einstellen! Feuer einstellen auf null-fünfunddreißig!" Das war die Stimme des Lieutenants. Ardo sah, wie sie mit schussbereitem Gewehr auf sie zurannte. Drei Soldaten begleiteten sie, zwei weniger als Ardo noch vor fünfzehn Minuten bei ihr gesehen hatte.

„Nicht stehen bleiben! Weiterlaufen!" Breanne wurde nicht langsamer, als sie den kleinen Trupp weiterdrängte. „Ist das die Beute, Littlefield?"

„Ja, Ma'am!" Littlefield bewegte sich etwas schneller, um mit Breanne Schritt zu halten. Ardo, der sich immer noch an der anderen Seite der Metallkiste festklammerte, war gezwungen, dasselbe zu tun.

„Gute Arbeit, Sergeant!" Lieutenant Breanne blickte in Richtung der rasch näherkommenden Öffnung am Ende der Straße. „Und wer ist das Stück Fleisch, das Cutter da herausschleppt?"

„Weiß nicht, Ma'am. Irgendeine Zivilistin, die er fand und die noch lebte, als sie auf die Kiste stießen."

„Na, Cutter, sieht aus, als hätten Sie da eine leibhaftige Prinzessin gerettet." Ein Lächeln spielte in Breannes Stimme. „Halten Sie sie fest, Gefreiter. Ich möchte mit ihr reden, wenn wir hier raus sind."

Ardo konnte über sein Interkom das gefilterte Rattern von Gaußgewehrfeuer hören. Jemand feuerte ganz in der Nähe kurze Salven ab.

„Kontakt, Lieutenant!" Das war Mellish. „Rechte Seite!"

„Ich seh sie auch!" Bernelli lief als Vorposten auf der linken Seite voraus. „Verdammt! Seht nur, wie die sich *bewegen!"*

Breanne sah im Rennen nach oben. *„Vixen!* Ihr Status?"

„Drehe gerade. Machen Sie sich nicht ins Höschen, Lieutenant, ich bin gleich ... o verdammt! Warten Sie."

Der Trupp brach aus der Deckung der umliegenden Gebäude hervor. Um sie herum erstreckte sich der Nachschublandeplatz von Oasis. Auf jeder Seite standen mehrere zerschrammte Hangars und Lagerhäuser. Nach den klaustrophobischen Gassen zwischen den Gebäuden vermittelte dieser Bereich ein Gefühl von Ausgeliefertsein und Verwundbarkeit. Hinter dem Landeplatz, in südlicher Richtung, erstreckten sich eine weite Fläche mit Hydrofarmen und die lange Straße, der sie gefolgt waren, um nach Oasis zu gelangen. Weit im Süden konnte Ardo die vertikale Klippe des Bassins sehen. Mollys Nippel lag in der Ferne in Dunst gehüllt. Ardo konnte die Steinwandspitzen ausmachen. Und genau dazwischen lagen, wie er wusste, Schönblick und ihr befestigter Stützpunkt.

Eine Million Meilen schien ihm der entfernt zu sein.

Gefreiter William Peaches und Gefreite Amy Windom landeten ihre Vulture-Bikes in der Mitte des offenen Bereichs. Bei Anbruch des Tages waren es noch fünf Vultures gewesen. Jetzt hatte sich ihre Zahl auf zwei vermindert.

„Littlefield! Melnikov!" Der Lieutenant ging auf die geparkten Vultures zu. „Bleibt mit dieser Kiste bei mir! Cutter! Bringen Sie diese Zivilistin her. Alle anderen – ich brauche einen Evak-Perimeter um mich herum, *sofort!"*

Ardo konnte den Windsack neben dem Landefeld sehen. Immer wieder blickte er nach Süden zu den fernen Bergzügen, wo eine saubere Koje, eine Dusche und, vielleicht, relative Sicherheit zu finden waren. Er hatte zweimal an einem Tag getötet. Er sehnte sich nach Bewusstlosigkeit. Wenn Captain Marz dem Standard-Prozedere folgte, musste er eigentlich aus dieser Richtung kommen.

Breanne schaute in dieselbe Richtung, suchte den Himmel nach einem Anzeichen von Bewegung ab.

„*Vixen*“, rief sie. „Status!“

Die Marines der Konföderation bildeten einen Kreis auf dem Landeplatz, ihre Waffen nach außen gerichtet. Der Sand aus dem Bassin wurde über die Fläche geblasen und verdeckte die einst sorgfältig angebrachten Bodenmarker. Ardo konnte das Rascheln hören, mit dem der Sand gegen die harte Außenhülle seiner Kampfrüstung prasselte.

Sonst nichts.

„*Vixen.*“ Breannes Stimme klang fest. „Wir sind auf Station. Ihre voraussichtliche Ankunftszeit?“

Gedämpfte Hintergrundstatik knisterte durch den Kommando-Kanal, die Lautstärke wurde automatisch erhöht, als das System versuchte, eine Antwort zu empfangen.

„Lieutenant! Wir machen Bewegung aus!“

„Wo, Bernelli?“

„Gleich hinter den Hangars, Ma'am! Sie flankieren uns im Osten, direkt hinter –“

„Im Westen auch, Lieutenant! Gott! Seht doch, wie *schnell* die sind!“

„*Vixen!* Verdammt! Melden Sie sich!“ Breanne wandte sich wieder nach Süden. „Littlefield! Können Sie ihn erkennen? Er sagte, er würde in einer Minute hier sein. Wir müssten ihn längst sehen.“

„Er müsste längst hier sein, Lieutenant“, erwiderte Littlefield. „Hier stimmt etwas nicht, Ma'am.“

Breanne blickte wieder nach Süden. „*Vixen!* Kommen, *Vixen!* Ihr Status?“

„Er ist nicht da.“ Littlefields Stimme klang dumpf, als er nach Süden deutete. „Aber ich sehe etwas, Ma’am.“

Dunkle Gestalten begannen sich über das Südende des Landefelds zu schieben.

„Zerg“, schnaufte Breanne. „Sie schneiden uns den Weg ab.“

Littlefield schüttelte den Kopf. „Lieutenant, ich denke –“

„Man bezahlt Sie nicht fürs Denken, Sergeant!“, fuhr Breanne ihn an. „Peaches und Windom! Aufsitzen! Alle – neue Ladungen vorbereiten und fertig machen! Wenn ich den Befehl gebe, eröffnen die Vultures mit allem, was sie haben, das Feuer und fliegen schnurgerade über die Zerg-Front im Süden. Pflügt mir einen Weg durch diese Käfer. Der Rest von uns stürmt unter dem Einsatz von allem, was wir haben, durch die Lücke, ohne stehen zu bleiben. Direkt durch und nicht stehen bleiben, unter keinen Umständen, verstanden?“

„Und was dann, Lieutenant?“ Essons Stimme war etwas zittrig.

„Dann renn, Junge. Renn zurück zum Stützpunkt und dreh dich nicht um.“

KAPİTEL 10

SPIESSRUTENLAUFEN

„Sie schließen die Lücke, Ma'am!", flüsterte Bernelli heiser. Es war, als könne ein lauteres Geräusch den zerbrechlichen Moment irgendwie zerstören und die näher kommenden Zerg auf sie niederstürzen lassen.

Breannes Stimme war kalt und ruhig. „Feuer halten, verdammt!"

„Sie schneiden uns ab, Lieutenant!"

„Schnauze, Mellish", schnappte Breanne. „Peaches! Können Sie das Ding starten?"

Was von dem Kommando noch übrig war, zog sich zunehmend enger um die Stelle zusammen, an der sich Ardo befand. Die ins Violette spielende Wand aus Zerg, deren Gesichter in schrecklichem metallenen Grinsen erstarrt schienen, fuhren mit den Krallen durch die Luft, in ungeduldiger Erwartung ihrer Beute. Ardo musste plötzlich an die Katze denken, die auf der Farm umhergestreift war und die seine Mutter mit viel Nachsicht toleriert hatte. Eines Nachmittags hatte Ardo in fasziniertem Entsetzen zugesehen, wie dieses ansonsten so süße Tier in der Scheune eine Maus in die Ecke getrieben und mit der in der Falle sitzenden Beute gespielt hatte, als sei es ein Spielzeug. Schließlich hatte die Katze ihre Kiefer um den

Schädel des unglückseligen Kerlchens gegraben und die Jagd mit einem blutigen, schmutzigen Mahl beendet. Aber bevor das geschehen war, glaubte Ardo sich zu erinnern, hatte das Gesicht der Katze ein ähnliches Grinsen gezeigt.

Und nun war er selbst … die Maus.

Plötzlich erwachten die Vultures wieder heulend zum Leben. Ardo konnte sehen, wie Peaches der Schweiß ausbrach, als er nervös die Vordergeschütze bereitmachte.

Breannes Stimme wurde um eine Winzigkeit schriller. Vielleicht schaute sie auf dieselben Zähne, die Ardo betrachtete. „Ich hab nicht den ganzen Tag Zeit, Rek-"

„Ich hab's, Lieutenant!", erwiderte Peaches hastig. „Wir sind startklar!"

„Sehr gut." Breanne drehte sich langsam um, und ihre Stimme erhob sich über das Heulen der Vulture-Bikes. „Alles klar? Peaches und Windom, schaffen Sie mir eine Lücke, *los!"*

Die Vultures kreischten und jagten vorwärts, als ihre Fahrer Vollgas gaben. Blitze donnerten aus ihren Vordergeschützen und explodierten in den Reihen der Zerg, während die Bikes darauf zurasten.

Die Zerg kreischten ebenfalls. Ihre fürchterlichen Stimmen steigerten sich vor Entrüstung darüber, dass ihre Beute die Stirn besaß, sie anzugreifen.

„Jetzt, Marines!", schrie Breanne.

Der vordringende äußere Kreis von Zerg sprang plötzlich nach innen, auf die Beute zu. Ihre Klauen peitschten durch die Luft, wollten Rüstungen zerfetzen, Blut fließen lassen und Fleisch von Knochen schälen.

Doch die Marines waren nicht mehr da. Wie ein Mann stürmten sie auf die Linie von Explosionen vor ihnen zu. Die sich bauschende orangefarbene Feuersbrunst wuchs mit jeder

Sekunde. Ihre Waffen hatten sie unisono nach vorne gerichtet, eine massive Säule aus Flammen und Tod brannte und sprengte sich durch die Kolonne tobender Zerg.

„Schaut nicht zurück! Lauft, ihr Bastarde, lauft!"

Ardo rannte neben Littlefield. Die Metallkiste schaukelte zwischen ihnen. Mit der freien Hand hielt er sein Gaußgewehr, das wild hin- und herschwang, während es wahllos Vernichtung ausspie. Er bemühte sich nicht, gezielt zu schießen – alles, was er tun konnte, während er rannte, war, willkürlich Schaden anzurichten und das Blutbad zu mehren, das bereits stattfand.

Sie hatten die von ihnen erschaffene Wand aus Feuer fast erreicht. Abgetrennte Zerggliedmaßen und brennende klebrige Flüssigkeit regneten rings um sie herab.

„Schießt weiter! Rennt weiter!"

Ardo erhaschte einen Blick auf Cutter, der sich links von ihm befand. Der gewaltige Firebat donnerte vorwärts, die Zivilistin geschultert. Sie hüpfte bei jedem seiner Schritte wie eine Stoffpuppe auf und ab. Mit der freien Hand übergoss Cutter die Zergfront mit Plasma.

Die Flammen umhüllten Ardo, als er die Linie der Zerg überquerte. Es war bereits schwierig geworden, mit den Füßen Halt zu finden. Der Boden war rutschig von verkohlten und zerfetzten Zergorganen. Die Metallkiste schlug gegen Ardos Bein und verriet ihm, dass Littlefield noch da war, dass er rannte und ihn vorwärts zerrte.

Ein schauerlicher Schrei erklang auf der Kommando-Frequenz. Und es hörte nicht auf, dieses trommelfellzerreißende schreckliche Kreischen.

„Esson! *Herrgott,* Lieutenant! Sie haben ihn unter sich begraben! Wir müssen –"

„Rennen Sie weiter, Collins! Das ist ein Befehl!“

„Aber, Lieutenant, können Sie ihn denn nicht *hören?*“

„Rennen Sie, verdammt noch mal! Sehen Sie nicht nach hinten!“

Die Innentemperatur von Ardos Rüstung nahm mit jedem Augenblick zu. Er konnte spüren, wie sich auf seinen Händen und Füßen Blasen zu bilden begannen. Plötzlich rannte er direkt gegen einen stehenden Zergling. Ardo schrie auf, hielt aber nicht inne, sondern stieß die Kreatur in seiner Hast um, bevor sie einander in der Feuersbrunst aus den Augen verloren.

Und im nächsten Moment waren die Flammen von seinem rauchenden Visier verschwunden. Es traf ihn fast wie ein Schock.

Vor ihm erstreckte sich das südliche Bassin. Mollys Nippel. Die Steinwandspitzen. Er brauchte nur den Rand zu erreichen. Er brauchte nur …

Das Rattern von Automatikfeuer hämmerte durch den offenen Kommando-Kanal.

„Sie kommen! Sie beißen mir in den Arsch! Oh, ihr Götter von …“

Ein Schrei bohrte sich wie eine Nadel in Ardos Ohr. Bevor er verstummte, fielen noch zwei weitere mit ein, jeder auf seine ganze eigene Art vom Tod kündend.

„Lauft weiter, ihr Hunde!“, keuchte Breanne über Funk. Ihre Stimme war von einer Schärfe, wie Ardo sie nie zuvor gehört hatte. War sie erschöpft, oder hatte sie nur Angst? „Lauft weiter und schaut euch nicht um!“

Wie im Reflex blickte Ardo doch zurück.

Die Zerg waren näher, als er gedacht hatte, und ihre Zahl größer, als er sich vorgestellt hatte. Zu beiden Seiten der Flüchtenden erstreckte sich ein Teppich aus Aliens, die sich über die Landschaft ergossen und auf ihn zuströmten.

Bei dem Anblick geriet Ardo ins Straucheln. Littlefield, der die Kiste zwischen ihnen eisern festhielt, rannte voraus. Nur der Zug seines Gefährten an der Kiste hielt Ardo auf den Beinen und ließ ihn weiterlaufen.

„Mach das noch mal, Junge“, schnaufte Littlefield, „und ich lass dich zurück.“

Sie bewegten sich jetzt über freies Gelände, und abermals trugen ihre Kampfrüstungen sie in unglaublichem Tempo auf den Steilhang der Bassinwand zu. Ardo dachte kurz daran, wie viel Spaß es ihm noch vor ein paar Stunden gemacht hatte, eben diesen Boden zu überqueren und diesen Hang herunterzukommen. Oder war das schon Monate her? Auf der offenen Fläche vergrößerten sie den Abstand zu den Zerg hinter ihnen. Jetzt stand er vor der Herausforderung, diese blanke Felswand hinaufrennen zu müssen. Ardo erkannte erschrocken, dass die vertikale Wand seine Kampfrüstung beträchtlich verlangsamen, die wütenden Zerg, die ihn verfolgten, hingegen so gut wie nicht behindern würde.

„Sarge“, keuchte Ardo. „Meine Waffe ist leer. Ich muss nachladen.“

„Wirf sie weg, Soldat“, grunzte Littlefield mit trockener Kehle.

„Sir?“

„Lass die Waffe fallen.“ Littlefield war ein starker Krieger, aber selbst seine Kondition wurde von der Rennerei in Mitleidenschaft gezogen. Schwer atmend stieß er seine Worte hervor. „Es kommt nicht mehr darauf an, Sohn.“

„Aber, Sir!“

„Weißt du … weißt du, was … was auf dieser Klippe dort

oben ist? Da warten eine Koje und eine warme Mahlzeit … auf mich … auf dich. Stehen da … stehen da innerhalb der wunderschönsten Konföderationsper- … -perimetermauer, die du je gesehen hast. Auto- … automatische Abwehrgeschütztürme. Bunker. Die schönsten Bunker … die du je gesehen hast, voller … voller frischer Soldaten, die scharf drauf sind … Schießbude mit einer Wand aus wütenden Zerg zu spielen."

Ardo schaute abermals zum oberen Rand der Felswand hinauf. Fast konnte er die Mauern ihres Stützpunkts in Schönblick sehen. Und doch schien er eine Million Schritte entfernt zu sein von eben dieser Stelle, wo er jetzt so verzweifelt rannte und rannte.

„Lass dein Gewehr fallen, Sohn", krächzte Littlefield. „Wenn wir den Rand dieses Beckens nicht erreichen … ist es egal … wie viel Munition du in dieser … ach so tollen Waffe hast … Sie wird dir deinen Arsch nicht retten … und meinen auch nicht."

Ardo warf Littlefield einen Blick zu. Der alte Haudegen lächelte ihm keuchend atmend zu. Jetzt erst bemerkte Ardo, dass Littlefield seine Waffe und die Munitionspacks bereits weggeworfen hatte.

Ardo schleuderte sein Gewehr beiseite, senkte den Kopf und rannte.

Vor ihnen begann der Boden des Bassins anzusteigen. Der relativ glatte Boden wich unebenerem Terrain, das zum Fuß der Wand hinaufführte. Ardo hastete und kletterte mit der Kraft der Verzweiflung über den immer steiler werdenden Untergrund. Seine Füße schleuderten hin und wieder lose Steine davon. Die Klettertour wurde mit jedem Schritt schlimmer. Die Felswand der Klippe stieg über ihnen in die Höhe. Die Kampfrüstung war zu Einigem imstande, Fliegen gehörte jedoch nicht dazu.

Er stolperte auf die Zugangsstraße. Sie führte im Zickzack über die Klippenwand, eine Reihe von Serpentinen, die sich nach Schönblick hinaufschlängelten. Der einzige Weg, der zum Klippenrand führte.

Ardo riskierte einen weiteren Blick nach hinten. Die Marines hatten fast hundert Meter zwischen sich und die sie verfolgenden Zerg gebracht. Das würde nicht reichen. Die Marines mussten die Serpentinen ablaufen, aber Ardo konnte bereits sehen, dass die Zerg sich damit nicht aufzuhalten brauchten. Die käferartigen Kreaturen kletterten und sprangen fast ohne innezuhalten über den dazwischen liegenden Fels. Sie konnten die Klippenwand schnurstracks erklimmen.

Jemand anderem fiel das ebenfalls auf.

„Marines! Bereitmachen zum Stehen bleiben und Feuern!"

Lieutenant Breanne. Sie wollte anhalten und sich den Verfolgern stellen.

„Melnikov. Littlefield. Bringen Sie die Kiste zurück zum Stützpunkt! Cutter! Folgen Sie ihnen mit dieser Zivilistin! Das ist die Mission. Der Rest von uns hält hier die Stellung, so lange es geht. Vielleicht reicht es ja."

„Heilige Scheiße!"

„Schnauze, Collins! Diese Felsenreihe am Straßenrand! Alle in Position und bereitmachen zum Feuern." Breannes Stimme war wie Stahl. Ihr Entschluss stand fest, und nichts und niemand konnte ihn jetzt noch ändern.

Der Trupp, außer Atem und von Schmerzen gepeinigt, hetzte zu der Gruppe von Felsbrocken, die den Straßenrand wie abgebrochene Zähne säumten. Der Zergschwarm fegte auf sie zu.

„Littlefield! Verschwinden Sie von hier, oder ich –"

Plötzlich erklang ein schriller Ton in Ardos Helm. Der Reaktion der übrigen Mitglieder des Zuges nach zu schließen, hörten sie ihn auch.

Ardo, der in diesem Moment gerade auf Breannes Gesicht geachtet hatte, sah, wie sich ihre Augen weiteten. Sie schaute nach oben. Ardo tat es ihr gleich und erhaschte einen Blick auf einen strahlenden Kondensstreifen, der sich über den klaren Himmel zog.

„Kopf runter, Marines!“, bellte der Lieutenant.

Mehr aus antrainiertem Reflex als wirklich bewusst warf Ardo sich hinter dem nächsten Felsen zu Boden. Er schloss die Augen, was aber nicht viel nützte.

Die Welt wurde auf einmal schmerzhaft weiß.

Einen Moment später spürte er die Erschütterung des Bodens. Er hatte das schon viele Male erlebt, aber solch urgewaltiger, bedingungsloser Macht ausgeliefert zu sein, ließ ihn immer noch bis in die Seele erbeben. Es kam, das große Biest, und der zitternde Boden kündigte lediglich sein Nahen an.

Die Druckwelle der Atomexplosion hatte die Luft zu einer Wand purer Gewalt komprimiert. Die Entfernung hatte die Wirkung gemindert, trotzdem war sie noch tödlich. Sie fegte über Ardo und seinen Kampfanzug hinweg und schüttelte ihn trotz der Rüstung durch, bis er glaubte, seine Zähne würden ihm aus dem Kiefer gesprengt.

Es würde nur einen Moment dauern, das wusste er. So oder so würde es nur einen Moment dauern.

Dann verging dieser Moment … und er lebte noch.

Ardo kämpfte sich auf die Beine.

Der Außenposten, der Oasis gewesen war, lag nun verborgen hinter einer Wolke aus aufgewühltem roten Staub – *war* wahrscheinlich diese rote Wolke, wurde Ardo sich bewusst. Die Reihe der Zerg war in keiner Weise vorgewarnt worden. Die meisten waren von der Schockwelle getötet worden. Die wenigen, die noch übrig waren, schienen entweder verwirrt oder durch den Blitz geblendet worden zu sein.

Aber dies war sicher nicht der passende Zeitpunkt, um sich mit einer solchen Frage zu befassen …

„Bewegung, Marines!“, schrie Breanne. „Ab nach Hause, bevor diese Zergschweine dahinter kommen, was passiert ist!“

Ardo packte den Griff der zerschrammten Metallkiste und wandte sich grinsend Sergeant Littlefield zu. „Das war vielleicht eine wundersame Rettung, was, Sarge?“

„War es das?“ Zu Ardos Erstaunen war Littlefields Gesicht grimmig verzerrt. „Lass uns diese Kiste nach Hause schaffen. Ich brauche eine Dusche und mein Bett.“

KAPİTEL 11

HEIMKEHR

Sie schleppten sich über den Rand der Bassinwand, und vor ihnen erhoben sich die Mauern des Schönblick-Außenpostens, dunkel im schwindenden Licht, aus dem Sandstein. Hinter diesen Wänden warteten Betten, Duschen, Mahlzeiten und vor allem eine gewisse Sicherheit. Die Kommandozentrale überragte alles und lockte Ardo wie eine Sirene. Ihre blitzenden Signalfeuer waren so wunderschön, dass sie den Marine fast zu Tränen rührten.

Breanne ließ sie auf dem Felskamm antreten. Sie würde sie nicht wie einen Haufen geprügelter Hunde hineintrotten lassen, erklärte sie. Sie formierte sie, ermahnte sie mit unmissverständlichen Worten, erhobenen Hauptes und aufrecht vor Stolz in den Stützpunkt zurückzukehren; andernfalls würde sie ihnen etwas Unnatürliches in die Anatomie einführen, das sie zwänge, gerade zu stehen. Daraufhin marschierten sie, zackig und präzise, auf das Tor der Garnison zu. Ihre Angst vor Breanne überstrahlte ihre Müdigkeit. Was von dem Einsatzkommando übrig war, näherte sich dem Lager wie eine staubige Militärparade. Hätte Breanne eine Fahne besessen, hätte sie diese spätestens jetzt geschwungen, dessen war Ardo sich gewiss.

Er erlaubte sich einen Blick zurück. Die große Atompilzwolke trieb über dem Bassin auseinander, ihr wütendes Leuchten breitete sich nach Osten hin aus, über die roten Berge darunter. Es war eine Luftdetonation in einer bestimmten Höhe gewesen, die wie eine Faust auf alles Darunterliegende niedergefahren war. Das Resultat war höherer Schaden, aber weniger radioaktiver Fallout gewesen, als eine Bodendetonation es zur Folge gehabt hätte. Dennoch fragte Ardo sich, ob jemand die Siedler, die sich möglicherweise noch in Windrichtung des Fallouts der tödlichen Wolke befanden, über diese Fakten informiert hatte. Höchstwahrscheinlich nicht, befand er. Aber die Zerg waren vermutlich ohnehin alles, was östlich von hier noch existierte.

Ihre Formation war wesentlich kleiner, als sie es früher an diesem Tag gewesen war. Im Marschieren zählte Ardo durch. Der Zug der Marines war etwa um die Hälfte geschrumpft. Ekart, der zweite Firebat des Trupps, fehlte und war vermutlich entweder zerfetzt oder irgendwo auf dem Boden des Bassins um Oasis herum platt gewalzt worden. Dasselbe Schicksal hatte offenbar Collins und Esson ereilt.

Jedenfalls hoffte Ardo, dass sie tot waren. Es war nämlich durchaus möglich, wurde ihm bewusst, dass die Atomexplosion die Zerg von einigen Menschen heruntergefegt und die Verschlüsse ihrer Kampfrüstung zugeschweißt hatte, ohne sie unter der Druckwelle ganz zu zermalmen. Eingeschlossen in der eigenen Kampfrüstung, unfähig, sich zu bewegen, auf einer verlassenen, radioaktiven Ebene … Ardos Kopfschmerzen meldeten sich zurück. Wahrscheinlich war es am besten, gar nicht darüber nachzudenken.

Es war also ein weiterer glorreicher Tag für die Marines der Konföderation. Die Hälfte ihres Zuges war gefallen, aber Ardo wusste, dass die Mission trotzdem als Erfolg verzeichnet werden würde. Nein, korrigierte er sich, es war mehr als die Hälfte. Die Vulture-Bikes hatten nicht auf sie gewartet, um zurückzukehren, aber er erinnerte sich, dass es nur noch zwei gewesen waren, bevor sie aus Oasis flohen. Er wusste nicht, ob die Fahrer der Bikes überlebt und die Garnison auch erreicht hatten.

Glorreich. Und das alles für eine kleine Metallkiste, die unablässig gegen seinen Schenkel schlug, und eine Zivilistin, die wie eine kaputte Puppe über Cutters Schulter hing.

Breanne und die Überreste ihres Trupps marschierten mit aller Würde, die sie imstande waren aufzubringen, auf das Osttor zu. Ein prächtiger rostroter Sonnenuntergang silhouettierte die dunklen, metallenen Mauern des Garnisonslagers. Etwas war unnatürlich, als sie näher kamen, etwas, das Ardo im Geiste nicht benennen konnte. Doch als sie sich dem Hauptschott näherten, musste auch Breanne etwas davon spüren. Sie hob plötzlich die linke Faust. Sofort blieben die Marines stehen. Argwohn ergriff sie.

Breanne stand einen Moment lang da. Ardo konnte nicht sagen, ob der Lieutenant besorgt oder einfach nur unentschlossen war.

„Breanne an Schönblick-Ops“, rief sie über Funk.

Stille. Das war es, erkannte Ardo. Er hatte nichts außer ihrem eigenen Gerede auf der Kommandofrequenz gehört, während sie auf den Stützpunkt zumarschiert waren.

„Breanne an Schönblick-Ops. Bitte melden.“

Der Wind nahm jetzt am Abend noch zu, das Geräusch des wehenden Sandes raschelte um ihre Helme. Ardo blickte zu den flachen Bunkern, die beiderseits des Tores standen. Vor ein paar Augenblicken waren ihm die dunklen Schlitze noch tröstlich erschienen. Er hatte sich vorgestellt, dass beide mit Wachen gefüllt waren, bereit, sie gegen jeglichen Angriff zu verteidigen. Jetzt schienen sie beunruhigend leer und trostlos finster. Er versuchte, Bewegung hinter den schwarzen Schlitzen auszumachen, aber es war unmöglich.

Die Marines sahen einander unbehaglich an.

Der Komm-Kanal knisterte leicht.

Breanne gab dem Zug das Zeichen, die Waffen bereitzumachen. Erst in diesem Moment merkte Ardo, dass er sein Gaußgewehr nicht mehr hatte. Plötzlich fühlte er sich überaus verwundbar. Vorwurfsvoll sah er zu Littlefield, der immer noch den anderen Griff der Metallkiste festhielt. Littlefield nahm ihn nicht zur Kenntnis, seine Blicke wanderten über die dunkler werdenden Wände der Garnison.

„Warum antworten die nicht?“

„Könnte ein Problem mit dem Funk sein.“

„Könnte? Und was, wenn nicht?“

Breanne trat an das Tastenfeld neben dem massiven, versiegelten Tor. Sie brauchte mehrere Versuche, bevor sie eine Sequenz eingab, die der Mechanismus akzeptierte.

Ardo spürte es mehr, als dass er es hörte. Das massive Tor bewegte sich ächzend und langsam nach oben. Breanne hob ihre Waffe, blieb aber stehen. Der Rest des Zuges folgte ihrem Beispiel.

„Mellish, Bernelli, gehen Sie voraus! Bewegung!“

Die beiden Marines zögerten nur kurz, dann traten sie rasch vor, die Gaußsturmgewehre im Anschlag. Sie bezogen Stellung beiderseits des Durchlasses und spähten über ihre Waffenvisiere hinein.

„Klar, Lieutenant!“, rief Mellish mit eindeutig mangelnder Überzeugung.

Das innere Tor des Durchgangs begann nun ebenfalls, sich

knirschend zu öffnen. Seine Masse hob sich langsam und enthüllte das Zentrum des Garnisonslagers dahinter, das in die dunkler werdende Rostfarbe des Sonnenuntergangs getaucht war.

„Lieutenant?“, fragte Bernelli mit kaum verhohlener Nervosität in der Stimme.

„Bleiben Sie, wo Sie sind, Private!“ Breanne trat vor. Ihre Augen versuchten, hinter den schmalen Durchlass zu sehen. „Geben Sie uns Deckung. Xiang, Sie kommen mit mir.“

Breanne trat in den offenen Durchlass, gefolgt von dem Gefreiten. Beide wurden augenblicklich von dem dunklen Korridor verschlungen, ihre Umrisse zeichneten sich vor dem tiefer werdenden Rot des Garnisonshofs dahinter ab. Und ebenso schnell traten die beiden Gestalten wieder ins Licht, als sie den Korridor hinter sich ließen.

„Alle Mann nachrücken!“, befahl Breanne. „Schnell, Leute!“

Ardo warf Littlefield einen weiteren Blick zu. Der alte Veteran nickte, und sie bewegten sich mit dem Rest des Zuges rasch nach vorne.

Die freie Fläche hinter dem Tordurchgang war nicht mehr als ein Sammelplatz, den man zwischen den zu dicht beieinander stehenden Gebäuden der Garnison freigelassen hatte. Die Konföderation legte ihre militärischen Stützpunkte gerne eng und effizient an: Je kleiner der Bereich, desto einfacher ist es, Ressourcen zuzuführen und desto weniger Terrain hat man zu bewachen. Das war jedenfalls der Grundsatz, der in all ihren Kommandanten verwurzelt war. Das Ergebnis war oft ein überfülltes Mischmasch von Gebäuden, die gerade so weit voneinander entfernt errichtet wurden, dass Bodenfahrzeuge zwischen ihnen hindurchmanövrieren konnten. Bei voller Besetzung wurde eine Konföderations-Garnison damit zum Ameisenhaufen. Die engen Passagen wimmelten von Marines, Hilfspersonal und den Angehörigen des Kommandostabes, die alle eilig irgendwohin wollten.

Als Ardo zögernd aus dem Tordurchlass trat, fiel ihm abermals auf, dass die Schönblick-Garnison allen anderen Stützpunkten glich, auf denen er bereits gedient hatte – mit einem deutlich spürbaren Unterschied.

Hier war niemand zu Hause.

Das Tor führte durch die östliche Perimetermauer auf diesen Hof. Die Freifläche selbst hatte als Landeplatz für die Transportschiffe gedient. Mehrere Gebäude drängten sich um sie. An der nördlichen und der südlichen Seite des Hofes hatte man jeweils eine unregelmäßige Reihe ebenfalls eng beieinander stehender Vorratsdepots angelegt, zu beiden Seiten überragt von Geschütztürmen, deren Kuppeln sich unverändert drehten, während ihre Zielpeilungssysteme automatisch suchten.

Westlich der Freifläche, dem Tor direkt gegenüber, standen die drei Baracken, die sie heute Morgen so salopp verlassen hatten. Südlich davon führte ein breiter Weg auf das gepanzerte Kommandozentrum zu, dessen Spitze die Baracken überragte. Die oberen Teile des Fabrikzentrums und der Maschinenhalle waren ein Stück weit dahinter auszumachen. Neben einem Stapel Vorratscontainern an der Nordseite des Hofes standen zwei SCVs. Alles befand sich genau dort, wo es sein sollte.

„Mellish, schließen Sie das Tor.“ Lieutenant Breannes Stimme war leise und bedächtig. Genauso hatte Ardo immer mit den Pferden auf der Farm seines Vaters geredet, um sie zu beruhigen, wenn sie nervös waren. „Wir wollen schließlich nicht von hinten überrascht werden.“

„Ja", murmelte jemand über Funk. „Zumal noch genug Überraschungen vor uns liegen."

„Das reicht, Bernelli." Breannes Stimme blieb eisig ruhig. „Haben Sie das Tor endlich zu, Mellish?"

„Ja, Sir. Tor ist sicher."

„Es ist, als seien sie einfach alle aufgestanden und gegangen", murmelte Xiang.

„Ja," pflichtete Littlefield bei, „aber … ich kann ja verstehen, dass sie die Vorratsschuppen und Geschütztürme zurückgelassen haben, die wurden alle hier gebaut – aber die Baracken sind doch mobil. Verdammt, selbst das Kommandozentrum kann auf diesen Repulsoren fliegen. Das sind alles mobile Einheiten, und so, wie sie aussehen, sind sie auch noch gut in Schuss. Wenn man den Stützpunkt evakuiert hat, warum hat man dann nicht auch die Hardware mitgenommen?"

„Das sind alles gute Fragen, aber was wir brauchen, sind Antworten." Breanne hatte ihre Entscheidung getroffen. „Wir durchkämmen den Stützpunkt. Vielleicht sitzen hier irgendwo Leute fest oder sind verletzt oder aus einem anderen Grund nicht in der Lage, sich bemerkbar zu machen. Irgendetwas ist hier passiert, und auf wen Sie auch treffen, die Leute werden wahrscheinlich etwas nervös sein."

„Das können Sie laut sagen!"

„Also, immer mit der Ruhe und entspannen Sie den Finger am Abzug ein wenig, verstanden? Ich will nicht, dass wir uns gegenseitig Löcher verpassen, nur weil wir nicht wissen, was hier los ist. Littlefield und Melnikov, Sie bleiben bei mir. Cutter, wie geht's der Zivilistin?"

„Sie kommt langsam zu sich, Lieutenant." Cutter trug die Frau jetzt auf beiden Armen. Im Vergleich zu dem gewaltigen

Insulaner wirkte sie winzig und zerbrechlich, aber Ardo konnte sehen, dass sie sich rührte. „Soll ich sie absetzen?“

„Nein, in der Kommandozentrale gibt es eine Sanitätsstation.“ Breanne wirkte etwas frustriert. Es gab für sie nicht mehr viel zu kommandieren. „Gehen wir. Wir fangen mit den Nordbaracken an, und dann –“

„Lieutenant, ich mache Bewegung aus!“

„Wo, Bernelli?“

„Ungefähr fünfzig Meter entfernt, auf zwei-sieben-acht Grad.“

„Das ist das Kommandozentrum! Bleiben Sie dran, Bernelli. Aufpassen, Leute!“

Bernellis Stimme wurde ein wenig schriller, als er sprach. „Bleibe dran … bewegt sich nach Süden.“

„Wir haben hier keine Deckung, Lieutenant“, schnaufte Littlefield.

Breanne verstand sofort. „Vorwärts marsch! Beziehen Sie unter den Nordbaracken Stellung. Benutzen Sie die Landestützen als Deckung. Bewegung!“

Der Zug hetzte rasch über die Freifläche. Ardo rannte unbeholfen neben Littlefield her; die beiden mühten sich immer noch mit der Metallkiste ab, die sie zwischen sich schleppten. Ardo dachte flüchtig an die Vorratsschuppen, die sich nur ein paar Meter von ihm entfernt befanden. In einem davon lägen bestimmt ein brandneues Gewehr nebst Munition für ihn bereit. Aber stattdessen hockte er hier geduckt im Landeschacht einer mobilen Baracke und hatte nichts zu seiner Verteidigung außer Flüchen, Spucke und dieser blöden Metallkiste. Letztere hätte seinetwegen ruhig in Oasis bleiben und Teil der großen Strahlungswolke werden können, die nach Osten trieb.

„Bernelli?“ Breanne sprach leise, trotz der Tatsache, dass

die Kampfrüstung ihre Worte auf den Komm-Kanal beschränkte.

„Ich bin noch dran, Lieutenant. Bewegt sich schnell. Fünfzehn Meter auf dem Zweihundert-Radial. Richtung Osten.“

„Es kommt die Straße herunter“, brummte Littlefield.

„Noch fünfzehn Meter. Sie müssten es gleich sehen …“

Ardo duckte sich noch tiefer hinter die Stütze.

Eine einzelne Gestalt, in das sterbende Licht des Tages getaucht, taumelte auf die Freifläche.

„Ach du Scheiße!“, spie Breanne hervor. Sie erhob sich, ließ das Visier ihrer Kampfrüstung aufschnappen und schrie über den Platz: „Marcus, verdammt, was tun Sie da?“

Die Gestalt drehte sich um. Ihre Drillichkleidung war nicht mehr frisch gebügelt und sauber. Der Mann hatte seine flotte Kopfbedeckung verloren, und darunter war strohiges Haar zum Vorschein gekommen, das nach allen Richtungen abzustehen schien. Dennoch erkannte Ardo ihn als den Techniker, der gestern mit ihnen nach Schönblick geflogen war.

„Ma'am, oh!“ Sergeant Marcus Jans salutierte. „Willkommen daheim, Ma'am!“

Lieutenant Breanne erwiderte den Gruß mechanisch und sagte dann: „Bitte um Erlaubnis, die Garnison betreten zu dürfen.“

„Äh, wie bitte, Ma'am?“

„Ich nehme an, dass Sie die Verantwortung für diesen Posten haben, Sergeant. Sonst hätte uns wohl schon ein anderer begrüßt.“

„Oh.“ Jans schien verwirrt. „Ja, Ma'am, die hab ich wohl … außer Ihnen … jetzt, meine ich.“

Ardo fühlte sich plötzlich wieder an seine Katze und die Maus erinnert.

„Dann melde ich die Rückkehr meines Zuges von einer glorreichen Mission im Namen der Konföderation." Breannes Stimme klang erschöpft, und ihre Laune begann auf ihren Ton abzufärben.

Jans sah an Breanne vorbei, wo Ardo und seine Kameraden Deckung bezogen hatten. „Sie meinen die Marines, die sich unter den Baracken verstecken?"

„So viel zu unserer glorreichen Rückkehr", brummte Cutter.

„Ja." Breanne presste die Worte zwischen den Zähnen hervor. „Die Marines, die sich unter den Baracken verstecken, bitten um Erlaubnis, Ihre Garnison betreten zu dürfen, Sergeant, und dann will ich verdammt noch mal wissen, *wohin die Garnison verschwunden ist!"*

Jans blinzelte. Breannes letzte Worte schienen ihn auf den Hacken nach hinten kippen zu lassen.

„Aber … aber, Lieutenant … ich dachte, das könnten *Sie* mir sagen!"

KAPİTEL 12

GEISTERSTADT

„Verdammt, wovon *reden* Sie, Bastler?“ Breanne war nicht in der rechten Stimmung für Ratespielchen. Und die Wut in ihrer Stimme war dazu geeignet, den Sergeant in seine ramponierten Stiefel hineinschmelzen zu lassen.

„Na ja, Ma'am, die sind alle abgezogen“, stammelte Marcus. Der Dreck in seinem Gesicht wurde von Schweißtropfen durchzogen, die ihm aus dem Haaransatz zu rinnen begannen. „Und ich dachte, wo Sie doch zum Befehlsstab und so gehören, wüssten Sie das schon – das ist alles.“

Littlefield trat zu Breanne und dem Tech-Sergeant und zog Ardo an der Kiste, die immer noch zwischen ihnen hing, mit sich. Er sprach in leisem, vertraulichem Ton, aber Ardo stand zu nahe, um zu überhören, was er sagte. „Lieutenant, es wird dunkel, und wir können uns nur hier verstecken.“

Breannes Blick hatte sich mit wachsendem Zorn an Jans festgefressen, doch Littlefields Worte durchdrangen irgendwie ihre Rage.

Ihr Kopf ruckte hoch, und sie schien den verschwindenden Himmel über den dunklen Mauern der Garnison zum ersten Mal wahrzunehmen.

„Wir haben wahrscheinlich nicht viel Zeit“, flüsterte Littlefield in Richtung des Bodens, doch die Worte waren für Breanne bestimmt.

„Der Posten wurde aufgegeben“, sagte Breanne plötzlich. „Eine Art ‚Alles Scheiße, deine Emma‘-Situation, nehme ich an. Ich werde das klären. Inzwischen – Cutter …“

„Ja, Ma’am.“

„Im Kommandozentrum gibt es eine Sanitätsstation. Bringen Sie diese Frau dorthin, schnallen Sie sie an ein Bett und melden Sie sich dann wieder bei mir. Littlefield, Sie und Melnikov begleiten Cutter. Melnikov soll diese Schatztruhe und die Frau im Auge behalten – wenn er das schafft.“

„Er wird seine Sache gut machen, Lieutenant. Dafür sorge ich schon.“

„Und würden Sie dann bitte auch ‚dafür sorgen‘, dass er ein neues Gewehr bekommt. Nehmen Sie sich auch gleich eines, wenn Sie schon mal dabei sind.“ Breannes Lippen lächelten beinahe. „Und dann kommen Sie wieder hierher. Wir müssen einen Perimeter errichten.“

Cutter grunzte einmal und verlagerte das Gewicht der stöhnenden Frau in seinen Armen. In seiner Stimme lag Enttäuschung, als er sprach. „Wir hatten aber nicht viel Spaß heute Abend, Lieutenant. Wir haben gerade mal die Zerg in blutige, kleine Stücke geblasen. Und jetzt brauchen wir nur noch den Bus zu rufen, der uns rausbringt. Der Krieg hier ist gelaufen.“ Der große Mann schüttelte bedauernd den Kopf. „Nein, Ma’am, wir hatten wirklich nicht viel Spaß heute Abend.“

Littlefield warf Breanne einen Blick zu, aber wenn er irgendeine Reaktion erwartete, wurde ihm diese Befriedigung nicht zuteil.

„Sie haben Ihre Befehle.“ Der Lieutenant sprach mit ruhiger Kälte. Dann wandte sie sich wieder an den Tech-Sergeant.

„Und was Sie angeht, Sergeant Jans, Sie bleiben bei mir. Es gibt da eine Menge Fragen, und ich will nicht, dass Sie verschwinden, bevor ich sie Ihnen gestellt habe.“

Während sie zum Krankenrevier unterwegs waren, senkte sich rasch die Nacht herab. Der Wind hatte von Westen her beträchtlich zugenommen, er ächzte und heulte zwischen den Gebäuden des Garnisonslagers und ließ Ardo schaudern. Die verlassenen Gebäude schienen ihn anzustarren, als er zwischen ihnen hindurchging. Der ganze Ort war insgesamt zu still für die Menge an Ausstattung, die hier zurückgelassen worden war.

Wo er auch hinschaute, begegnete er dem Anblick von Dingen, die absolut am rechten Fleck standen und doch irgendwie deplatziert wirkten. Der Boden unter seinem Füßen war gehärtet von den Ketten und Repulsoren all der Vehikel, die darüber hinweggewalzt waren. In den Modulen brannten überall noch die hellen Lichter, als sie daran vorbeigingen. Die Tür eines Vorratsdepots stand offen, die Innenbeleuchtung strahlte bis auf die Straße hinaus. Darin stand ein SCV-Lader, seine grob humanoide Form aus Metall und Plastik gebeugt, um ein Schiffsbauteil aufzunehmen. Sein Bediener jedoch war längst fort, wie ein Geist, der seinen Körper im Tode verlassen hatte. Wo Ardo auch hinsah, waren die Stiefelabdrücke von Marines und Technikern, die immer noch über diesen Boden hätten laufen sollen, aber irgendwie verschwunden waren. Jetzt existierten sie hier nur noch als Geister. Ardo wusste nicht, was ihn mehr überrascht hätte – hier wirklich noch jemand anders zu sehen oder die ständige Spannung, die es bedeutete, *niemanden* zu erblicken.

Die Hauptzugangsstraße wand sich hinten um die südlichen Baracken, über den eingeebneten Boden auf das aufragende

Kommandozentrum zu. Das Gebäude war massiv und so breit wie hoch, in seiner Grundform in etwa einer abgeflachten Kugel entsprechend. Es war unzweifelhaft mit dem Schwerpunkt auf Zweckmäßigkeit und nicht auf Ästhetik gebaut worden. Irgendein technischer Konstruktionszeichner der Konföderation hatte wahrscheinlich einmal einen leidenschaftlichen Bezug zu diesem Entwurf besessen, damit aber allein auf weiter Flur gestanden. Das Kommandozentrum war ein reiner Zweckbau. Gewaltige Repulsor-Landekrallen stützten den Hauptteil der Konstruktion, ihre dicken Streben verschwanden in breiten Gehäusen. Externe Ablativplatten verstärkten die gepanzerte Hülle. Darüber, drei Stockwerke über dem Boden, war eine Anzahl von Beobachtungstürmen, Antennen, Sensorkuppeln und anderer technischer Vorrichtungen zu etwas angeordnet, das dem beiläufigen Betrachter wie völliges Chaos vorkommen musste. Und über all dem thronte die Operationsbasis, ein gepanzerter Block mit Fenstern auf allen Seiten, die den gesamten Komplex überblickten. Aus diesen Fenstern fiel helles Licht, aber dahinter bewegte sich nichts, so weit Ardo es sehen konnte.

Die Hauptzugangsrampe zum Kommandozentrum war herabgelassen worden, die Hydraulikarme zu beiden Seiten waren voll ausgefahren. Die Hauptkommandosektion war hell erleuchtet, aber Ardo konnte sich nicht des Gefühls erwehren, dass sie alle geradewegs in den Schlund eines großen, dunklen Tieres marschierten.

Doch die Helligkeit der Station half, als sie erst einmal im Innern waren. Je weniger Schatten, desto besser. Die Zentrale ragte zwei Decks hoch über ihnen auf. Links und rechts waren, wie Ardo wusste, die Mineral- und Gasprozessoren untergebracht, die das Herz einer jeden mobilen Kommandobasis bildeten. Sie nahmen den größten Teil des Innenraums ein.

Über ihnen, hineingequetscht zwischen die gewaltigen Prozessoren, befand sich die SCV-Wartungsstation. „Wartung" war indes nicht ganz zutreffend – die Fabrikatoren auf dieser Ebene konnten ein SCV quasi aus dem Nichts erschaffen, indem sie allein den Output des Mineralprozessors nutzten. Mehrere T-280-Space Construction Vehicles hingen über ihnen an ihren Konstruktionsvorrichtungen. Sie schwangen leicht hin und her. Ardo musste sich in Erinnerung rufen, dass es wahrscheinlich das Ventilationssystem war, das die Anzüge bewegte.

Er merkte, dass seine nervigen Kopfschmerzen zurückgekehrt waren. Littlefield ging weiter auf den Lift am Ende der Station zu. Ardo hielt Schritt mit ihm, die Hand am Griff der Metallkiste. Als sie auf die Aufzugsplattform traten, drehten sie sich beide um. Cutter, die Frau noch immer auf den Armen tragend, trat zu ihnen. Dann aktivierte Littlefield den Lift.

Während sie nach oben fuhren, versuchte Ardo, die Frau genauer zu betrachten. Das gewaltige Wirrwarr ihres langen, schmutzigen Haares war sein erster und stärkster Eindruck. Ihr Gesicht war von ihm ab- und Cutters Brust zugewandt. Sie trug den überall anzutreffenden Overall eines Koloniearbeiters; wahrscheinlich hatte sie zu den Beschäftigten eines der Maschinenbau- oder Wasserfarm-Projekte draußen in Oasis gehört. Die Sohle eines ihrer Stiefel war teilweise vom Oberleder abgerissen. Das kam ihm merkwürdig vor, wenn man bedachte, was mit ihren Mitmenschen unten in dieser Außenpostenstadt geschehen sein musste.

Wenigstens brauchten sie jetzt, da sich eine ostwärts treibende leuchtende Wolke über die Stadt legte, nicht hineinzugehen, um die Toten wegzuräumen.

Die Toten wegräumen?

Diese Worte verfingen sich in seinen Gedanken, aber er konnte keine Bedeutsamkeit darin entdecken. Außerdem tat ihm der Kopf zu weh, um groß darüber nachzudenken. Es war besser, sich ganz auf die vorliegende Aufgabe zu konzentrieren und alles andere zu vergessen.

Der Aufzug stieg rasch in dem nach oben führenden Schacht in die Höhe und stoppte dann auf Ebene 3. Cutter drehte sich mit der Frau um und trug sie den schmalen Gang hinunter, was nicht leicht war, zumal in der gewaltigen Firebat-Rüstung. Aber Cutter schaffte es ohne größere Schwierigkeiten. Er schien die Rüstung wie eine zweite Haut zu tragen.

„Gehen wir“, drängte Littlefield mit einem Schubs gegen die Kiste, die daraufhin gegen Ardos Schenkel stieß. Ardo schüttelte seine Gedanken ab und begann, den Korridor hinunterzugehen.

Das Krankenrevier wurde vom Rest der Kommandozentrale regelrecht eingeschlossen. Es lag fast genau in der Mitte der Konstruktion. Hier gab es keine Resozialisations-Tanks oder sonst etwas, das Bürger der Konföderation für die Standardausstattung einer medizinischen Einrichtung halten mochten. Das Krankenrevier war eher eine Erste-Hilfe-Station, ein Zwischenhalt auf dem Weg eines verletzten Marines, wo er ausreichend am Leben erhalten wurde, um dann zwecks besserer Versorgung in andere Einrichtungen ausgeflogen zu werden.

An einer Wand waren mehrere Etagenbetten befestigt. Die meisten davon waren ordentlich nach traditioneller Art der Marines gemacht. Eines jedoch war zerwühlt, die Laken hingen zu Boden.

Cutter betrat den Raum. Seine riesenhafte Gestalt schien den größten Teil davon auszufüllen. Er fand ein Mittelbett, das seinen Ansprüchen zu genügen schien, und legte die stöhnende

Frau darauf ab. Endlich konnte der große Mann sein Helmvisier aufschnappen lassen, während Ardo und Littlefield in den Raum traten. Ardo konnte sehen, dass das braune Gesicht des Insulaners schweißüberströmt war.

„Das war nicht gut“, schnaufte er. Rasch löste er die Verschlussringe seiner Handschuhe und zog seine Hände heraus. Binnen weniger Augenblicke schnallte er die Halteriemen des Bettes um Hände, Brust und Fußgelenke der reglosen Frau. „Brauche mehr Übung. Muss mehr trainieren.“

Ardo lächelte und schüttelte den Kopf. Cutter war gerade mehrere Kilometer gerannt, mit dieser Frau entweder geschultert oder auf den Armen. Selbst mithilfe des Anzugs war das eine bemerkenswerte Leistung. Ardo lächelte bei dem Gedanken, dass Cutter das als ein Zeichen von Schwäche betrachtete.

Littlefield winkte Ardo nach rechts. Vor der den Betten gegenüberliegenden Wand stand ein Schreibtisch mit zugehörigem Stuhl.

Littlefield blieb stehen. „Schau sich das einer an!“

Ardo blieb ebenfalls stehen.

Der Schreibtisch war bis auf eine halb ausgetrunkene Tasse Kaffee und ein angebissenes Sandwich sauber und aufgeräumt.

Cutter warf ebenfalls einen kurzen Blick darauf, dann streckte er seine gewaltige rechte Hand aus und hob die Tasse hoch.

„Noch warm“, sagte er, dann leerte er die Tasse in einem Zug.

Ardo und Littlefield starrten ihn erstaunt an.

„Brauchte Zucker“, sagte Cutter, während er die Reste des Sandwiches aufnahm und in seinen Mund zu stopfen begann. Seine weiteren Worte waren durch das Brot kaum zu verstehen. „Ich geh wieder. Wenn ihr Zwei irgendwas braucht, ruft einfach. Irgendwer kommt dann schon.“

Cutter schnappte sich seine Kampfhandschuhe und verließ den Raum. Die Tür des Krankenreviers glitt hinter ihm zu.

Littlefield erwiderte Ardos erstaunten Blick, dann brachen die beiden Männer in schallendes Gelächter aus.

„Unglaublich", keuchte Ardo schließlich.

„Nein, eigentlich nicht", erwiderte Littlefield gut gelaunt. „Er ist wirklich gar nicht so übel, wenn man ihn ein bisschen besser kennt."

Ardo nahm auf dem Schreibtischstuhl Platz, was im Kampfanzug kein ganz einfaches Unterfangen war. „Sie kennen ihn?"

„Klar", sagte Littlefield und ließ sich auf der Schreibtischkante nieder. „Er hat eine Zeit lang unter mir gedient. Unsere Stile harmonierten nicht so recht. Ich schätze, meiner harmonierte mit vielen Leuten nicht so recht …"

Ardo wusste nicht, was er in der Stille, die nun folgte, erwidern sollte.

„Tja", fuhr Littlefield fort und wandte den Blick ab, „das ist ein hübsches Krankenrevier, aber Sie sind im Dienst. Wachdienst, um genau zu sein. Hier ist die Kiste – was zum Teufel es damit auch auf sich haben mag –, und ich glaube nicht, dass diese Frau Ihnen irgendwelchen Ärger machen wird. Trotzdem, bleiben Sie auf dem Komm-Kanal, und was Sie auch tun, bleiben Sie wach! Ich gehe und suche uns neue Gewehre und Munition. Breanne will die Wachen aufstellen, dann schauen wir mal, ob's was zu essen gibt. Ich bin gleich wieder hier."

„Klar, Sarge", nickte Ardo. Es war ihm gar nicht bewusst gewesen, wie müde er war, bis er sich hingesetzt hatte. „Verstanden."

Littlefield lächelte. „Tut der Kopf noch weh?"

Ardo nickte leise. „Ein bisschen."

„Ich schätze, die Resoz greift wohl doch. Und hey, Sie sind jetzt ein Veteran! Haben zum ersten Mal getötet und leben noch, um davon zu erzählen."

Vor ihm zuckte der Zergling. Das trübe, schwarze Auge des Wesens starrte zu ihm empor.

„Und Gott sprach: Es wimmele das Wasser von lebendigem Getier …"

Ardo konnte nicht atmen.

Ardos Miene verdüsterte sich mit einem Mal, und er sah weg. „Ja, Sir."

Littlefield runzelte die Stirn. „Kommt schon alles in Ordnung, Junge. Ich bleib nicht lange weg."

Der Sergeant stand auf und ging zielstrebig zur Tür, die vor ihm beiseite glitt und sich dann wieder schloss, nachdem er hindurchgegangen war.

Ardo holte tief Luft.

Er konnte nichts weiter tun als warten. Er konnte sich nichts Schlimmeres vorstellen, als mit seinen Gedanken allein gelassen zu werden.

„Ich werde dich nie zurücklassen", sagte er zu ihr. Der Weizen raschelte rings um die Decke, auf der sie lagen.

Er stürzte in ihre leuchtend blauen Augen.

Golden …

Ardo erhob sich. Es musste etwas geben, das er tun konnte. Sein Kopf pochte wieder.

Der Zustand der Frau auf dem Bett schien sich nicht merklich zu bessern. Benommen begann sie an den Riemen zu ziehen. Ihr Stöhnen wurde lauter.

Rasch machte Ardo sich an eine Durchsuchung der Wandschränke der Krankenstation. Im Waschbecken machte er ein Handtuch nass, dann ging er zu der Frau.

„Ruhig, Lady“, sagte er in beruhigendem Tonfall. „Niemand wird Ihnen etwas tun.“

Die Frau warf den Kopf unter ihrem Heiligenschein aus verfilztem Haar hin und her. Ihre Bemühungen wurden mit jedem Moment wilder.

„Hey … hören Sie, Lady, Sie müssen sich entspannen! Wir sind hier, um Ihnen zu helfen.“ Es funktionierte nicht. Ardo packte die Frau bei den Schultern und schüttelte sie. „Lassen Sie das! Hören Sie mir zu!“

Plötzlich hörte die Frau auf, an den Riemen zu zerren.

„Sie sind jetzt in Sicherheit“, seufzte Ardo, als er ihre Schultern losließ. Er hob das nasse Handtuch wieder auf und strich die Haare zur Seite, die das Gesicht der Frau bedeckten. „Sie befinden sich in der Konföderations-Garnison in Schönblick. Niemand wird …“

Seine Stimme verklang.

Golden.

Er blinzelte, dann begann er zu zittern.

Die Frau starrte aus dem Bett zu ihm empor.

Die Gloriole ihres langen, glänzenden Haars wehte sanft in der warmen Brise, die über die Weizenfelder strich.

Tränen stiegen Ardo in die Augen, ohne dass er etwas dagegen tun konnte. „Melani? Melani! Du bist es! Mein Gott, es ist ein Wunder! Ein Wunder!“

Überwältigt nahm Ardo liebevoll den Kopf der Frau in beide Hände.

Seine Lippen näherten sich den ihren.

Die Frau schrie.

KAPİTEL 13

MERDITH

Ardo sprang wie elektrisiert zurück. Sein Kopf pochte. „Melani! Hör auf, bitte! Ich bin's doch!"

Die Frau schrie abermals, das Gesicht angstverzerrt.

Ardo hob die Hände, versuchte, die Frau zu beschwichtigen. Seine Augen brannten, füllten sich mit Tränen. Sein Kopf hämmerte, und dieser Schmerz machte ihn zusätzlich blind. „Bitte! Ich werd dir nicht weh tun. Du bist durcheinander … und verletzt. Es ist so lange her. Ich …"

„Geh weg von mir, du Bastard!" Die Kiefer der Frau mahlten, als sie versuchte, ihre Furcht in den Griff zu bekommen. „Verdammt, wo bin ich hier?"

„Du bist auf dem Krankenrevier in … äh … in …" Ardo zuckte unter den Schmerzen zusammen, die in seinem Kopf explodierten. Es fiel ihm schwer zu denken. „In der Schönblick-Garnison … auf Mar Sara. Das ist ein Außenposten-Stützpunkt der Konföderation …"

Sie zerrte abermals an den Halteriemen, so heftig, dass der Rahmen der an der Wand befestigten Liege klapperte. Cutter hatte gute Arbeit geleistet. Nach ein paar Augenblicken ließ sie sich vor Erschöpfung keuchend zurücksinken.

„Bitte, Melani." Ardo drängte die Tränen zurück. Er kämpfte

mit den Verschlussringen seiner Handschuhe, verzweifelt bemüht, sie auszuziehen, während er sprach. „Wenn du nur wüsstest, wie sehr ich davon geträumt habe … wie sehr ich mich nach dir gesehnt habe. Ich habe dein Gesicht tausendmal in der Menge gesehen …“

Sie wandte sich ihm zu, immer noch blinzelnd und bemüht, bei Bewusstsein zu bleiben. „Das ist ein Konföderationsstützpunkt?“

„Ja!“ Das Gesicht vor Schmerz verzerrt trat er auf sie zu. „O Melani, wenn du nur wüsstest, wie Leid es mir tut …“

Die Frau schrie ihn mit aller Kraft an. *„Mach noch einen Schritt, du Hundesohn, und ich bring dich um!“*

Ardo blieb stehen, erstarrte, unfähig, weiter- oder auch nur zurückzugehen. Der donnernde Schmerz in seinem Kopf überwältigte ihn. Er stieß einen einzelnen, erstickten Schrei aus und stürzte zu Boden, wo er unkontrolliert schluchzend liegen blieb. Erinnerungen fluteten seinen Kopf. Goldene Felder. Goldenes Haar. Schreie und rotes Blut.

Es dauerte einige Zeit, bis er ihre Stimme hörte, die leise zu ihm sprach.

„Hey, Soldatenjunge, alles in Ordnung. Krieg dich ein, das wird schon wieder.“

Ardo sah durch den Nebel seines Tränenschleiers auf.

„Immer mit der Ruhe, okay? Lass uns miteinander reden … nur reden … in Ordnung? Ich will dir helfen, damit's dir wieder besser geht. Einverstanden?“

Ardo nickte langsam. Er war ausgelaugt, saß auf erniedrigende Weise in seinem Kampfanzug auf dem Boden des Krankenreviers, den Rücken gegen den Schreibtisch gestützt.

„So ist's gut.“ Die Stimme der Frau war ruhig und bedächtig, als versuche sie, einen Selbstmörder dazu zu überreden, vom

Klippenrand wegzugehen. „Bleib einfach da sitzen, und wir reden für eine Weile und bringen das alles auf die Reihe, okay?"

Ardo nickte abermals schwach.

„Ich heiße Merdith. Und du?"

Ardo tat einen ungleichmäßigen Atemzug.

„Sieh mich an."

Ardo wusste nicht, ob er die Kraft dazu hatte. „O Melani …"

„Sieh mich an", sagte Merdith, noch eindringlicher.

Ardo hob den Blick.

„Sieh mich genau an." Merdith hielt still, konzentrierte den Blick ihrer dunklen Augen auf Ardos Gesicht. „Sieh dir mein Haar an … sieh es dir an. Ist das … äh, Melanis Haar?"

Ardo bemühte sich um Konzentration.

„Sieh es dir an … siehst du es? Ist das Melanis Haar?"

Das Haar war anders. Es war offensichtlich viel dunkler, selbst ohne den Schmutz. Melanis Haar war so herrlich fein und …

„Meine Augen", befahl Merdith nun. „Sind das Melanis Augen?"

Ardo rückte etwas zur Seite und blickte in die dunklen, beinahe schwarzen Augen der Frau. Sie waren wie tiefe Seen in einer Höhle. Melanis Augen waren von so einem strahlenden Blau …

Ardo wandte den Blick ab. „Nein … das sind nicht Melanis Augen."

„Hallo. Mein Name ist Merdith", versuchte die Frau es leise noch einmal. „Wie heißt du?"

„Ardo … Ardo Meln- … Gefreiter Ardo Melnikov, Ma'am." Noch immer konnte er die Frau auf dem Bett nicht ansehen. „Es … es tut mir so Leid, Ma'am. Ich weiß nicht, was in mich gefahren ist. Bitte … nehmen Sie meine Entschuldigung an."

„Ist schon gut, Soldatenjunge, ist ja nichts passiert." Merdith schaute zur Decke hinauf und überlegte, ehe sie weitersprach. „Du bist ein Resoz, stimmt's?"

„Ma'am?" Das Pochen in Ardos Kopf war für einen Moment verschwunden gewesen, kehrte jetzt aber mit Macht zurück.

„Ein Resoz – Neural-Resozialisation – Training durch Erinnerungs-Overlay, richtig?"

„Ja … dann bin ich wohl ein ‚Resoz' oder wie Sie es auch nennen wollen." Ardo war auf einmal wieder sehr müde. „Hören Sie, Ma'am, ich habe gesagt, es tut mir Leid, was ich getan habe, und das habe ich auch so gemeint. Aber … na ja, vielleicht wäre es besser, wenn wir nicht weiter miteinander reden."

Er hob seine Kampfhandschuhe auf und stemmte sich in die Höhe. Nach wie vor konnte er sich nicht dazu überwinden, die Frau wieder anzusehen. Er trat um den Schreibtisch herum und versuchte, allein zu sein.

Aber er war nie allein, und jetzt erst recht nicht. Die Geister in seinem Kopf quälten ihn weiter. Allein der Gedanke, sich hinzusetzen und auf Littlefield zu warten, war reine Qual. Er brauchte etwas anderes, über das er nachdenken konnte, etwas anderes, um seinen Verstand zu beschäftigen, etwas anderes als diese schwarzen, müßigen Gedanken, die stets nur einen Augenblick davon entfernt waren, ihn zu überwältigen.

Vor ihm stand die Metallkiste.

Der Schatz, der ihn fast das Leben gekostet und andere bereits getötet hatte.

Das war ein Rätsel, mit dem er seine Gedanken beschäftigen konnte. Die Kiste hatte zwei Griffe auf jeder Seite. Der Deckel, oder das, was er dafür hielt, wurde von sechs einzelnen

Schnappriegeln gehalten. Sie waren nicht abgeschlossen – was für Ardo Aufforderung genug war, sie zu öffnen.

Er streckte die Hand aus und ließ den ersten Verschluss aufschnappen.

„Das würde ich … nun, an deiner Stelle nicht tun."

Ardo schaute auf. Merdith war immer noch auf das Bett geschnallt. Sie sprach zu Ardo, aber ihr Blick war auf die Kiste gerichtet.

„Warum nicht?", fragte Ardo frei heraus.

„Nun … vielleicht willst du gar nicht wissen, was darin ist."

Ardo schnaubte, dann öffnete er einen weiteren Verschluss.

Merdith zuckte sichtlich zusammen.

„Ich mein's ernst, Soldatenjunge."

„Na sicher", seufzte Ardo und ließ beiläufig das dritte Schloss aufklappen.

Merdiths Stimme wurde eine Nuance schriller und drängender. „Es gibt eine alte Erdenlegende über diese Frau namens Pandora. Hast du von der schon mal gehört, Soldatenjunge?"

„Ja", antwortete Ardo gereizt. Der vierte Verschluss bereitete ihm Probleme. Er schien zu klemmen. „Wir sind nicht alle Bauerntölpel in den Kolonien, wissen Sie? Ich hatte in der Schule Mythologie", grunzte Ardo, und der vierte Verschluss schnappte auf.

„Hast du sie dort kennen gelernt?", fragte Merdith rasch. „Hast du Melani in der Schule kennen gelernt?"

Ardo hielt inne. „Verdammt, wovon reden Sie, Lady?"

„Melani, ich frage nach Melani." Merdith fuhr sich nervös mit der Zunge über die Lippen. „Ich … ich wollte nur wissen, wo du sie kennen gelernt hast, das ist alles."

„Hören Sie, äh …"

„Merdith. Ich bin Merdith."

„Ja. Hören Sie, Merdith, das war vor langer Zeit, auf einem Planeten, von dem Sie vermutlich nie gehört haben und der Ihnen wahrscheinlich völlig egal wäre, selbst wenn Sie schon davon gehört *hätten.*“ Ardo schüttelte den Kopf und suchte nach dem nächsten Verschluss. „Es ist nicht mehr von Bedeutung.“

„Was ist dort geschehen?“, drängte Merdith weiter. „Was ist mit Melani passiert?“

Scharfer Schmerz blitzte hinter Ardos rechtem Auge auf. Er fuhr zusammen.

„Sag mir … erzähl mir, was mit ihr passiert ist.“

Er sah sie hinter sich. Die Zerg trieben ihre Attacke jetzt zornig voran. Das Transportschiff betrog sie um ihre Beute. Ardo war entsetzt darüber, wie schnell die riesige Menge hingemetzelt wurde – niedergemäht wie blutroter Weizen auf dem Feld. Die Zerg hatten Melani fast schon erreicht.

Ardo schauderte. „Es ist egal … Sie sollten nicht danach fragen …“

„Ich möchte es wissen“, drängte sie ihn. „Woran erinnerst du dich, Soldatenjunge? Was siehst du im Geist?“

Ardo kämpfte mit Klauen und Zähnen. Er schrie.

Drei Hydralisken packten Melani gleichzeitig, zerrten sie vom Rand der Menge fort.

„Was *siehst* du?“

„Lass mich in Ruhe!“

„Ardo, bitte!“, schluchzte sie. „Lass mich nicht allein!“

Der wie geistlos agierende Mob schob ihn weiter in das Schiff hinein.

Merdith drängte abermals: „Sag's mir!“

„Sie ist tot, okay?“, brach es aus Ardo hervor. „Sie ist tot! Die Zerg griffen unsere Siedlung an. Die Konföderation kam, um uns zu evakuieren, und ich versuchte, sie zu retten, und

ich versagte, okay? Ich versuchte … ich versuchte, sie in das Transportschiff zu holen, aber die Menge war zwischen uns … und ich … und ich konnte nicht … ich konnte einfach nicht …“

Ardos Stimme verklang. Zu seiner Überraschung sah er seine eigene Trauer in Merdiths Augen gespiegelt.

„O Soldatenjunge“, sagte sie leise. „Ist es das, was man dir erzählt hat? Ist es das, was du glaubst?“

Der Komm-Kanal in seinem Headset schlug an, das Geräusch war auch im Zimmer zu hören. Ardo registrierte es irgendwo in seinem Geist, konnte sich aber nicht dazu aufraffen, dem Ruf zu antworten.

„Das tut mir Leid für dich, Soldatenjunge.“

Der Komm-Kanal ertönte von neuem. Was versuchte diese Frau ihm zu sagen?

Der Komm-Kanal meldete sich zum dritten Mal.

„Willst du nicht antworten?“, fragte Merdith.

Ardo schüttelte seine verwirrten Gedanken ab und schaltete das Komm-System auf Open Vox. „Melnikov hier.“

„Hier Littlefield. Alles klar da oben bei Ihnen, Sohn?“

Merdith hielt ihren Blick weiter auf Ardo gerichtet. Der Marine war nun mehr als nur ein wenig argwöhnisch, was diese Frau anging. Er trat wieder hinter den Schreibtisch und war damit hoffentlich so weit von ihr weg, dass sie das Funkgespräch nicht mithören konnte.

„Ja, Sergeant, wir sind okay.“

„So? Sind wir das wirklich? Nun, ich habe im Lager zwei saubere und ganz neue Impaler C-14 für uns gefunden. Ich komme gleich zu Ihnen. Wie geht's der Gefangenen?“

„Sie ist gesprächig“, erwiderte Ardo, was der Frau ein müdes Lächeln entlockte.

„Na, dann wollen wir hoffen, dass das so bleibt. Der Lieutenant will, dass wir sie und diese Kiste zu ihr bringen, sobald ich bei Ihnen bin. Ich bin jetzt am Eingang des Kommandozentrums. Littlefield Ende.“

Ardo schaltete den Komm-Kanal wieder auf Standby und ließ rasch die Verschlüsse der Kisten einrasten.

„Ich hoffe, wir finden noch einmal Gelegenheit, miteinander zu reden, Soldatenjunge.“ Merdiths Worte waren wie Seide. „Ich weiß etwas über Melanis Schicksal, das du wirklich erfahren solltest.“

„Sie können unmöglich etwas darüber wissen.“

„Tu ich aber.“

„Und das wäre?“

„Dass alles eine Lüge ist, Soldatenjunge. Alles ist erstunken und erlogen.“

KAPİTEL 14

PANDORAS BÜCHSE

„Hey, Melnikov! Der Lieutenant will, dass wir in die Operationsbasis … Melnikov? Alles in Ordnung?“

Ardo hatte kaum gemerkt, wie Littlefield zur Tür hereingekommen war. Er starrte immer noch Merdith an, seine Augen wurden schmäler. „Was haben Sie da gerade gesagt?“

Littlefield nahm irrtümlich an, Ardos Worte würden ihm gelten. „Ich sagte, der Lieutenant will, dass wir in die Ops kommen. Haben Sie etwas verloren?“

Der Sergeant warf Ardo ein neues C-14-Gaußgewehr zu. Das Gewicht in der Hand zu spüren, vermittelte ihm ein Gefühl von Sicherheit.

Ohne nachzudenken, überprüfte Ardo die Waffe, schaute nach, ob der Clip aufmunitioniert war, und lud das Gewehr durch. Es war ein gutes Gefühl, etwas zu tun, über das man nicht nachdenken musste.

„Wie geht’s der Frau?“ Der Sergeant legte seine neue Waffe behutsam auf der Metallkiste ab, dann ging er auf das Bett zu, auf dem Merdith nach wie vor festgeschnallt war. „Oh, wie ich sehe, sind Sie wach, Ma’am. Wie fühlen Sie sich?“

„Gefesselt“, antwortete Merdith gerade heraus.

Littlefield lachte leise, während er die Erweiterung ihrer Pupillen überprüfte. „Na, den Humor haben Sie jedenfalls nicht verloren. Irgendetwas gebrochen? Verstaucht?“

„Ich bin transportfähig“, erwiderte Merdith.

„Ja, aber ich wette, Sie sind schwer zu tragen“, lachte Littlefield und richtete sich wieder auf. „In Ordnung, Miss, ich binde Sie jetzt los. Der Lieutenant möchte ein paar Worte mit Ihnen wechseln. Wir haben Sie gerade aus einem Krisengebiet geholt, und das Ganze ist reine Routine, verstehen Sie?“

Merdith nickte.

„Dann werden Sie mir also keinen Ärger machen, ja?“

„Und wenn doch?“, schniefte Merdith.

„Nun, wir haben beide ziemlich große Kanonen, Ma'am.“

„Das sagen doch alle“, lachte Merdith im Gegenzug. „Ich werde keinen Ärger machen, Sergeant, und ich möchte mit Ihrem Lieutenant reden. Ich werde höflich sein.“

„Das höre ich gern“, sagte Littlefield freundlich, während er anfing, die Riemen, die sie ans Bett banden, zu lösen. „Ich bin sicher, wir werden alle gute Freunde werden, sobald wir ein paar Dinge geklärt haben. Stimmt's nicht, Melnikov?“

„Sir, jawohl, Sir“, antwortete Ardo automatisch. Aber irgendwo tief in seinem Hirn war er sich da nicht so sicher.

Zuletzt löste Littlefield die Fessel um Merdiths rechten Fußknöchel, dann trat er einen großen Schritt zurück.

„Angst?“, fragte Merdith, als sie sich aufsetzte.

„Vorsichtig, Ma'am“, entgegnete Littlefield, griff hinter sich und nahm seine Waffe. „Nur vorsichtig.“

„Was ist mit Ihrer Schatztruhe da drüben?“ Merdiths Tonfall kam Ardo beiläufig vor, allerdings auf eine sehr aufgesetzte, gefährliche Art. „Darf sie auch mitkommen?“

„Warum interessiert Sie das?“ Littlefield kniff die Augen zusammen.

„Ich habe eine ganze Zeit lang den Babysitter für dieses Kistchen gespielt. Sagen wir einfach, wir hängen inzwischen ziemlich aneinander.“ Merdith glitt vom Rand des Bettes und versuchte, sich vorsichtig hinzustellen. Ihr linker Fuß knickte jedoch um, und sie musste sich abstützen, sonst wäre sie gefallen.

„Verletzt, Ma'am?“, fragte Littlefield.

„Nur mein Stolz.“ Merdith hob den Fuß, um den kaputten Stiefel in Augenschein zu nehmen. Sie schüttelte den Kopf. „Und ausgerechnet meine Lieblingsschuhe. Na ja, wie sagte meine Mutter immer? ‚Man muss damit auskommen – oder eben ohne.‘ Könnten Sie mir hier irgendwo vielleicht etwas Klebeband besorgen, Sarge?“

„Klebeband?“ Littlefield lachte. „Ist das nicht ein bisschen altmodisch?“

„Fragen Sie mal einen Techniker“, sagte Merdith, während sie auf die Tür des Krankenreviers zuhumpelte. „Mit Klebeband kann man fast alles reparieren.“

Die Operationsbasis befand sich ganz oben im Kommandozentrum. Der Architekt – wer er auch sein mochte – hatte beschlossen, sie als große Schachtel anzulegen, mit abgeschrägter Panzerung und einem Ring von Transstahl-Fenstern, der sich um den ganzen Raum zog. Ein Offizier konnte durch diese Fenster in alle Richtungen sehen, wenn er auf einer erhöhten Plattform entlangging, die den Raum auf allen vier Seiten umlief.

Das Zentrum der Operationsbasis war jedoch die Kommando-Insel, eine erhöhte, runde Plattform, die sich in der Mitte des Raumes befand. Von hier aus konnte der zentrale Kommandostab nicht nur durch die Fenster die Aktivitäten draußen überwachen, sondern auch die verschiedenen Stationen innerhalb der Operationsbasis.

Unterhalb der Laufstege sowie auf der Kommando-Insel befanden sich Kommando-Konsolen. Diese konnten nahezu jeden Aspekt sämtlicher Operationen überwachen, zu denen ein abgelegener Stützpunkt der Konföderation aufgefordert werden mochte. Sie wurden nur selten alle gleichzeitig benutzt. Ihre Transportschutzüberzüge wurden nur entfernt, wenn die Anforderungen der Stützpunktmission es verlangten. Es hieß, man könne leicht herausfinden, welche Aufgabe einem Stützpunkt zugewiesen worden war, wenn man nur wusste, welche Konsolen man nicht aufgedeckt hatte.

Als die Liftplattform Ardo, Merdith und Littlefield in die Operationsbasis brachte, war Ardo überrascht von der Anzahl der Konsolen, die noch unter ihren Transporthüllen standen. Er war nicht lange genug in Schönblick gewesen, um sich mehr als einen begrenzten Überblick über den Stützpunkt verschaffen zu können – eigentlich hatte er nur die Baracken gesehen, bis sie heute Morgen zu ihrer Mission aufgebrochen waren.

Als er mit Littlefield aus dem Aufzug trat, verriet ihm ein rascher Blick in die Runde, dass der Stützpunkt außer den Baracken auch kaum mehr zu bieten hatte. Eine Fabrikationskonsole war aufgedeckt, ebenso die zugehörige Maschinenhallenkonsole daneben. Scheinbar konnte man hier einfache Dinge fertigen, aber darüber hinaus nicht sehr viel mehr. Außerdem hatte man die Schutzhülle nur von einer einzigen Vorratsstation abgenommen. Ihn interessierte jedoch mehr, was fehlte – jene Konsolen, die noch zugedeckt und nie eingesetzt worden waren.

Waffenkammer-, Engineering- und Starport-Support, diese Konsolen waren alle noch verhüllt. Und wichtiger noch, die

Raffineriekontrollen waren ebenfalls versiegelt geblieben, was bedeutete, dass man hier nicht vorhatte, eigenes Gas zu produzieren, um größere Gerätschaften zu betreiben. Alles, worauf sie zurückgreifen konnten, war das, was noch in den Depots lagerte. Aber wenigstens eine Konsole gab es, von der es ihn freute, dass sie noch gesichert war: Scheinbar gab es hier auch keine Akademie.

Nicht viel hier, mit dem sich arbeiten lässt, dachte Ardo und wunderte sich: *Warum ist diese Basis dann überhaupt hier?*

Lieutenant Breanne stand über den Kommandotisch gebeugt auf der Insel. Cutter stand neben ihr, ganz auf Breannes Instruktionen konzentriert, als sie auf das Oberflächendisplay auf dem Tisch deutete.

„Die Perimeterumzäunung verläuft nur um etwa drei Viertel des Stützpunkts. Sie endet hier … und hier …“, Breanne zeigte wieder auf das Display, „… am oberen Rand dieser Felswand. Da geht es ungefähr zehn Meter steil runter, und am Fuß der Schlucht sind noch einmal sechs oder sieben Meter loses Erdreich und Fels. Die Steilwand besteht aus Sandstein – ziemlich glatt das Zeug, selbst für die Zerg. Die Schlucht führt ins Bassin hinaus, das jetzt zum größten Teil ein nuklearer Schlackehaufen ist. Ich rechne nicht damit, dass sie aus dieser Richtung kommen, aber ich will auch nicht von ihnen überrascht werden.“

„Lieutenant?“, ließ Littlefield sich vernehmen.

Breanne sah nicht von dem Display auf, als sie antwortete: „Ja, danke, Sergeant. Cutter, gehen Sie raus zum Perimeter. Xiang und Mellish sollen sich die Verteidigungstürme ansehen, damit wir sicher sein können, dass sie alle funktionieren, dann stellen Sie die Wachen auf, wie wir es besprochen haben.“

„Wie Sie wünschen, Lieutenant“, erwiderte Cutter zackig salutierend. Er sprang von der Insel herunter. Sein schwerer Firebat-Anzug ließ die Bodenplatten beim Aufprall scheppern. Ein gewaltiges Lächeln erschien bei Merdiths Anblick auf seinem breiten Gesicht. „Aber hallo, Prinzessin! Schön zu sehen, dass Sie die Augen geöffnet haben!“

„O ja, ich fühl mich geschmeichelt“, gähnte Merdith.

„Hey, das sollten Sie auch. Nicht jede Frau hat die Ehre, von Fetu Koura-Abi gerettet zu werden!“ Der riesenhafte Insulaner wies mit dem Daumen auf die Brustplatte seines Firebat-Anzugs, dann polterte er so ölig er nur konnte: „Nicht nötig, sich jetzt zu bedanken. Ich bin sicher, Ihnen fällt was Besseres ein, wie Sie sich später erkenntlich zeigen können!“

Merdith zwinkerte ihm übertrieben zu. „Oh, danke, dass Sie mich hierher gebracht haben, Sie großer, starker Marine, Sie!“

Der Sarkasmus war an Cutter völlig verschwendet. „He, he. Kommen Sie später zu mir, und ich kümmere mich besser denn je um Sie.“

Cutter schritt zum Fahrstuhl; wie Merdith die Augen verdrehte und säuerlich das Gesicht verzog, sah er schon nicht mehr.

Im Gegensatz zu Lieutenant Breanne, die das Trio jetzt mit vor der Brust verschränkten Armen von der Insel aus musterte. Ihr kurz geschorenes Haar schien sich zu sträuben. „Ich bin Lieutenant L. Z. Breanne von den Konföderierten Marines. Und Sie sind?“

Merdith beäugte Lieutenant Breanne sorgsam, taxierte sie mit Blicken. „Mein Name ist Merdith Jernic. Ich bin … nun, war … eine Ingenieurin drunten in der Oasis-Station.“

„Eine Ingenieurin?“

„Ja, das habe ich gesagt.“

„Und was haben Sie konstruiert?"

„Thermalbrunnen und Kühlsysteme für die Wasserversorgung."

„Verstehe." Lieutenant Breanne stieg von der Insel herunter, die Arme immer noch überkreuzt vor der Brust. „Und in Ihrem Besitz wurde dieser Kasten gefunden."

„Na ja, ich … weiß nicht", erwiderte Merdith kühl. „Ich war zu der Zeit ja bewusstlos."

Breanne lachte dunkel. „Wie praktisch für Sie."

„Tja, Ma'am, wenn Sie im Begriff stehen, von den Zerg gefressen zu werden, empfehle ich, vorher auf jeden Fall bewusstlos zu werden."

Breannes Augen waren jetzt auf gleicher Höhe mit denen von Merdith. „Wissen Sie, was sich in dieser Kiste befindet?"

Merdith zögerte kurz, dann entgegnete sie: „Wissen Sie es?"

Breanne lächelte dünn, dann ging sie zu Littlefield und Ardo, die den metallenen Kasten immer noch zwischen sich trugen. „Sehen wir doch einfach nach."

„Warten Sie", sagte Merdith leise.

Breanne öffnete mit einer raschen Bewegung zwei der Verschlüsse.

„Warten Sie", wiederholte Merdith eindringlicher.

Lieutenant Breanne richtete ihre eisigen Augen auf Merdith. „Sie haben etwas zu sagen?"

Merdith leckte sich die Lippen.

Breanne machte zwei schnelle Schritte, ihr scharf geschnittenes Gesicht war plötzlich nur noch Zentimeter von dem der Zivilistin entfernt. „Was ist so Wichtiges in dieser Kiste?"

Merdith wandte den Blick ab.

Breannes Stimme klang tief und gefährlich. „Ich hatte einen sehr langen Tag, Teuerste, und ich habe nicht die Absicht, ihn noch länger zu machen. Das Marine-Kommando der Konföderation schickt mich und meine Leute hierher, um diese verdammte Kiste zu bergen … und ich stelle keine Fragen. Sie setzen mich mitten auf irgendeinem gottverlassenen Planeten in den äußeren Kolonien ab … und ich stelle keine Fragen. Und jetzt, wo ich das verdammte Ding habe, lässt man mich hier hängen, mein Evak hat mich sitzen lassen, hinter mir geht ohne Warnung ein Atomsprengkopf hoch …"

Ohne Warnung?, dachte Ardo. *Man hat Breanne vor dem Abwurf nicht einmal gewarnt?*

„… die Hälfte meines Zuges geht drauf, als wir unsere Ärsche aus diesem Tohuwabohu schleppen, und dann finde ich heraus, dass meine Einsatzbasis plötzlich eine Geisterstadt ist … und *jetzt, jetzt endlich,* habe ich ein paar Fragen. Und Sie werden sie mir beantworten."

Merdiths Augen blitzten vor Wut.

„Was ist in diesem Kasten?"

„Beweise."

„Beweise wofür?"

„Beweise dafür, dass die Konföderation die Zerg nach Mar Sara gebracht hat", fuhr Merdith den Lieutenant an. „Beweise dafür, dass die Konföderation eine schreckliche Waffe entwickelt, die die Zivilbevölkerung ganzer Welten auslöschen kann."

Breanne stieß ein ungläubiges Grunzen aus und ging zurück zu der Kiste. Von neuem begann sie damit, die Verschlüsse aufschnappen zu lassen. „Sie kreuzen also hier auf mit einer Kiste voller Papiere und Dokumente und anderer solcher ‚Beweise' und erwarten, dass ich glaube –"

„Bitte, hören Sie auf!", rief Merdith.

Breanne zog mit einer geschmeidigen Bewegung ihre Handfeuerwaffe und richtete die Mündung zwischen Merdiths Augen. „Warum sollte ich?“

„Weil“, sagte Merdith leise, ihre Stimme so kalt wie ihr Blick, der die Waffe des Lieutenants fixierte, „diese Kiste das Gerät enthält, das die Zerg hierher gerufen hat. Wenn Sie sie öffnen, aktivieren Sie es, und jeder Zergling, Hydralisk und Mutalisk im Umkreis von zehntausend Kilometern um dieses Gebäude wird Himmel und Hölle in Bewegung setzen, um in genau diesen Raum zu gelangen.“

„Sie sind ja wahnsinnig“, murmelte Breanne.

„Nein, Ma'am“, entgegnete Merdith mit gedämpfter Stimme. „Bei allem Respekt, aber ich glaube, das trifft eher auf die Leute zu, die dieses Ding gebaut haben.“

Ardo hielt den Atem an. Er fühlte sich beinahe herausgelöst aus der Wirklichkeit, während er den Wortwechsel verfolgte, der kaum einen Meter vor ihm stattfand.

Breannes Waffe rührte sich nicht. „Sie haben dieses … dieses Gerät gestohlen?“

„Nein, Ma'am. Wie ich bereits sagte: Ich bin eine Ingenieurin. Einige Mitglieder der Söhne von Korhal brachten es zu mir, damit ich es unter die Lupe nehme.“

„‚Söhne von Korhal‘?“ Littlefield legte den Kopf skeptisch schief. „Wer, zum Teufel, sind die ‚Söhne von Korhal‘?“

„Keine Ahnung, verdammt“, schnaufte Breanne. „Wahrscheinlich irgendwelche örtlichen Unruhestifter. Korhal ist ein Planet der Kernwelten der Konföderation, die vor einiger Zeit rebellierten. Ich glaube, als ich zuletzt davon hörte, lag Korhal unter einer Quarantäneblockade. Das hatten wir in jüngster Zeit oft – kleine, einzelne Rebellengruppen, die versuchen, die Integrität der Konföderation zu untergraben.“

„Wir wachsen“, schnaubte Merdith stolz. „Noch mögen wir

klein sein, aber Seele um Seele, Haus um Haus, Planet um Planet werden wir zur Gefahr dieser so genannten Konföderation."

„Terroristen", versetzte Breanne.

„Revolutionäre", gab Merdith zurück.

„Mücken, die unter Größenwahn leiden", spie Breanne hervor. „Diese Terroristen brachten die Kiste also zu Ihnen …" Breanne senkte ihre Stimme zu einem Flüstern. „Und Sie haben sie geöffnet … nicht wahr?"

Merdith starrte unverwandt auf die Waffenmündung, schwieg aber.

Breanne senkte die Waffe und steckte sie weg.

„Merdith Jernic, ich verhafte Sie wegen einer anhängigen Ermittlung, den Diebstahl von Konföderationseigentum betreffend."

Merdith lächelte in sich hinein und schüttelte den Kopf. Ardo fand es lachhaft, die Frau zu verhaften, aber Breanne schien stets alles nach Vorschrift zu erledigen, egal, wie wenig sinnvoll es auch sein mochte.

„Ich werde Ihre Aussagen überprüfen, und wenn sich herausstellt, dass sie im Wesentlichen der Wahrheit entsprechen, werden wir Sie freilassen. Haben Sie das verstanden?"

Merdith nickte glucksend. „Besser als Sie glauben."

„Littlefield, lassen Sie diesen ‚Beweis' hier bei mir und begleiten Sie diese Frau zu den Baracken, wo man ihr etwas zu essen geben soll. In einer Stunde bringen Sie sie wieder her."

„Verzeihung, Ma'am?", meldete sich Ardo zu Wort.

„Haben Sie etwas zur Sache beizutragen, Gefreiter?"

Die Augen aus eiskaltem Stahl richteten sich auf Ardo und flößten ihm sofort Unbehagen ein. „Ja, Ma'am. Ich übernehme das, Ma'am. Ich könnte selbst etwas zu essen vertragen, und der Sergeant würde für dringendere Aufgaben zur Verfügung stehen."

„Sie melden sich freiwillig, Gefreiter?"

„Ja, Ma'am … wenn es Ihnen recht ist."

Breanne zuckte die Achseln. „Bitteschön. Littlefield, suchen Sie diesen Tech-Sergeant, Jans, und bringen Sie ihn hier rauf. Mal sehen, ob wir dieses Rätsel lösen können. Und, Melnikov …"

„Ja, Ma'am?"

„Seien Sie in einer Stunde mit ihr wieder hier", betonte der Lieutenant. „Und ich möchte nicht, dass ihr etwas zustößt, also verlieren Sie sie nicht."

„Ja, Ma'am."

Ardo fasste Merdith am Arm und führte sie zum Aufzug. Der Lieutenant mochte vielleicht keine Fragen mehr haben, aber Ardo hatte noch viele, und er hatte ganz bestimmt nicht vor, Merdith jetzt zu verlieren.

KAPITEL 15

IM GEISTE

Ardo führte Merdith die Hauptrampe des Kommandozentrums hinunter und auf den nächsten Barackeneingang zu ihrer Linken zu. Der Wind heulte von Westen her und peitschte den trockenen Staub im Lager auf. Die Sandwirbel wisperten und stöhnten zwischen den Gebäuden. Ardo, immer noch in seinem Kampfanzug, konnte der Sturm nicht viel anhaben. Die Frau neben ihm jedoch war den Elementen ausgeliefert. Mit dem rechten Arm zog sie sich das Revers ihres Arbeitsoveralls vor das Gesicht, ihren linken Arm hielt immer noch der Marine fest.

Ardo beeilte sich, sie hineinzubringen, was allerdings nichts mit dem Wetter zu tun hatte.

Sie gingen zwischen den massiven Landestützen und Repulsoren der Südbaracken hindurch. Von der Zugangsrampe fiel eine Säule goldenen Lichts, wodurch sie leicht zu finden war.

Er liebte die Baracken, erkannte er plötzlich, fragte sich aber gleichzeitig, warum sie ihm immer ein Gefühl des Unwohlseins im Magen verursachten. Doch er nahm sich keine Zeit, darüber nachzudenken – es gab ohnedies schon zu vieles, über das er nachdenken musste. Merdiths Arm immer noch umklammernd, lief er mit ihr die Rampe hoch und betrat den Einsatzraum.

Der Einsatzraum war einer der größeren Bereiche in einer sehr engen Einrichtung. Er befand sich am oberen Ende der Rampe und wurde von den Marines zur Bereitstellung genutzt. Ringsum befanden sich Waffen und Ausrüstungsschränke. Die meisten waren ordentlich eingeräumt und abgeschlossen, ein paar der Türen standen jedoch offen. Vor einer davon stand ein Wartungs-Set auf dem Boden. Jemand, der offenbar an einem Kampfanzug arbeitete, hatte es einfach dort zurückgelassen.

Die gesamte Anlage war aufgegeben worden, allem Anschein nach ohne große Ankündigung. Noch mehr Fragen. Sie bereiteten ihm Kopfschmerzen, aber er glaubte, ein paar der Antworten buchstäblich in der Hand zu halten.

„Sind Sie in Ordnung, Ma'am?", fragte Ardo beiläufig. „Der Wind ist heute Nacht ziemlich heftig."

Merdith hustete ein paar Mal, während sie sich mit der freien Hand den Staub abwischte. „Der Wind ist *jede* Nacht ziemlich heftig, Soldatenjunge. Wir wachsen hier im Sand auf. Er macht uns also nichts aus." Sie seufzte, dann zuckte sie zusammen, den Blick zu Ardos Visier hinaufgewandt. „Wenn ich verspreche, nicht wegzulaufen, könntest du dann vielleicht meinen Arm loslassen?"

Ardo blinzelte und ließ los. „Oh … äh … ja, Ma'am. Sie werden doch nichts Dummes tun, oder?"

„Ich verspreche, die ganze Nacht mit keinem anderen zu tanzen." Sie lächelte, dann sah sie sich kurz um. Es gab mehrere Ausgänge, die aus dem Ready Room hinaus- und weiter in die Baracken hineinführten. „Und wo geht man hier hin, wenn man ein Mädchen zu einer Tasse Kaffee einladen will?"

„Durch diese Luke auf der rechten Seite." Ardo deutete mit

dem Lauf seines C-14 in die entsprechende Richtung. „Nach Ihnen … ich bestehe darauf."

Merdith hob die Augenbrauen und lächelte flüchtig. Ardo lächelte zurück und drückte mit der freien Hand das Visier seines Kampfanzugs auf. Merdith nickte und ging voran. Die massive Druckluke schwang auf.

Schwaches Licht erfüllte den Gang dahinter. Der Korridor wurde von großen, durchsichtigen Röhren gesäumt. Jede schien mit einer blaugrünen Flüssigkeit gefüllt zu sein, die unentwegt zirkulierte. Darüber angebrachte Monitore zeigten an, dass die Röhren im Bereitschaftsmodus waren. Jede besaß ein eigenes Kontrollfeld, und am Ende des Korridors befand sich links neben einer weiteren Druckluke ein erhöhter Kontrollstand.

„Bei den Göttern", entfuhr es Merdith fast ehrfürchtig. „Das sind Neural-Resozialisationskammern, oder? Das sind die Dinger, in die sie euch reinstecken."

„Weitergehen", sagte Ardo. „Bis zur anderen Seite."

„Was hast du? Alles in Ordnung?"

„Gehen Sie einfach weiter", versetzte Ardo.

„Sie mögen diesen Ort nicht, stimmt's? Sie haben Angst davor. Ich kann es spüren."

„Lady, ich habe gesagt, Sie sollen *weitergehen!*"

Merdith fuhr unter seinem lauten, ungeduldigen Ton zusammen und lief rasch auf die gegenüberliegende Luke zu.

„Gehen Sie nach rechts", befahl Ardo. Ihm war etwas schwindelig. Er liebte die Resoz … er hasste die Resoz … er freute sich auf die Resoz … er würde sich lieber erschießen, als die Resoz noch einmal über sich ergehen zu lassen.

Rasch öffnete Merdith die Tür und trat in den hell erleuchteten Korridor dahinter, und Ardo folgte ihr dichtauf. Sie passierten die eigentlichen Barackenzellen, darunter auch jene, in der Ardo nach seiner Ankunft auf Mar Sara seine Ausrüstung verstaut hatte, und traten durch die letzte Luke in die Kantine.

Der Raum war klein und eng, aber effizient. Was auch geschehen war, das die Besatzung des Stützpunkts zum Aufbruch veranlasst hatte, es war offenbar nicht passiert, während eine Schicht zum Essen hier gewesen war. Das Abteil war wie unberührt. Und Ardo war froh, dass niemand etwas zurückgelassen hatte. Er hatte die Nase voll von den ständigen Erinnerungen daran, dass diese Einrichtung vor Stunden noch voll besetzt gewesen und nun so vollkommen verlassen war.

„Hübsch hier“, bemerkte Merdith lässig. „Steril, aber hübsch.“

„Die Essensautomaten stehen dort an der Wand“, sagte Ardo und deutete mit dem Gewehr hin. „Sie sind nicht schwierig zu bedienen. Einfach nur –“

„Ich kenn mich in Küchen aus, Soldatenjunge.“ Merdith trat vor die Reihe von Essens- und Getränkespendern. „Möchtest du etwas? Einen Kaffee?“

„Nein, Ma'am. Ich trinke keinen Kaffee.“

Merdith zog einen Becher aus dem Automaten und begann, ihn zu füllen. „Wirklich? Das ist ja interessant. Wusstest du, dass Kaffee eines der Dinge war, um das die meisten Menschen bettelten, dass man es ihnen mitgeben möge, als die ursprünglichen Kolonien von der Erde verbannt wurden?“

„Ja, Ma'am, davon habe ich gehört.“

Merdith drehte sich mit ihrem dampfenden Becher um und lehnte sich mit dem Rücken gegen die Wand. Stille senkte sich zwischen sie. Es gab so vieles, was Ardo fragen wollte, aber die Fragen taumelten nur durch seinen Kopf, rannten ineinander. Was hatte sie gesagt, bevor Littlefield hereingekommen war? Irgendetwas von wegen, dass alles eine Lüge sei? Aber nun, da er darüber nachdachte, konnte er sich nicht erinnern, wovon genau sie gesprochen hatte.

„Wird man uns hier in nächster Zeit stören?"

Ihre Worte rissen Ardo aus seinen Gedanken. Wütend kam ihm zu Bewusstsein, dass es ihn leicht das Leben kosten konnte, wenn er sich so gehen ließ, während er diese Frau bewachte. „Verzeihung, wie bitte, Ma'am?"

„Sind wir allein? Wird man uns für eine Weile nicht stören?"

Ardo wurde rot. „Bitte, Ma'am, ich glaube wirklich nicht, dass Sie so reden sollten. Es ist … es ist nicht richtig."

Merdith setzte zu einer Antwort an, hielt sie aber zurück. Ihr Mund formte sich rasch zu einem amüsierten Lächeln. „Du dachtest, ich wollte –"

„Ma'am, es ist egal, was ich dachte." Ardo konnte spüren, wie sein Gesicht jetzt die Farbe von roter Beete annahm, und er wusste, dass es absolut nichts gab, was er dagegen tun konnte. „Ich … ich bewache sie, und es wäre nicht angemessen."

„Angemessen?" Merdith hatte eindeutig zu viel Spaß, und Ardo wusste, dass es auf seine Kosten ging.

„Ja, Ma'am! Angemessen!"

„Ich glaub's nicht." Merdith nahm einen großen Schluck von ihrem Kaffee, dann hob sie den Becher, wie um Ardo zuzuprosten. „Du bist eine Jungfrau."

Ardo wusste, dass seine Stimme zu laut war, als er den Mund aufmachte. „Ich sehe nicht, was Sie das angehen könnte, Ma'am!"

„Und ich weiß, dass ich jetzt wirklich *alles* gesehen habe!" Merdith schien regelrecht entzückt. „Ein jungfräulicher Marine der Konföderation!"

„Es wäre nicht rechtschaffen, Ma'am … für uns beide nicht. Warum trinken Sie nicht einfach Ihren Kaffee und entspannen sich … ich meine … wir haben eine Stunde, bevor Sie zurück sein müssen …" Je mehr er redete, desto schlimmer schien es zu werden. Schließlich ließ Ardo seine Worte einfach in frustrierter Stille verklingen.

Merdith wandte den Blick ab, immer noch Belustigung in den Augen. „Keine Sorge, Soldatenjunge, dein Geheimnis ist bei mir gut aufgehoben." Sie setzte sich mit einer geschmeidigen Bewegung an einen der Tische. „Außerdem meinte ich das gar nicht. Du bist ja ein netter Typ, Soldatenjunge, aber ich möchte ehrlich nur reden. Und das hattest du doch auch im Sinn, oder?"

„Ja, Ma'am. Ich –"

„Nenn mich Merdith."

„Oh, ich weiß nicht, ob ich –"

„Aber sicher, wir sind doch unter uns. Lass uns Freunde sein."

„Okay … Merdith. Ich bin … ich bin Gefreiter Ardo Melnikov."

Die Frau hob ihren Becher ein weiteres Mal, wie um mit ihm anzustoßen. „Okay, Ardo. Schön, dich kennen zu lernen. Also … schieß los. Wie kam es, dass ihr stolzen Marines kamt, um meine arme Seele zu retten?"

Ardo überlegte kurz. „Tut mir Leid, Ma'am. Ich kann über Einzelheiten der Mission nicht mit …"

„… nicht mit einer Zivilistin sprechen, ich weiß", beendete Merdith den Satz für ihn. „Ich bin nur neugierig, wie du mich dort herausgeholt hast. Die letzten paar Tage sind für mich etwas diffus. Wo hast du mich gefunden?"

„Oh, ich habe Sie nicht gefunden, Ma'am. Das war Cutter –

Gefreiter Koura-Abi. Der große Kerl, den Sie vorhin in der Ops kennen gelernt haben."

„Natürlich. Also, wo hat *er* mich gefunden?"

„Das weiß ich nicht, Ma'am. Ich sah Sie erst, als er Sie über der Schulter trug und zu uns anderen an der Barrikade zurückgerannt kam."

Merdiths Augen lächelten ihm freundlich zu. „Verstehe. Wie also sind wir dort herausgekommen? Der Lieutenant sagte etwas davon, dass ihr ‚Evak' sie im Stich ließ?"

„Oh." Ardo hob die Schultern. „Es war ein Transportschiff bei uns, das uns aufnehmen sollte, sobald wir die Kiste hatten. Wir kämpften uns zum Evakuierungs-Landeplatz durch, aber … das Schiff kam nicht."

„Sagtest du nicht, es sei bei euch gewesen?"

„Tja. Seltsame Angelegenheit. Ich hörte, wie der Pilot vom Landeanflug sprach – kam alles über den Kommando-Kanal –, aber wir konnten das Schiff nicht sehen. Es war einfach – ich weiß nicht – es war nicht da. Die Zerg hatten uns den Rückzugsweg abgeschnitten, und es sah aus, als müssten wir alle den letzten Gehaltsscheck einlösen. Aber der Lieutenant brachte uns dazu, dass wir uns einen Weg aus dieser scheinbar aussichtslosen Lage freikämpften. Wir verloren ein paar unserer Leute, aber der Rest von uns ist wohlauf. Wäre der Transporter gekommen, wäre alles okay gewesen. Muss wohl irgendeine Kacke passiert sein."

„Irgendeine Kacke?" Merdith nickte abwesend, und ein schwaches Lächeln spielte dabei um ihre Mundwinkel. „Tja, könnte wohl sein, aber euer Lieutenant scheint da ziemlich tief reingegriffen zu haben. Was war mit diesem Atomschlag?"

„Ach so, das." Ardo zuckte abermals die Achseln, runzelte aber unsicher die Stirn. „Na ja, nachdem wir durch das Bassin geflohen waren, jagte die Konföderation Oasis mit einem Atomsprengkopf in die Luft. Nur ein kleiner. Was ein Glück war, sonst wären uns diese Zerg gefolgt und hätten uns an der Felswand alle erledigt."

„Und das wäre natürlich ein Jammer gewesen", seufzte Merdith, doch ihre Augenbrauen waren zusammengezogen und kündeten von den sorgenvollen Gedanken, die ihr im Kopf herumgingen. Sie kam zu einem Schluss, und ihre Brauen glätteten sich, als sie wieder aufsah und Ardo kurz zulächelte. „Tja, dann haben wir es ja geschafft – ich bin noch am Leben, und du hast deine Gedanken an dein Mädchen. Wie hieß sie? Ach ja, Melani."

Ardo schluckte. „Was weißt du über Melani? Du sagtest, sie sei eine Lüge, oder etwas sei eine Lüge. Wovon hast du da gesprochen?"

Merdith blickte in ihren Kaffeebecher. Auf Ardo machte sie den Eindruck, als wolle sie darin lesen wie eine weissagende Zigeunerin.

„Die Wahrheit ist gefährlich, Ardo. Du bist ein netter, kleiner Soldatenjunge. Vielleicht wäre es besser, nicht über diese Dinge zu sprechen."

Ardo stellte einen Fuß auf die Bank, die Merdith gegenüberstand, und lehnte sich vor. „Ma'am – Merdith – ein weiser Mann sagte mir einmal, dass die Wahrheit das einzig Reale sei. Die Wahrheit ist alles, was noch bleibt, wenn alle Schatten und Dunkelheit fortgerissen werden. Ich glaube das, und ich denke, das tust du auch."

„Hier geht es nicht darum, was ich glaube", erwiderte Merdith und schaute Ardo an, als sehe sie ihn zum ersten Mal. „Es geht darum, was du glaubst."

Ardo verstand nicht, was sie meinte. Er wusste nur, dass er die

Wahrheit erfahren wollte, dass er der Schatten überdrüssig war, die seinen Geist heimsuchten und ihn langsam in den Wahnsinn trieben. „Was ist mit Melani geschehen? Was ist mit meinen Eltern geschehen? Was ist mit meiner Welt geschehen?"

Merdith seufzte. „Ardo … Erinnerst du dich, wie wir über die Büchse der Pandora sprachen?"

„Was?" Wollte sie jetzt das Thema wechseln? „Ja, wir sprachen von der Metallkiste, die wir bei dir fanden …"

„Ja, das stimmt, aber ich möchte wissen, ob du dich an die Geschichte erinnerst?"

„Natürlich tu ich das. Was soll das?"

„Du trägst eine Büchse der Pandora in dir. Möchtest du wirklich, dass ich sie wieder öffne? Wenn sie einmal offen ist, kannst du sie nie wieder schließen."

Ardo zuckte zusammen. Sein Kopf begann wieder zu pochen. „Willst du damit sagen, dass die Antwort in mir ist?"

Merdith schien zu einem Entschluss zu kommen. „Erzähl mir von diesem letzten Tag. Erzähl mir alles über diesen letzten Tag mit Melani auf deiner alten Heimatwelt."

Das Hämmern in seinem Schädel nahm zu. „Was hat das mit –"

„Erzähl's mir", beharrte Merdith. „Fang von vorne an, an der Stelle, wo das Verhängnis seinen Lauf nahm – du weißt doch, dass es einen Moment gab, als das Verhängnis seinen Lauf zu nehmen begann, oder? Was hast du unmittelbar davor getan?"

Ardo wand sich unter den Schmerzen. Warum zwang sie ihn dazu? Warum ließ er zu, dass sie das tat? Er kannte diese Frau nicht. Wahrscheinlich war sie eine Spionin oder eine Anarchistin oder weiß Gott was.

Er musste es wissen. Er musste die Wahrheit erfahren.

„Wir … wir waren auf einem Feld …“

Golden … ein perfekter Tag, wie er nur selten vorkommt …

„… machten ein Picknick. Es war ein herrlicher Tag. Frühlingswarm. O Gott … muss ich wirklich …“

„Es ist schon gut“, versicherte Merdith ihm. „Ich bin bei dir. Wir werden miteinander durch diesen Tag gehen, und ich werde bei dir sein. Was veränderte diesen perfekten Tag?“

„In der Stadt ging die Sirene los. Die Alarmsirene. Ich dachte, es sei der übliche Test zur Mittagszeit, aber Melani sagte, es sei nicht Mittag, und dann … kamen sie.“

„Wer kam?“

In diesem Augenblick verfinsterte sich die Sonne. Gewaltige Rauchwolken folgten Feuerbällen, die vom westlichen Ende des weiten Tales her direkt auf ihn zudonnerten.

„Die Zerg kamen.“

„Kannst du sie sehen? Wie sehen sie aus?“

„Ich kann sie nicht sehen … es kommen nur Feuerbälle durch die Atmosphäre herunter.“

„Was könnte ein solches Erscheinen verursachen, Ardo?“

Ardo blinzelte. „Was meinst du damit?“

„Was könnte die Zerg veranlassen, große Feuerbälle und solche rauchigen Kondensstreifen am Himmel zu erzeugen?“, drängte Merdith. Ihr Blick hielt den seinen fest, während sie sprach.

„Hochgeschwindigkeit, nehme ich an. Beim Eintritt in die Atmosphäre baut sich eine Menge Hitze auf, würde ich sagen“, antwortete Ardo.

„Aber hast du *je* gehört, dass die Zerg auf diese Weise in die Atmosphäre eines Planeten eindringen?“, fragte Merdith leise. „Sie schwärmen durchs All. Ihre Ankunft vollzieht sich sanft und still.“

Ardo schloss die Augen. Das Licht im Raum schien ihnen weh zu tun. „Was … was willst du damit sagen?“

„*Ich* sage gar nichts. Ich höre nur zu“, erwiderte Merdith. „Versuch nur, dich zu entspannen und dich zu erinnern. Sprich mit mir. Bitte … was habt ihr, du und Melani, als Nächstes getan?“

„Wir … wir rannten! Wir rannten zur Stadt. Die alte Kolonie hatte eine Verteidigungsmauer, und wir dachten, dahinter seien wir sicherer. Ich weiß nicht mehr, wie wir dorthin kamen, aber das Nächste, woran ich mich erinnere, ist, dass wir dort waren, mit allen anderen.“

Plötzlich drang das Rattern von Automatikwaffen von der Umgrenzungsmauer herunter. Zwei dumpfe Explosionen hallten wider, gefolgt vom heiseren Bellen weiterer Maschinengewehre.

„Und wie war das?“, drängte Merdith leise, die Augen auf Ardo fixiert, während sie an ihrem Kaffee nippte.

„Na ja … es war Chaos! Die Zerg griffen an, und –“

„Nein, ich meine – erzähl mir, was du *gesehen* hast. Erzähl mir, was du *getan* hast.“

Ardo schloss die Augen.

„Bitte, Ardo!“, sagte Melani. „Ich … Wo gehen wir denn hin? Was machen wir?“

Ardo sah sich um. Er konnte die Panik schmecken, die in der Luft lag.

„Wir waren auf dem Platz. Das ist eine große, offene Fläche in der Mitte der Stadt. An Sommerabenden fanden dort Konzerte oder Theateraufführungen statt. Ich hatte diesen Platz noch nie so überfüllt gesehen. Wir standen Schulter an Schulter. Melani … ich hielt ihre Hand, und wir versuchten, den Platz zu überqueren.“

„Ja, das ist richtig." Merdith setzte ihre Tasse ab. Ihr starrer Blick blieb auf Ardo geheftet. „Was hast du als Nächstes gesehen?"

Ardo fühlte sich mit einem Mal seltsam. Seine Augen verschlossen sich vor den Bildern, die ungebeten aus den Tiefen seines Geistes aufstiegen.

Hinter der Außenmauer der Festung stieg eine Feuerwand empor. Ihr rotes Licht brach sich blitzend an der Rauchdecke, die drückend über der Stadt lag. Die blutige Färbung elektrisierte die panische Menge auf dem Platz. Kreischen, Rufe und Schreie vermengten sich zu einer lärmenden Kakofonie, ein paar der körperlosen Stimmen jedoch drangen ganz klar in Ardos Gedanken.

„Es ist die Konföderation! Es sind die Marines!"

„Nein!" Ardo wankte rückwärts von dem Tisch weg, krachte mit seinem Kampfanzug gegen die Wand hinter ihm. Die Plastikwand zerbrach unter dem plötzlichen Aufprall. „Das haben sie nicht gesagt!"

„Was *haben* sie gesagt, Ardo?" Merdith war aufgestanden und beugte sich nach vorne, beide Hände auf den Tisch gestützt. „Was hast du *gehört?"*

„Er sagte … er muss gesagt haben … *‚Wo … wo ist die Konföderation –'"*

„Das ist eine Lüge, Ardo!", fuhr Merdith ihn an. „Erinnere dich! Denk nach! Neural-Resozialisation kann keine Erinnerungen ersetzen, sie kann sie nur mit neuen überdecken! Was hast du *gehört?"*

„Ardo, ich habe Angst!" Melanis Augen waren geweitet und nass. „Was ist das? Was geschieht hier?"

Ardo öffnete den Mund. Er konnte ihre Frage nicht beantworten. Es kamen keine Worte hervor. Es gab so viele Worte, die er ihr in diesem Augenblick sagen wollte – so viele Worte, die nicht gesagt zu haben er in den zahllosen vor ihm liegenden Jahren bereuen würde.

„Sag mir, was du *siehst!*", verlangte Merdith.

In der Ostmauer war ein Riss entstanden. Der alte Wall wurde von draußen niedergerissen, vor Ardos Augen zerstört. Es schien, als bräche sich eine dunkle Woge an der Lücke, eine wallende Silhouette.

„Hör auf damit!", schrie Ardo. „Was tust du mit mir?"

„Du wolltest die Wahrheit. Du hast die Büchse der Wahrheit geöffnet, in dir selbst", sagte Merdith. „Die hässliche, schreckliche Wahrheit, und du kannst diese Büchse nicht wieder verschließen, Ardo. Nie mehr. Was hast du *gesehen,* Ardo? Was ist danach passiert, Ardo?"

Ardo rutschte an der Wand entlang auf die Tür der Kantine zu, wankte rückwärts von Merdith weg. Er wollte rennen, wollte so weit wie möglich fort von dieser Frau. Aber irgendwo in seinem Geist wusste er, dass er nicht vor ihr fortzulaufen versuchte, sondern vor dem Ungeheuer, das in seinem eigenen Geist lauerte.

Ardo hörte Melani hinter sich keuchen. „Ich kann nicht … ich kann nicht atmen …"

Der Mob drohte, sie beide zu zerdrücken. Ardo schaute sich verzweifelt um, versuchte einen Ausweg zu finden.

Er nahm eine Bewegung über sich wahr. Die aufgedunsene, klobige Form eines Transportschiffs der Konföderation, noch nachglühend von dem schnellen atmosphärischen Interface der Landung, senkte sich von oben herab.

Tränen füllten Ardos Augen.

Tränen füllten Ardos Augen.

Der Ausstoß der Triebwerke erzeugte einen künstlichen Hur-

rikan inmitten der panischen Menge. Ardo sah blinzelnd durch den Staub, während das Transportschiff seine Rampe auf den Platz hinabsenkte. Er konnte die schemenhaften Gestalten von Marines der Konföderation sehen ...

Sie packten ihn.

Sie rissen ihn von Melani fort.

„Melani!“, schrie er.

„Melani!“, schrie Ardo in der Kantine.

„Bitte, Ardo! Lass mich nicht allein!“, schrie sie, als die Marines ihn in ihr Schiff zerrten.

Ardo wehrte sich, versuchte zu fliehen, während sich die Rampe schloss. Etwas traf ihn von hinten, und seine Welt wurde schwarz ...

Langsam wurde die Welt heller. Ardo saß auf dem Boden. Sein Blick fokussierte sich langsam auf Merdith. Sie kniete neben ihm, ihre Hand lag auf seiner tränenverschmierten Wange.

Ihre Stimme war voller Gefühl. „Armer Soldatenjunge. So war es auf allen Kolonialwelten, soweit ich gehört habe. Die Konföderation muss so schnell wie möglich eine Armee aufstellen. Seit über einem Jahr ziehen sie Jungs mit Gewalt ein und benutzen dann ihr Neural-Resozialisationsverfahren, um so viele falsche Erinnerungen wie nötig über die richtigen zu legen – bis ihre auf diese Weise produzierten Soldatenjungen glauben, was immer die Konföderation sie glauben machen *will*. Sie gehen, wohin man ihnen zu gehen befiehlt. Und sie sterben, wenn man ihnen zu sterben befiehlt.“

„Dann ist Melani ... meine Eltern sind ...“ Ardo rang nach Atem.

„Ich weiß es nicht, Ardo, aber sie starben sehr wahrscheinlich nicht so, wie du dich erinnerst. Wahrscheinlich starben sie überhaupt nicht.“

„Dann ist alles, was ich weiß, eine Lüge“, sagte Ardo matt.

„Vielleicht“, sagte Merdith. „Aber wenn du bereit bist, mir zu helfen, dann können wir vielleicht beide von dieser verfluchten Welt entkommen. Ich kann dir helfen, wenn –“

Ardo drückte die Mündung seines Gewehrs hart unter Merdiths Kinn.

KAPİTEL 16

BARRIKADEN

„Was hast du mit mir gemacht?“ Ardo schauderte zusammen, und seine Hand am Drücker des C-14-Sturmgewehrs zitterte.

Merdith hielt ganz still. Ihre Stimme war ruhig und geradezu schrecklich bedächtig, als sie sprach. „Gar nichts. Absolut gar nichts.“

„Zurück!“ Ardo konnte kaum durch den Schmerz hindurchsehen, der von hinten gegen seine Stirn hämmerte. Er hatte Schwierigkeiten, sich zu konzentrieren. „Geh langsam zurück.“

„Es tut mir so Leid, Soldatenjunge.“

„Fass mich nicht an!“, kreischte Ardo. Seine Stimme bebte vor Entsetzen und Wut. Die Waffenmündung zitterte unter Merdiths Kinn.

Merdith hob langsam beide Hände, die Handflächen waren dem Marine zugewandt. „Okay, Ardo. Ich geh jetzt zurück. Ganz ruhig, ja?“

Merdith erhob sich quälend langsam und wich geschmeidig nach hinten, in Richtung des Kantinentischs. Ihr Blick war auf Ardos gerichtet; ohne zu blinzeln bannte sie seine Aufmerksamkeit.

Ardo packte sein Gewehr fester, doch die Mündung wich immer wieder gefährlich weit von ihrem Ziel ab. Er schien sie nicht ruhig halten zu können. Er wollte hier stehen bleiben, Distanz zwischen sich und die Frau bringen, die langsam nach hinten glitt, um sich an den Tisch zu setzen.

Sie hatte etwas mit ihm getan, mit seinem Geist. Es war ein Trick, eine Art Droge oder ein Angriff, den er nicht gesehen hatte. Er versuchte, sich zu erinnern, wie es hatte geschehen können – wie jener perfekte, goldene Tag blutrot geworden war. Er konnte sehen, wie sich die Zerg durch die Bresche in der Stadtmauer ergossen, und er konnte sehen, wie die Marines der Konföderation dasselbe taten. Die Zerg zerrten an Melani, und die Marines schleiften sie fort, alles zur gleichen Zeit und am gleichen Ort. Er wusste, dass nicht beides wahr sein konnte, aber dieses Wissen half ihm nicht, sich für eines von beiden zu entscheiden. Er sehnte sich nach Schlaf, nach einem seligen Fleckchen Bewusstlosigkeit, wo er aus diesem Alptraum erwachen konnte – und dann würden seine Gedanken für ihn geordnet worden sein.

Es konnten nicht beide Erinnerungen real sein, aber tief in sich drin erkannte er, dass sie irgendwie beide real *waren* und dass die volle Wahrheit unter beiden Erinnerungen begraben lag. Er fürchtete die Antwort, so oder so, aber er wusste auch, dass er sie haben musste, was sie auch kosten mochte. Etwas in ihm verlangte nach der Wahrheit.

Ardo kam schwankend auf die Beine, fand seine Fassung wieder, so gut es eben ging. Er atmete tief durch, um sich zu beruhigen. Sein Gewehr zitterte nicht mehr.

Merdith rührte sich nicht, gab keinen Ton von sich.

„Was hast du mit mir getan?“, fragte Ardo kalt.

„Ich habe gar nichts mit dir getan“, erwiderte sie ruhig. „Dieselbe Frage solltest du besser der Konföderation stellen –“

„Spar dir den Scheiß, Lady“, fuhr Ardo sie an. „Ich spiele vielleicht nicht dasselbe Spiel wie du, aber das heißt nicht, dass ich den Spielstand nicht lesen kann. Du hast irgendetwas mit meinem Hirn gemacht …“ Ardo stieß die Mündung seines Gewehrs in Richtung ihres Kopfes, um seine Worte zu unterstreichen. „Also, was hast du mit mir angestellt?“

„Ich habe nichts in deinen Geist eingepflanzt, wenn es das ist, was du meinst.“

Ardo hob das Gewehr an die Schulter, zielte zwischen ihre Augen.

„Immer mit der Ruhe!“ Merdith lehnte sich ein klein wenig zurück, die Arme immer noch erhoben. „Ich schwör’s. Ich habe lediglich … entknotet, was schon da war. Hör zu, ich bin ein Medium, okay? Ich bin ein nicht registriertes Medium. Ich wurde vom Screening-Prozess nicht erfasst – das kommt manchmal vor in den äußeren Kolonien. Man schöpfte nie Verdacht. Ich hatte kein Interesse am Psycho-Programm der Konföderation, also hielt ich einfach meine Klappe. Ich bin nicht ausgebildet oder so was – ich habe einfach nur die Gabe, anderen Leuten manchmal dabei zu helfen, Ordnung in ihre Gedanken zu bringen, das ist alles. Ich schwöre, das ist alles.“

Ardo senkte die Waffe etwas. Er dachte kurz über ihre Worte nach, ehe er wieder sprach. „Sag mir, was *wirklich* mit meiner Familie passiert ist. Was ist mit Melani geschehen?“

„Ich weiß es nicht.“

Ardo hob die Waffe ruckartig wieder an.

„Ich weiß es nicht!“ Panik, Wut und Frustration vermengten sich in Merdiths Stimme, stakkatoartig drangen ihr die Worte aus dem Mund. „Ich weiß es nicht! Vielleicht sind sie noch am Leben! Vielleicht nicht! Woher soll ich das wissen? Es sind deine Erinnerungen, nicht meine!“

„Aahh!“, knurrte Ardo, als er die Waffe angewidert senkte. „Wertlos! Du bist vollkommen wertlos!“

„Hör zu, Soldatenjunge, ich habe dir das nicht angetan“, sagte sie. „Die Neural-Resozialisation legt nur neue Erinnerungen über alte – aber sie werden nicht ersetzt. Ich habe dir lediglich geholfen, etwas Ordnung in deinen Schädel zu bringen.“

Ardo schüttelte den Kopf. „Aber du kannst mir trotzdem nicht sagen, welche Erinnerung die echte und welche die falsche ist, ja?“

„Du warst derjenige, der die Wahrheit wissen wollte“, sagte sie verdrossen.

„Ach ja? Welche Wahrheit?“, knurrte Ardo. *„Welche* Wahrheit?“

„Ich *weiß* nicht, welche Wahrheit. Aber du willst wissen, was wirklich die Wahrheit ist, oder?“

Ardo sah sie an und überlegte. Sie hatte seinen Geist geöffnet. Pandoras Büchse war jetzt nicht mehr zu schließen. „Ja … ich muss es wissen!“

Sie seufzte und lächelte leicht. „Dann hilf mir, und ich werde dir helfen, diese Wahrheit herauszufinden. Ich kenne ein paar Leute, die uns von dieser Welt runterbringen können. Hilf mir, Verbindung zu ihnen aufzunehmen … sie zu erreichen … und sie werden uns helfen. Wir kehren zurück auf deinen Planeten, nach … äh …“

„Bountiful“, beendete er den Satz leise für sie. Das Wort war beinahe zu schmerzhaft schön, um es auszusprechen.

„Ja, nach Bountiful. Und gemeinsam werden wir die Wahrheit finden.“

Ardo war im Begriff, ihr zu antworten, als der Komm-Kanal in seinem Ohr anschlug. Er reagierte wie mechanisch darauf. „Hier Melnikov.“

„Begleiten Sie die Gefangene im Laufschritt zur Ops, Gefreiter.“ Littlefields Stimme kam Ardo irgendwie verändert vor, aber der Gefreite hatte zu viele eigene Sorgen, um groß darüber nachzudenken.

„Zu Befehl, Sir“, erwiderte Ardo, dann wandte er sich an Merdith. „Genug Kaffee getrunken und geplaudert. Gehen wir.“

Der Aufzug hatte Ebene 3 noch nicht einmal erreicht, als Ardo über sich schon laute Stimmen hören konnte.

„… sollen wir tun, wenn wir den Transporter gestürmt haben? Sie haben den Funkverkehr auf dem Taktik-Kanal gehört. Wissen *Sie* etwas Besseres?“

„Ich weiß es nicht! Ich habe nicht auf alles eine Antwort! Ich weiß nur, dass ich diese Sandhasen nicht aufgebe, Breanne! Das haben sie nicht verdient!“

„Ja, da haben Sie Recht, und genau das meine ich ja. Wenn wir brave kleine Soldaten gewesen wären, hätten wir unter diesem Atomsprengkopf gesessen und das verdammte Ding mit unseren Zähnen aufgefangen. Das war es doch, was sie wollten, oder? Aber wir sind hier und noch am Leben.“

„Was, zum Teufel, wollen Sie mir eigentlich sagen, Ma'am?“

„Ich sage, dass mir das Ganze keineswegs besser gefällt als Ihnen, Littlefield, aber uns gehen die Möglichkeiten aus! Wenn Sie eine bessere Idee haben, großartig! Dann lassen Sie hören, und zwar jetzt!“

Der Aufzug schien sich quälend langsam nach oben zu bewegen. Ardo warf Merdith einen Blick zu. Ihr Gesicht war ausdruckslos, aber Ardo sah, dass ihre Augen konzentriert und aufmerksam waren. Sie saugte jedes Wort auf, das von oben zu ihnen herunterdrang.

„Ich *habe* keine Antwort!“, dröhnte Littlefield. „Jemand muss Mist gebaut haben! Wenn wir uns in den Taktik-Kanal einklinken, können wir die Sache mit dem Konföderations-Hauptquartier in Ordnung bringen!“

Der Lift schob sich über die Bodenkante der Operationsbasis. Breanne stand auf der Insel, die Arme herausfordernd vor der Brust verschränkt, während sie sich mit dem Rücken gegen eine der Konsolen lehnte und auf den Kartentisch hinabstarrte. Littlefields Gesicht war gerötet; er sah sie an, seine großen Fäuste umfassten den Rand des Kartentischs. Seine Knöchel waren fast weiß, so viel wütende Kraft setzte er ein. Zwischen ihnen stand Bastler Jans an der gegenüberliegenden Seite der Insel. Auf Ardo machte er den Eindruck, als sei er im Kreuzfeuer gefangen und versuche, so klein und leise wie möglich zu sein.

„Sehen Sie doch selbst! Das sind Satellitendaten, Sergeant. Saubere Frequenz und in Echtzeit aktualisiert.“ Breannes Finger stach plötzlich vor und deutete auf die jeweiligen Örtlichkeiten, von denen sie sprach. „Die Zerg-Plage dringt in einer unregelmäßigen Linie aus Nordost ein, hier, hier und hier. Vorausgeschickte Aufklärungstrupps werden diese äußeren Siedlungen in den nächsten paar Minuten erreichen. Die übrigen Nordostsiedlungen wird es innerhalb einer Stunde danach erwischen. Wo auf dieser Karte befinden sich unsere Marines, Sergeant?“

Littlefield starrte auf die Karte und sagte nichts.

„Sie sind alle auf dem Starport von Mar Sara“, antwortete Breanne für ihn. „Transportschiffe der Konföderation evakuieren seit drei Stunden jeden Posten. Es werden immer noch Bodentruppen zu den Zentraltransportern auf dem Raumhafen von Mar Sara gebracht, aber die wird man binnen einer Stunde an Bord geschafft haben. Momentan kehren Transportschiffe mit den letzten verbliebenen Marines von den Außenposten zurück. Der Bruder unseres Bastlers hier, der hoch geschätzte Tegis Marz, ist gerade auf dem Rückflug von seiner letzten Tour."

„Der Typ, der uns hier sitzen ließ?" Littlefield klang ungläubig. „Wie kommen Sie zu der Annahme, dass er jetzt einen Umweg machen wird, um uns zu holen?"

„Weil nicht wir diejenigen sein werden, die darum bitten", erwiderte Breanne mit blitzenden Augen. „Tegis fragt seit einer halben Stunde auf allen Kanälen, wer seinen Bruder aus unserer kleinen Garnison hier herausgeholt hat. Offenbar weiß er nicht, dass sein Bruder zurückgelassen wurde."

„Hey, das war nicht meine Schuld!", sagte Bastler. „Ich bin rausgegangen, um den Downlink zu reparieren. Wusste ja nicht, dass das SCV eine Macke hatte. Das Ding hat da draußen den Geist aufgegeben, und ich musste zu Fuß zurück. Ich rannte wie der Teufel, als ich die Transportschiffe über dem Stützpunkt schweben sah, aber als ich endlich hier ankam, waren sie schon weg."

„Und das freut mich." Lieutenant Breannes Lächeln war boshaft. „Sie sind mein neuer bester Freund, Bastler. Sie werden Ihren Bruder, sobald er am Boden ist, über Funk rufen und ihn dazu überreden, herzukommen, um Sie abzuholen." Sie sah zu Littlefield auf. „Wenn Tegis kommt, um seinen Bruder zu holen, stürmen wir das Schiff und fliegen es zurück zum Starport. Dann klären wir diese ganze Scheiße auf und sehen zu, dass wir von diesem verdammten Planeten runterkommen."

„Das können Sie nicht machen!", unterbrach Merdith den Lieutenant.

„Ah, Miss Jernic." Breanne bemerkte erst jetzt, dass Ardo

und seine Gefangene wieder da waren. „Sieht aus, als würden Sie uns auf eine kleine Reise begleiten."

Merdith ignorierte die Bemerkung. „Ohne die Außenposten der Konföderation gibt es nichts mehr, was die Zerg aufhalten kann!"

Breanne hob die Schultern. „Nun, da wäre immer noch die viel gepriesene örtliche Miliz …"

„Die Miliz hat weder die Ausrüstung noch die Leute, um eine planetare Infestation zu stoppen!" Merdith begann, auf die Kommando-Insel zuzugehen, doch Ardo packte ihren Arm und hielt sie fest. „Was ist mit den Zivilisten? Was ist mit *ihrer* Evakuierung?"

„Die Konföderation", grollte Breanne, „hat den Planeten offenbar abgeschrieben … inklusive seiner Zivilbevölkerung."

Merdith wehrte sich gegen Ardos Griff, doch der Marine hielt sie zurück. „Man hat uns an die Zerg abgeschrieben? Es war dieses Konföderationsgerät, das die Zerg überhaupt erst *herbrachte!* Trotz all ihrer Waffen, ihrer Raumschiffe und ihrer Marines wollten sie noch mehr Macht. Also bauten sie diese Kiste, ohne zu begreifen, dass sie den Tod anlocken würde. Sie dachten, sie könnten die Zerg kontrollieren oder gefangen nehmen. Sie hatten keine Ahnung, was sie entfesselten. Und jetzt ‚schreiben sie uns ab', als ob wir nichts weiter wären als eine Ziffer in einer Bilanz!"

Niemand im Raum hatte eine Antwort für sie.

Merdith hörte auf, sich zu wehren, der Zorn jedoch blieb in ihrer Miene.

„Ein Planet voller Monster. Ich hatte nur nie erwartet, sie unter meinesgleichen zu finden."

Breanne schaute auf, ihr boshaftes Lächeln kehrte zurück. „Man weiß eben nie, nicht wahr?"

„Lieutenant", unterbrach Littlefield. „Tak-Kanal eins-zwanzig-neun."

„Auf die Lautsprecher", befahl Breanne.

„Hier ist die Vixen, *auf Radial drei-vier-null, vierzig-fünf Kilometer an MS-Station ... bereithalten zum Auftanken für sofortigen Start."*

„Negativ, Vixen. *Melden Sie sich nach der Landung bei der OOD zwecks Evak."*

„Hey, er wird innerhalb der nächsten zehn Minuten dort landen", sagte Bastler nervös. „Vielleicht ... vielleicht werden sie ihn nicht wieder weglassen, wenn er erst mal am Boden ist."

„Gibt's was Neues hinsichtlich meiner Bitte, die Schönblick-Station betreffend?"

Ardo sah zu den Lautsprechern hinauf.

„Negativ. Kein Kontakt."

„Was ist mit meiner persönlichen Bitte? Ich muss diesen Techniker finden!"

„KHQ hat momentan keine Informationen für Sie."

„In Ordnung, Sie kennen den Plan", sagte Breanne. „Jans, gehen Sie ans Mikrofon und rufen Sie –"

„Lieutenant, hier ist Xiang! Wir haben Mehrfach-Kontakt auf Kurs null-fünf-fünf Grad!"

Breanne blickte auf den Kartentisch hinab, ihre Augen weiteten sich plötzlich. „Wo? Wie viele?"

„Es sind ... warten Sie ... es sind ungefähr zwanzig ... vielleicht fünfundzwanzig, unterwegs in Richtung Süden. Hydralisken, glaube ich, Ma'am. Und ... o verdammt! Über ihnen ist ein Schwarm von acht Mutalisken."

„Sie sind nicht auf der Karte", schäumte Breanne. „Warum sind die nicht auf der Karte?"

„Die Mutalisken drehen. Sie halten auf den Stützpunkt zu. Haben wir Feuererlaubnis, Ma'am?"

Breanne starrte weiterhin wütend auf den Kartentisch.

„Feuererlaubnis, Ma'am?"

Aus Bastlers Gesicht wich alle Farbe.

Littlefield sah auf. „Lieutenant?"

Lieutenant Breanne schüttelte ihre Starre ab. „Negativ! Feuer halten!"

„Was ... was meinen Sie damit – Feuer halten?" Die Blicke des Technikers zuckten angstvoll umher.

„Hören Sie mir zu! Wir können uns diesen Kampf im Moment nicht leisten." Breanne winkte sämtliche Anwesenden zur Kommando-Insel heran. „Alle in Deckung! Wenn ihr etwas seht, Feuer eröffnen, aber bis dahin bleibt ihr außer Sicht. Keine Funkmeldungen, nur beobachten. Es gibt Berichte darüber, dass die Zerg Funkübertragungen zu ihrer Quelle zurückverfolgen können. Wartet auf mein Kommando und hofft, dass sie an uns vorbeiziehen!"

„Wie tief ist das Universum gesunken", murmelte Littlefield, „wenn Marines anfangen, sich unter Schreibtischen zu verkriechen?"

Ardo trieb Merdith die kurze Leiter zur Kommando-Insel hinauf. Während er das tat, blühte im Westen Licht auf. Durch die Fenster sah er im Osten, wie sich die leuchtende Spur des ersten Evakschiffs der Konföderation über den Himmel wölbte.

KAPİTEL 17

SCHWACHE GLIEDER

Ardo schwang sich die Leiter zur Kommando-Insel hinauf. Durch die großen Equipment-Bänke, die den Kartentisch in der Mitte fast vollständig einrahmten, war es hier oben ohnedies schon eng. Der Kampfanzug machte es noch schlimmer. Nichtsdestotrotz, die Konsolen waren speziell für Marines gebaut und mit Augenmerk auf ihre Strapazierfähigkeit ebenso wie auf ihre Funktionalität designed worden. Der Weg zum Lift war frei. Ardo fragte sich, warum sie sich nicht einfach alle tiefer ins Innere des Kommandozentrums zurückzogen, anstatt sich Deckung suchend hinter die Konsolen eines Aquariums wie der Ops zu ducken.

Breanne ging hinter dem Kartentisch in die Hocke. Es war nicht das erste Mal, dass ihre katzenhafte Art, sich zu bewegen, Ardo in Erstaunen versetzte. Sie schaltete das Display auf dem Kartentisch aus, dann hob sie in einer fließenden Bewegung ein großes Fernglas an ihre Augen. „Es sind sechs … nein, sieben. Die Mutalisken fliegen Deckung für einen Bodentrupp von … mal sehen … vielleicht fünfzehn oder zwanzig Hydralisken, etwa eine halbe Meile südlich.“ Breanne glitt wieder hinter den Tisch, sodass sie durchs Fenster nicht mehr gesehen werden konnte. „Dahinter könnten noch mehr sein, in einer

Entfernung von ein, zwei Meilen vielleicht. Schwer zu sagen. Die Hauptstreitmacht scheint an uns vorbeizuziehen. Bewegt euch nicht. Sollen die Flieger ihren Spaß daran haben, den ‚alten, verlassenen Menschenstützpunkt' zu beäugen. Sobald sie ein paar Kilometer von uns entfernt sind, rufen wir unsere Mitfahrgelegenheit und verschwinden von hier."

Ardo saß mit dem Rücken an eine Konsole gelehnt und Jans direkt gegenüber. Der Techniker lauschte aufmerksam jedem Wort, das Breanne sagte. Er war selbst im Dämmerlicht der Ops blass und nickte weit heftiger, als es angemessen war. Jans schluckte hart, dann wandte er den Kopf langsam in Richtung der Leiter, die links von ihm von der Kommando-Insel hinunterführte. Ardo folgte dem Blick des Mannes. Er starrte hinüber zu der Taktik-Komm-Kontrolltafel unterhalb des westlichen Laufstegs. Sie war noch beleuchtet, die gedämpften Worte dessen, was auf dem Starport gesprochen wurde, drangen nach wie vor aus den über der Insel befestigten Lautsprechern.

„Transit Alpha vier-null-neun, sofortige Starterlaubnis auf Feld sieben. Transit Alpha null-sechs-fünf, warten Sie kurz auf Feld vierzehn. Transit Gamma acht-null-null, Starterlaubnis auf Feld zwölf. Transit Delta zwei-zwei-null, warten Sie auf Lima, bis Sie freie Bahn haben ..."

Jans' Augen wurden groß, als ein zweites Aufflackern von Licht durch die Westfenster über der Taktik-Konsole hereinfiel. „Und wieder einer weg", schnaufte er.

„Die haben es wirklich eilig, von hier abzuhauen", murmelte Littlefield. Der Sergeant schien abgelenkt und entrückt, seine Gedanken befassten sich mit einem anderen Problem.

Ardo wusste, dass er es sich nur einbildete, aber dieses Wissen half ihm nicht. Der Funkverkehr schien ihm unerträglich laut. „Sollten wir den Funk nicht ausschalten?"

Breanne schüttelte den Kopf und sah, während sie lauschte, nach oben. „Zu spät. Sie sind hier."

Ardo stellte fest, dass er es ebenfalls hören konnte: Die Fingernägel-auf-Schiefer-Laute der Mutalisken, die einander ankreischten, während sie sich dem Menschenstützpunkt näherten. Das Geräusch schnitt gleichsam durch die Fenster, um an ihre Ohren zu gelangen, und vermischte sich mit dem steten Wortfluss, der sich aus dem offenen Taktik-Kanal ergoss.

„Transit Alpha null-sechs-fünf, sofortige Startfreigabe auf Feld vierzehn ..."

„Kontrolle. Die Vixen *verlangt Vektor ..."*

Jans hielt den Atem an.

„Vixen, *warten Sie auf Nav-Marker Ta-shua; die Warteschleife ist voll."*

„Verstanden, Kontrolle, warte auf Ta-shua."

Eine weitere Säule aus Flammen und Rauch jagte nach oben und durch die dunkler werdende Atmosphäre.

Merdith hockte neben Ardo, die Knie mit den Armen an die Brust gezogen. „Sieht aus, als würdet ihr Soldatenjungs euer Boot verpassen."

Breannes Miene zeigte eingeübte Gleichgültigkeit. „Wir sind noch nicht am Ende, Miss Jernic."

„Nein, natürlich nicht", entgegnete Merdith kühl. „Ich sage ja nur, dass Sie, *falls* Sie Ihr Boot verpassen, vielleicht andere Möglichkeiten in Betracht ziehen sollten, von hier zu verschwinden."

„Ah", gab Breanne lächelnd und die Zähne zeigend zurück, „Sie meinen also, wir sollten uns mit einer Spionin und Verräterin zusammentun?"

„Tut mir Leid, Sie enttäuschen zu müssen, Lieutenant", Merdith hob die Schultern, „aber ich bin keine Spionin."

„Nein, natürlich nicht." Breanne blickte beiläufig weg und zu den Fenstern hin. „Keine Spionin, keine Kollaborateurin, keine Expertin, die Waffenforschung für die Söhne von Korhal betreibt. Sie sind nur eine unschuldige Zivil-Ingenieurin, die zufällig im Besitz eines streng geheimen Stückes Equipment der Konföderation war." Breanne hielt inne, wandte sich Merdith zu und lächelte frostig. „Schauen Sie, Miss Jernic, ich möchte Ihnen glauben. Ich möchte Ihnen glauben, denn andernfalls müsste ich Mister Melnikov befehlen, Sie nach draußen zu schaffen und so oft wie nötig auf Sie zu schießen, um sicher zu gehen, dass Sie auch wirklich tot sind. Also, Sie wollen doch nicht, dass ich Ihnen *nicht* glauben möchte, oder?"

Merdith musterte Breannes kantiges Gesicht sorgsam. „Nein, Lieutenant, das will ich ganz bestimmt nicht."

„Dann, Miss Jernic …" Breanne schnaubte laut und verächtlich. „… lassen Sie einstweilen mich in Ruhe, und ich lasse Sie in Ruhe."

„Wie Sie meinen, Lieutenant", sagte Merdith gelassen. „Darf ich Sie aber darauf hinweisen, dass *Ihre* Freunde den Planeten offenbar in Scharen verlassen und dass *meine* Freunde schon bald die Einzigen sein werden, die noch einen Fahrschein haben, mit dem man hier wegkommt? Selbst *wenn* Sie es irgendwie zurück zum Starport schaffen – wie sehr werden sich Ihre Vorgesetzten wohl freuen, Sie wiederzusehen? Niemand sieht gerne einen Toten zur Tür hereinspazieren … vor allem dann nicht, wenn es in jedermanns Interesse liegt, dass dieser Tote auch tot *bleibt."*

Ein fürchterliches kratzendes Geräusch drang durch das Tritaniumdach der Operationsbasis. Ardo zuckte unter dem Laut zusammen und drückte sein Gewehr unter der plötzlichen Anspannung fester gegen seine Brust.

„Nicht bewegen.“ Breanne hauchte die Worte so leise, wie sie konnte. „Sie sind hier.“

Alle schauten nach oben. Das Geräusch kratzender Schuppen auf gezackten Schwänzen, die über die Panzerung schleiften, drang zitternd durch die Platten über ihnen. Die Laute übertönten hin und wieder die surrealen Stimmen, die sich so gelassen auf dem immer noch in Betrieb befindlichen Tak-Komm-Kanal unterhielten.

„Transit Gamma acht-null-null, sofortige Starterlaubnis auf Feld zwölf. Transit Epsilon vier-drei-drei, warten Sie an der Rho-Beta-Kreuzung.“

Es erfolgten zwei weitere kratzende Aufschläge auf den Dachplatten. Deutlich konnte Ardo das schreckliche Kreischen der Mutalisken hören, als sie über das Dach glitten. Er warf Jans, der ihm gegenübersaß, einen Blick zu. Der Mann schwitzte heftig, seine Augen waren auf den Empfänger fixiert, als könne er irgendwie durch das Gerät kriechen und zu der fernen Stimme auf der anderen Seite gelangen.

„Transit Epsilon vier-drei-drei, weiter auf Feld zehn ...“

„Kontrolle, hier ist die Vixen *auf Ta-shua. Was dauert denn da so lange? Ich muss den Kommandanten des Stützpunkts sprechen ...“*

„Vixen, *Sie haben Landeerlaubnis. Melden Sie sich am Außenmarker. Over.“*

„Was ist mit meinem Bruder? Ich weiß nicht ...“

Jans knirschte mit den Zähnen. Eine weitere Stimme meldete sich auf dem Komm-Kanal zu Wort, und sie klang nicht annähernd so unbeteiligt.

„Marz, zum letzten Mal, er hat den Planeten wahrscheinlich schon in einem nicht gemeldeten Transporter verlassen. Bringen Sie Ihren Arsch runter, und zwar sofort!“

„Verstanden, Sir! Vixen *im Landeanfl… melde … Außenmarker …“*

Ardo warf Littlefield einen Blick zu und flüsterte: „Die Funkverbindung bricht zusammen?“

„Die Mutalisken“, seufzte Littlefield. „Sie hantieren an den Parabolantennen herum.“

„… Landean…arten Sie.“

„…rstanden …ansit Epsilon vier-drei …arterlaub… Feld sieben-links. Vixen, *rollen Sie nach links zu Plattform sieben-drei zum Shutdown.“*

„Verstanden, Kontrolle. Vixen *unterwegs zu Plattform sieben-drei.“*

Breanne deutete auf ihr Ohr und dann zur Decke hoch. Ardo lauschte angestrengt.

Die Kratzgeräusche waren verstummt.

Littlefield legte die Daumen aneinander und bewegte seine Hände wie schlagende Flügel. Breanne hob die Schultern und schüttelte mit zweifelnd zusammengezogenen Augenbrauen den Kopf.

Ardo hielt unbewusst den Atem an. Er konzentrierte sich so sehr auf die Geräusche von oben, dass er den Stups, den Merdith ihm versetzte, erst beim zweiten Mal registrierte.

Sie zeigte auf Bastler Jans.

Ardo sah auf den ersten Blick, dass der Mann in schlechter Verfassung war. Seine blasse Haut glänzte vor Schweiß. Er zitterte, seine Lippen bewegten sich in stummem Selbstgespräch. Seine Augen waren auf die Übertragungskonsole fixiert, die sich nur ein paar Schritte vom Fuß der Kommando-Insel entfernt befand.

„Transit Kappa null-sieben-fünf, sofortige Starterlaubnis. Vixen, *Ihr Status?“*

„Sind sie weg?“, zischte Littlefield.

Breanne schüttelte den Kopf. Sie wusste es nicht.

„Meine Ladung ist gelöscht, Kontrolle. Die Vixen *ist leer.“*

„Verstanden, Vixen. *Shutdown und weiter zu Plattform fünf-rechts. Melden Sie sich dort beim Sektionsleiter zwecks Einsteigen und Abflug.“*

„Nein!“, wimmerte Jans. „Lass mich nicht hier!“

„Lass mich nicht allein!“, schluchzte Melani. Ardo erstarrte.

„Vixen, *verstanden. Shutdown ...“*

„Nein!“

Jans stemmte sich in einer einzigen fließenden Bewegung hoch. Ardo sprang auf ihn zu, aber er kam zu spät. Der Techniker warf sich durch die Lücke zwischen den Konsolen auf der Kommando-Insel und rannte über die Bodenplatten.

„Schnell! Haltet ihn auf!“, bellte Breanne.

Ardo sprang auf, überwand die Zustiegsleiter mit einem Satz, konnte den Techniker jedoch nicht erreichen.

Bastler Jans schnappte sich das herunterbaumelnde Funkmikrofon und drückte die Sendetaste.

„Tegis! Ich bin’s, Jans! Ich bin hier! Lass mich nicht zurück! Ich bin auf dem Schönblick-Stützpunkt! Sie haben mich hier gelassen, sie –“

Ardo hatte keine Zeit zum Nachdenken, als er über den Boden rannte. Als er Jans erreichte, holte er kurzerhand mit seiner Kampfanzugfaust aus und schoss sie auf den Kopf des Technikers ab.

Der energieverstärkte, gepanzerte Handschuh tat seine Wirkung. Jans stürzte bewusstlos zu Boden.

„Jans! Jans! Ich komme dich holen! Halt aus und ... hey! Lasst mich los! Das ist mein Bruder da draußen! Ihr könnt nicht –“

Zerberstende Fenster übertönten die Worte. Die durchsichtigen Scheiben explodierten in den Raum herein. Instinktiv duckte sich Ardo von dem kristallenen Hagel weg. Er hörte das plötzliche Rattern von automatischem Feuer im Raum.

Und über dem Kreischen hörte er Breannes unverkennbare Stimme, die den Komm-Kanal erfüllte. „Feuer frei! Feuer frei – killt sie alle!“

KAPİTEL 18

DEM SIEG ZUM GREIFEN NAH

Ardo warf sich zurück in Richtung der Kommando-Insel. Reflexartig lud er seine Waffe durch. Er rollte sich ab und war noch im Aufstehen begriffen, als er auch schon anfing, seine Waffe abzufeuern.

Drei Mutalisken drangen durch die Rahmen der zertrümmerten Fenster herein. Die noch hervorstehenden Scherben zerfetzten ihre violetten Flügel, doch die Kreaturen schienen die Wunden, die sie sich selbst zufügten, nicht zu spüren. Der Wahnsinn stand in ihren flachen, blutbraunen Augen – geistlos, erbarmungslos und tödlich. Trommelfell zerreißende Schreie drangen aus ihren breiten, aufklaffenden Mäulern, als sie heranstürmten.

„Schießt! Schießt!“, rief Breanne über den Komm-Kanal. Ardo gehorchte nur zu gern. Sein Gaußgewehr fiel mit ein in das Orchester des Todes, das die Waffen auf der Kommando-Insel hinter ihm aufbranden ließen.

Flughäute, Knorpel, Haut, Muskeln … alles wurde den hässlichen Bestien wie in Explosionen vom Leib gerissen, während sie wild vorwärts stürmten. Die feuchten Fetzen klatschten gegen die Kontrolltafeln, die Decke und den Boden, verbrannten in beißendem Rauch. Binnen Sekunden war der gesamte Kommandoraum mit dem wirbelnden, schweren Gestank erfüllt, den nicht einmal der Wind von draußen, der jetzt durch die zerbrochenen Fenster hereinheulte, auflösen konnte.

Ardo feuerte weiter. Er konnte sehen, wie der nächste Mutalisk sein Maul öffnete, wie sich die Gebissmuskeln bewegten. Er erhaschte einen Blick auf fangartige Auswüchse zu beiden Seiten des gewaltigen Kiefers.

Er greift mich an, wurde ihm plötzlich bewusst. Er warf sich nach links.

Ein Schwall flughäutiger Abscheulichkeiten ergoss sich aus dem Maul des Wesens in Richtung des Fußes der Kommando-Insel, wo Ardo sich eben noch befunden hatte. Die blinden Kreaturen fluteten gegen das Metall und zerplatzten beim Aufprall. Die Bodenplatten schmolzen mit einem fürchterlichen, schrillen Quietschen. Der Mutalisk veränderte die Richtung des todbringenden Stromes, versuchte Ardo zu folgen, aber der Marine war zu schnell für das Ungeheuer. Er warf sich der Nische der Lifttür entgegen.

Die tödliche Eruption folgte Ardo weiter. Er war alles, was der Mutalisk noch im Sinn hatte. Die erbrochenen Kreaturen klatschten in einer Linie auf den Boden. Unter ihrem Aufprall lösten sich die Platten auf wie Wasser. Beißender Rauch erfüllte den Raum und erschwerte Ardo, dessen Visier noch offen stand, das Atmen. Er kämpfte sich auf die Liftnische zu. Die gewölbte Tür war geschlossen. Links und rechts des Aufzugs befanden sich die über den Kontrollstationen aufragenden Plattformen. Eine andere Deckung gab es nicht. Ihm gingen die Verstecke aus.

Er erreichte den Alkoven vor dem Aufzug und schlug mit der Hand auf den Rufknopf. Schnell drehte er sich um, während seine offene Hand wiederholt den Knopf drückte. Er erblickte die höllische Flut geflügelter Hässlichkeiten, die das Maul des Mutalisken ausspie und die das Metall in einer schnurstracks auf ihn zuführenden Linie verdampfen ließen.

Plötzlich stoppte die furchtbare Attacke des Mutalisken. Ardo schaute auf. Der Kopf des Mutalisken explodierte in einer Salve von Tracerprojektilen, die auf der Kommando-Insel abgefeuert wurden. Teile der Kreatur regneten überall im Raum zu Boden. Mehrere schmierige Stücke klatschten gegen Ardos Kampfrüstung. Die schwache Säure des Wesens drohte sich durch das Metallgewebe des Anzugs zu fressen. Ardo schrie zusammenhanglose Worte, als er die Fetzen hastig mit seinen behandschuhten Händen abstreifte. Sein Anzug war übel zernarbt, aber Ardo glaubte nicht, dass sich irgendwo ein Stück ganz hindurchgebrannt hatte.

Sein Verfolger stürzte schwer zu Boden. Der Aufprall löste die Platten unter ihm fast augenblicklich auf. Ein klaffendes, rauchendes Loch war alles, was von der Stelle, an der die Kreatur zu Boden gegangen war, übrig blieb, als sie sich durch das Deck hinabbrannte. Den Lauten nach zu urteilen, die aus dem Loch heraufdrangen, schmolz es sich sogar noch durch weitere Decks des Kommandozentrums.

Ardo, mit dem Rücken gegen die Aufzugtür lehnend, hob seine Waffe wieder an. Verzweifelt spähte er durch den Rauch, der wie wild im Raum umherwirbelte. Aber er hatte seine Kameraden aus den Augen verloren. Und außerdem, fiel ihm auf, waren die Waffen auf der Kommando-Insel mit einem Mal verstummt.

„Lieutenant?“, fragte Ardo zaghaft.

Von oben konnte er nach wie vor den Tak-Komm-Kanal hören. *„... wiederhole,* Vixen, *kehren Sie sofort zum Stützpunkt zurück. Das ist ein Befehl!“*

„Jans! Halt durch! Tegis ist unterwegs! Ich komm dich holen, Kleiner!“

Marz!, erkannte Ardo. Er musste die Nachricht erhalten haben! Er war hierher unterwegs. Sie mussten jetzt nur noch …

Ardo schluckte. Sie mussten jetzt nur noch hier sein.

Die rotierenden Notfalllichter blitzten durch den wirbelnden, beißenden Rauch. Jans mochte vielleicht sein Passierschein hier heraus sein, wurde Ardo auf einmal klar. Wenn auf der Kommando-Insel alle tot waren, dann konnte er Jans zum Transportschiff hinausbringen. Er konnte Tegis erzählen, dass er ebenfalls zurückgelassen worden war. Was, zum Teufel, kümmerten ihn die Mission oder diese verdammte Kiste?! Wenn er von dieser Welt herunterkam, dann konnte er vielleicht eine Möglichkeit finden, den Resoz-Tanks zu entkommen und zurück nach Bountiful gelangen. Vielleicht konnte er sein Leben zurückgewinnen. Zur Hölle mit den Marines und der Konföderation! Dann konnte er vielleicht herausfinden, ob sein Leben eine Lüge gewesen war. Vielleicht … vielleicht war Melani noch irgendwo dort, suchte vielleicht nach ihm, wartete vielleicht auf ihn. Vielleicht, nur vielleicht …

Ardo schulterte seine Waffe. Der Raum war immer noch rauchverhangen, aber Ardo erinnerte sich, wo Jans zu Boden gegangen war. Rasch suchte er sich seinen Weg um die klaffenden Löcher im Boden herum. Jans war irgendwo nahe der Übertragungskonsole gestürzt, links von der Kommando-Insel. Wenn es ihm nur gelang, dorthin zu gelangen, bevor ihn jemand bemerkte, konnte er sich in dem Durcheinander davonmachen und dann Jans benutzen, um von diesem Felsbrocken herunterzukommen. Er konnte der verdammten Konföderation den Rücken kehren und sich sein Leben zurückholen.

Der Marine bewegte sich wachsam und angespannt voran. Irgendwo da draußen waren noch mindestens zwei Mutalisken. Vielleicht waren sie tot, aber wahrscheinlicher war es, dass sie irgendwo in der Nähe lauerten.

„Schönblick-Basis, hier ist die Vixen, *fünf Meilen vom Marker entfernt! Jans, bitte antworte! Jans! Bitte melde dich ...“*

Ardo fand Jans. Der Techniker lag immer noch besinnungslos an der Stelle, wo Ardo ihn niedergestreckt hatte.

Etwas prallte gegen die Seite seines Kampfhelms. Ardo bemerkte es zunächst nicht, aber es folgte ein zweiter, leichterer Anprall.

Rasch packte Ardo seine Waffe und kreiselte zur Kommando-Insel herum. Mit plötzlich rasendem Herzschlag sah er Lieutenant Breanne durch den Rauch; sie hockte neben dem Kartentisch. Merdith befand sich direkt hinter ihr. Littlefield kauerte auf der anderen Seite des Tischs.

Breanne gab Ardo ein Zeichen, dort zu bleiben, wo er war. Dann deutete sie mit Zeige- und Mittelfinger erst auf ihre Augen, dann auf Ardo.

Ardo verstand das Standardzeichen und sah sich noch einmal im Raum um. Der Rauch lichtete sich zunehmend. Säure hatte viele der Konsolen beschädigt, und über den Boden zogen sich etliche hineingeschmolzene Rinnen. Aus dem Loch, das der Mutalisk in den Boden gebrannt hatte, stieg immer noch Rauch auf, aber ansonsten schien der Raum sauber zu sein. Ardo sah wieder zu Breanne hinüber und schüttelte den Kopf.

Breanne signalisierte mit einem knappen Nicken, dass sie verstanden hatte, dann zeigte sie auf den am Boden liegenden Techniker.

Ardo sah auf ihn hinunter. Eine ziemlich große, bläulich verfärbte Beule wölbte sich an der Schläfe. Er beneidete den

Mann nicht um die Kopfschmerzen, die er später haben würde … wenn er denn aufwachte. Erschrocken stellte Ardo fest, dass es ihn eigentlich nicht kümmerte, ob der Mann je wieder aufwachte, so lange er ihn nur benutzen konnte, um an Bord dieses Transporters zu gelangen.

Ardo schaute wieder zu Breanne und streckte seine Hand aus, die Handfläche nach unten gerichtet. Der Zustand des Mannes war stabil, bedeutete er ihr damit.

Breanne nickte abermals. Sie zeigte auf Jans, dann auf Ardo und gab dem Marine zu verstehen, zum Aufzug zu gehen.

Den Lift hatte er ganz vergessen gehabt! Ardo warf einen Blick nach hinten. Die halbrunde Tür war aufgeglitten, die Kabine stand damit offen und war bereit, sie aufzunehmen. Er nickte Breanne abermals zu. Er griff hinunter, packte den bewusstlosen Techniker am Kragen seiner Drillichjacke und schleifte ihn langsam über den Boden auf den wartenden Fahrstuhl zu. Sein Blick war auf die kleine Kabine fixiert, die hell erleuchtet war und einladend wirkte.

„Jans! Ich bin's, Marz! Ich bin noch eine Meile …"

Ardo sah durch die zerbrochenen Scheiben des Kommandodecks hinaus. In der Ferne, im Westen, konnte er das Transportschiff ausmachen – ein Fleck, der sich abzeichnete vor der Vielzahl von Kondensstreifen, die in den Sonnenuntergang dahinter führten.

„Mach dir kei… Sorgen, Bru… in gleich … bei di…ur noch ein paar …"

Etwas Helles fiel zwischen Ardo und dem Aufzug herab und klatschte auf die Bodenplatte.

Wo es gelandet war, rauchte der Boden.

Ardo sah rasch nach oben.

Ein Band aus geschmolzenem Silber verlief in einer gezackten Linie über die Decke. Diese Linie beschrieb eine annähernde Kreisform, direkt über der Kommando-Insel.

„Lieutenant! Weg da! Schnell!“, schrie Ardo in den Komm-Kanal.

Breanne und Littlefield blickten gleichzeitig nach oben. Die Kreuzstützen der Decke schmolzen in einem Regen aus Säure. Schon konnten sie das dumpfe Ächzen hören, mit dem das Metall unter seinem eigenen Gewicht nachgab.

Ardo brauchte sie kein zweites Mal zu warnen. Breanne flankte über die Konsole, die eine Seite der Insel begrenzte. Littlefield packte Merdiths Arm und rannte auf die Treppe zu. Er stieß die junge Frau vor sich, schleuderte sie auf den Laufsteg zu, der den Raum säumte, dann sprang er selbst hinterher.

Mit einem reißenden Stöhnen gab die Decke der Operationsbasis nach und krachte auf die Kommando-Insel nieder. Das Gewicht der Deckenhüllenplatten und der zerstörten Stützpfeiler zermalmte die Konsolen auf der Insel mit donnerndem Lärm. Die ganze Funkantennenbatterie krachte mitsamt der Decke herunter und verbog sich zu einem kaum noch erkennbaren Gewirr, als die schwere Hüllenplattierung von der verheerten Insel herabrutschte und gegen die von der Säure angegriffenen Bodenplatten schmetterte.

Ardo zerrte wie wild an Jans, versuchte der gewaltigen Lawine aus verbogenem Metall auszuweichen. Doch der Techniker fing an, sich gegen ihn zu wehren, als er langsam zu sich kam. *Das nenn ich lausiges Timing,* dachte Ardo, aber er brauchte diesen Mann für seine Flucht aus der Hölle.

„Bereitmachen!“, rief Breanne. „Sie sind hier!“

Breanne hatte sich unter Schmerzen abgerollt und war wieder auf den Beinen. Ein tiefer Schnitt an ihrer Schulter blutete durch einen Riss in ihrem Kampfanzug. Littlefield befand sich mit Merdith auf der anderen Seite der zerstörten Insel. Ardo sah, wie sich die beiden bewegten und versuchten, die Trümmer zu umrunden und zum Aufzug zu gelangen.

In diesem Augenblick machte er sie aus – geflügelte Schemen stürzten sich durch die gezackte Öffnung in der Decke. Die Mutalisken hatten sich einen neuen Weg in das Kommandozentrum geschaffen und die Menschen aus dem Schutz ihrer Deckung getrieben. Jetzt befand sich die Beute quasi im Freien und war angreifbar.

Ardo ließ Jans los. Sie befanden sich vor dem offenen Fahrstuhl. Der jetzt nur noch teilnahmslose Techniker lag auf der Schwelle, damit die Tür sich nicht wieder schloss. Zu mehr hatte der Marine keine Zeit, ehe er seine Waffe hob.

Merdith rappelte sich auf, blickte nach oben und schrie – mehr vor ehrlicher Überraschung als vor Angst, vermutete Ardo. Es war schwer vorstellbar, dass es sehr viel gab, wovor diese Frau sich fürchtete. Aber was auch der Grund sein mochte, sie hatte damit ihrer aller Aufmerksamkeit auf das gelenkt, was sie einen Sekundenbruchteil vor ihnen entdeckt hatte. Die übrigen Mutalisken stürzten sich durch die Öffnung und segelten in Massen in den Raum herab.

Breanne verschwendete keine Zeit. Ihr Sturmgewehr begann umgehend zu rattern und wuchtete die geflügelten Alpträume in die Trümmer. Die Flügel von zweien dieser Kreaturen wurden von den verbogenen Spitzen zerstörter Antennen und Stützbalken aufgespießt. Sie zuckten und kreischten vor Wut über die Demütigung, aus der Luft geholt worden zu sein, und zerfetzten sich selbst an den scharfen Kanten des Metalls.

Doch Ardo hatte keine Zeit, sich mit Breannes Kampf zu befassen. Ledrige Dunkelheit rauschte in unglaublichem Tempo auf ihn zu. Er eröffnete das Feuer und erwischte das Scheusal ebenfalls mitten im Flug. Doch die Kreatur weigerte sich, liegen zu bleiben und bewegte sich zuckend über den Boden. Ardo zerschoss dem Wesen die Flügel. Wohlüberlegt und gezielt feuerte er auf die Flughäute. Ein kalter Teil seines Denkens hatte die Kontrolle übernommen, ein Teil, von dem er glaubte, dass er ihn lieber vergessen hätte, der jetzt, als es nötig war, aber vortrat, um ihn zu retten. Ardo rannte schießend aus der Nische hinaus und auf sein Ziel zu. Das Wesen schob sich weiter auf ihn zu, erbarmungslos und ohne auf die Verletzungen zu achten, die es sich zuzog. Ardo feuerte weiter auf die Schwingen der Kreatur. *Noch ein paar Fuß, und das war's dann,* dachte er. Ardo bewegte sich eine Spur nach links.

Der Mutalisk spannte sich plötzlich an, dann sprang er.

Ardo wartete. Er korrigierte seine Schussrichtung in dem Moment, da der Mutalisk angriff. Der Kugelhagel aus seinem Gewehr hämmerte gegen das Brustbein des Mutalisken, drängte ihn in der Luft nach hinten und über das klaffende Loch, das sein Artgenosse vorhin in den Boden gebrannt hatte.

Der Mutalisk schlug mit den Flügeln, aber es war nicht genug davon übrig, als dass sich die Luft darin hätte fangen können. Das Wesen kreischte vor Wut, als es in das Loch stürzte. Ardo trat vor, richtete sein Gewehr jetzt auf den Kopf sowie die Brust der Kreatur und fühlte sich seltsam zufrieden.

„Du sollst nicht töten ...“

„Auge um Auge ...“

„Liebe jene, die dich hassen ...“

Eine Woge von Übelkeit stieg in ihm auf, aber er konnte nicht aufhören – wollte nicht aufhören. Abermals suchte er sich ein neues Ziel, diesmal die Mutalisken, die versuchten, Breanne zu erreichen. Ihr gemeinsames Feuer zerfetzte die

Biester im Nu. In den metallenen Rahmen der Antennen gefangen, arbeitete ihr eigenes Säureblut gegen sie. Aus jeder ihrer Wunden fraß es sich in das umliegende Metall, schmolz es und ließ die Antennen noch weiter auf sie herabstürzen und sie dort festnageln, wo sie lagen.

„Lauf! Merdith, lauf!“

Ardo wandte sich hastig in Richtung der rufenden Stimme. Es war Littlefield.

Der Sergeant schoss selbst, was das Zeug hielt, auf einen Mutalisken, aber das Wesen war ihm gefährlich nahe. Ardo konnte von seinem Platz aus sehen, dass sich der Säureregen der näher kommenden Kreatur in Littlefields Rüstung fraß. Merdith war hinter ihm. Sie befanden sich beide auf der anderen Seite des Kommandozentrums.

Littlefields Schüsse bissen sich durch die Bestie und übergossen den Schutt zwischen ihnen mit qualmenden Eingeweiden.

Merdith begann zu rennen, aber der Mutalisk drehte sich in ihre Richtung. Littlefield warf sich rasch und weiter feuernd dazwischen. Die Kreatur glitt auf sie zu.

Ardo lenkte sein Feuer von seinen sterbenden Zielobjekten fort, zögerte aber. Der Mutalisk befand sich zwischen ihm und Littlefield. Wenn er auf sie zu schießen begann, riskierte er nicht nur, Merdith und Littlefield zu treffen, er würde sie auch mit der Säure der zerfetzten Kreatur bespritzen. Er schrie: „Littlefield! Aus dem Weg!“

Ardo konnte sehen, wie der Schweiß auf Littlefields Stirn Tropfen bildete.

Der Sergeant warf ihm einen Blick zu, grinste und sprang dann mit einem Satz direkt auf den Mutalisken zu. Er rammte seine Waffe in den Bauch des Wesens, griff mit der freien Hand zu und packte das Monster an der Kehle. Außer sich vor Wut schlang der Mutalisk seinen rasiermesserscharfen Schwanz um Littlefield.

„Nein!“, brüllte Breanne.

„Renn!“, rief Littlefield. Agonie ließ die Lautstärke seiner Stimme anschwellen. „Renn, Merdith!“

Der Mutalisk zerfiel unter Littlefields Feuer. Die Säure, die sich aus dem Leib der Kreatur ergoss, zerschmolz den Kampfanzug des Sergeants und verband die beiden Körper auf entsetzliche Weise.

Merdith, deren Gesicht alle Farbe verloren hatte, rannte um die Trümmer in der Mitte des Raumes herum. Sie erreichte Ardo auf der anderen Seite, konnte sich aber nicht dazu überwinden, hinzusehen.

Breanne kam näher, rief, nein, schrie: „Weg da, Littlefield! Lassen Sie los und gehen Sie da weg!“

Littlefields Waffe entlud sich weiter. Ardo war sicher, dass es ihm inzwischen das Fleisch von der Hand geätzt haben musste. Vielleicht sorgte nur noch das Schmelzen der Anzugpanzerung dafür, dass die Waffe noch feuerte. Der Mutalisk hörte auf, sich zu bewegen, als sich zwischen ihnen eine Lache aus Säure zu sammeln begann.

Die Bodenplatten ächzten von neuem, und Sergeant Littlefield verschwand mitsamt seines bezwungenen Feindes aus ihrer aller Blickfeld.

Ardo zitterte so heftig, dass es ihm schwer fiel, seine Waffe festzuhalten. Von draußen konnten sie ein anderes, vertrauteres Brüllen vernehmen.

Merdith schaute nach oben, von wo das Geräusch kam, und rief dann: „Seht doch!“

Das Transportschiff, die *Valkyrie Vixen,* schwebte etwa dreißig Fuß entfernt, und das Kreischen der Triebwerke klang schrill und herrlich in ihren Ohren.

Ardo holte Luft und drehte sich um. Jans lehnte an einer Seitenwand der Fahrstuhlkabine; er war benommen, aber seine Augen standen offen. Ardo ging vorsichtig über die verbeulten Bodenplatten zu ihm hinüber und zog ihn auf die Beine. „Mister, es ist Zeit, dass Sie uns verdammt noch mal hier rausbringen."

Rasch bewegten sie sich auf die Überreste der Fenster zu. Ardo konnte Marz durch die Cockpitkanzel sehen.

Breanne atmete aus und sagte dann: „Gehen wir."

Merdith stand neben ihr und machte einen besorgten Eindruck. „Lieutenant, wie viele dieser geflügelten Horrorgestalten haben Ihre Wachen gemeldet, als das Ganze hier losging?"

„Acht. Warum?"

„Und hat eine Ihrer Wachen etwas davon gesagt, dass eines der Biester getötet wurde? Ich glaube nicht, dass …"

Breannes Augen wurden groß. Sie wandte sich dem Transportschiff zu und begann, dem Piloten zuzuwinken. Dazu rief sie: „Weg da! Fliegen Sie auf die andere Seite!"

Der Pilot lächelte und winkte zurück.

„Nein! Verdammt! Verschwinden Sie!", rief Breanne, noch nachdrücklicher winkend. „Verdammt, auf welcher Frequenz ist der Taktik-Kanal? Er kann mich scheinbar nicht hören …"

„O nein!", keuchte Merdith.

Die drei übrigen Mutalisken stiegen über dem Kommandozentrum in die Höhe. Marz war zu sehr darauf konzentriert, seinen Bruder zu finden, als dass er das schreckliche Trio bemerkt hätte. Als ihm endlich bewusst wurde, dass sie es auf ihn abgesehen hatten, spien die Mutalisken ihren Laich bereits in die Ansaugöffnungen der Triebwerke und gegen die Cockpithaube.

Breanne hob ihre Waffe und begann zu schießen. Ardo folgte ihrem Beispiel, aber ihre gemeinsame Feuerkraft genügte nicht, und es war ohnedies schon zu spät. Marz erhöhte verzweifelt den Schub der Triebwerke, und die arglosen Mutalisken wurden in die Ansaugöffnungen gezogen. Die Säure floss in die Maschinen, löste Turbinenblätter von Hochgeschwindigkeitswellen. Binnen weniger Augenblicke begann der Transporter, sich selbst zu zerreißen.

Marz schaffte es, seine *Vixen* hundert Meter weit nach Westen zu bringen, bevor sie explodierte. Ein Trümmerregen ging über dem kompletten Schönblick-Außenposten nieder. Das Wrack krachte in die Rinne westlich des Stützpunkts und verwandelte sich in einen gewaltigen Feuerball, als die Hypergole-Tanks barsten.

Hinter der dicken Rauchsäule sah Ardo weitere Konföderations-Transporter anmutig in den Himmel aufsteigen. Ihre Kondensstreifen leuchteten lachsfarben vor dem blutroten Horizont, hinter dem die Sonne versank.

Es waren nicht mehr annähernd so viele, wie er zuvor noch gesehen hatte.

KAPİTEL 19

SCHULD

Der Schock lähmte Ardo. Sein Verstand weigerte sich zu begreifen, was er gerade gesehen hatte. Plötzlich fiel es ihm schwer zu atmen. Er schluckte die Luft in langen, bebenden Atemzügen. Was konnten sie jetzt noch tun?

Er wandte sich Lieutenant Breanne zu. Ihre Augen starrten leeren Blickes auf die brennende Hulk jenseits des Perimeters, als sehe sie direkt hindurch.

„Lieutenant?", sprach Ardo sie leise an; irgendwie hatte er Angst, sie zu stören. „Was machen wir nun?"

Breanne blinzelte. Sie schaute nicht in seine Richtung, konnte es vielleicht nicht. „Wir … ich … ich weiß … nicht. Ich …"

„Was soll ich tun, Lieutenant?", hakte Ardo nach. Seine Stimme zitterte vor Wut, die tief aus seinem Inneren hervorquoll. „Geben Sie mir einen *Befehl*, Lieutenant! Sagen Sie mir, was ich *tun* soll, Lieutenant! Sagen Sie mir, wie ich das *für Sie in Ordnung bringen kann, Lieutenant!"*

Breanne wandte sich Ardo zu. Ihre Augen waren wässrig und unkonzentriert. „Ich glaube … Littlefield würde vielleicht …"

„Littlefield ist *tot*, Lieutenant!" Ardos Stimme war laut und zittrig. Das Tier, das immer irgendwo in seinem Hinterkopf eingesperrt zu sein schien, brach aus und brüllte seiner vorgesetzten Offizierin ins Gesicht. „Er ist *tot!* Er kann Ihnen hier nicht helfen, Lieutenant! Er wird Sie nicht retten. Er wird nicht dafür sorgen, dass Sie gut aussehen. Und er wird diesmal ganz bestimmt nicht dafür sorgen, dass Sie am Leben bleiben! *Sie* sind dran, Lieutenant, hier und jetzt! Sie geben die Befehle! Sie zeigen uns den Weg raus aus –"

„Bernelli an Kommando."

Der Taktik-Kanal funktionierte noch. Bernellis Stimme drang durch intermittierende Statik.

Ardo starrte Lieutenant Breanne abwartend an.

Breanne schluckte. Schweißtropfen bildeten sich auf ihrer Stirn und zwischen den Stoppeln ihres kurz geschnittenen Haars.

„Bernelli an Kommando. Kommen, Kommando."

Ardo verzog das Gesicht und öffnete den Kanal in seinem eigenen Anzug. „Bernelli", antwortete er knapp. „Der Lieutenant hat doch extra befohlen, dass niemand diesen Kanal benutzen soll."

„Dazu besteht kaum noch Grund, Ardo. Sie verschwinden."

„Was?"

„Die Zerg. Sie ziehen an uns vorbei in Richtung Westen."

„Das ergibt keinen Sinn", überlegte Ardo laut.

„Sinn hin oder her, jedenfalls tun sie es."

„Er hat Recht, Melnikov." Diesmal war es Mellishs Stimme. *„Ich beobachte sie vom Bunker aus. Sie sind an uns vorbeigezogen wie eine Linie von Wanderheuschrecken und haben uns zurückgelassen. Ich habe durch diesen Feldstecher einen guten Blick auf sie, und sie schlittern alle ab nach Westen. Ich nehme an, sie freuen sich auf einen Stadtbummel."*

Ardo stieß leise die Luft zwischen den Lippen hervor. Mar

Sara City lag im Westen – jetzt von den Marines verlassen und im Grunde schutzlos.

„Cutter, hier spricht Melnikov. Ich bin mit dem Lieutenant in der Ops – oder was davon übrig ist. Wo bist du?"

„Ich bin in Bunker vier am Südwestperimeter. Was ist da oben passiert, verdammt? Wo sind Littlefield und der Lieutenant?"

„Komm hier rauf, im Laufschritt", schnappte Ardo ohne Erklärung. „Der, äh, Lieutenant braucht dich."

„Tja, wenn der Lieutenant mich braucht, dann soll sie *mich zu sich bestellen und nicht irgendein rotznäsiges, schießwütiges Greenhorn –"*

„Spar dir den Scheiß, Cutter", fuhr Ardo ihn an. „Der Lieutenant will, dass du herkommst, also *beweg dich!"*

„Bin schon unterwegs", erwiderte Cutter in kaltem Ton. *„Wenn auch sonst nichts, dich möchte ich sehen, Greenhorn. Ich hoffe, du hast mir dieses Frauenzimmer warm gehalten. Ich bin sicher, sie wird sich freuen, einen* Mann *zu sehen, nachdem sie sich mit dir herumschlagen musste."*

Ardo schaltete den Taktik-Kanal wütend ab, dann drehte er sich zu der Fahrstuhlbucht um. „Tut mir Leid, Merdith. Ich werde dafür sorgen, dass Cutter dich nicht belästigt –"

Die Lifttür war geschlossen. Die Leuchtanzeigen auf dem Bedienfeld in der Nische zeigten, dass der Aufzug nach unten fuhr. Ein bedrohliches Gefühl überkam Ardo.

Merdith war verschwunden.

Ardo ließ seinen Blick rasch durch den Raum schweifen. Der heruntergestürzte Teil lag jetzt in einem seltsamen Winkel schräg auf dem Boden. Die Konsolen auf der linken Seite der Kommando-Insel waren durch das Gewicht des Trümmerstücks fast bis zu den Bodenplatten hinunter zusammengedrückt worden, die rechte Seite allerdings ragte noch in die Höhe. Ardo bewegte sich schnell über die buckligen, säurezerfressenen Bodenplatten.

„Melnikov?“ Breanne klang, als wache sie gerade auf. „Verdammt! Was tun Sie da?“

„Sie war nur ein paar Fuß von mir entfernt auf dem Boden“, murmelte Ardo, während er sich vorbeugte, um zwischen den Konsolen auf der rechten Seite hindurchzuspähen.

Die Kiste war ebenfalls verschwunden.

Ardo brüllte, seine Stimme war wortloser Ausdruck animalischer Wut. Er blickte zum Aufzug. Zu spät, erkannte er. Auf diesem Weg würde er sie nicht einholen. Er drehte sich um und zog sich die kurze Leiter zu dem Laufsteg hinauf, der jetzt als Aneinanderreihung von Wellen aus verbogenem Metall um den Raum herumführte. Ardo fand Halt an einem der leeren Fensterrahmen, zog sich nach vorne in den heulenden Wind hinaus und schaute nach unten.

Die dunkle, geschwungene Form fiel unter ihm in das schwindende Zwielicht ab. Inseln schwachen Lichtes erstreckten sich aus den Fenstern des Kommandozentrums, und auch die Antikollisionsmarkierungen, die wie klagend auf den verschiedenen Equipmentauswüchsen blinkten, die aus dem Hauptkörper ragten, spendeten etwas Licht. Direkt unterhalb der Hüllenwölbung fiel ein heller Lichtfleck aus dem Haupteingang des Kommandozentrums auf die kleine Stelle festgestampften Erdbodens zwischen dem dunklen Flickwerkmuster der Stützpunktgebäude.

Und dort tauchte ein langer Schatten auf. Er wurde von einer einzelnen, zierlichen Frauengestalt geworfen, die rannte und sich dabei mit einer schweren Kiste abplagte.

Ardo blickte auf die Energieanzeigen am Rand seines Helmes. Er hatte die Energiereserven noch nicht angezapft. Das war mehr als genug, um sie einzuholen.

Mit einer einzigen Bewegung zog Ardo sich durch die Fensteröffnung nach draußen und begann, die Neigung des Kommandozentrums hinunterzurennen. Seine Stiefeltritte hallten von der Hülle wider, als er zwischen den verschiedenen Sensor-Armaturen hindurchrannte. Ohne den Kampfanzug wäre so ein selbstmörderischer Sprint unmöglich gewesen, aber trotz des Protestwimmerns der Servos ob dieser Misshandlung, schaffte er es, das immer steiler werdende Gefälle der Außenhülle zu überwinden. Merdith rannte nach Westen, auf das Fabrikationsgebäude zu. Ardo sah im Laufen nach ihr. Binnen weniger Augenblicke wurde die Neigung zu steil, um ihm noch Halt bieten zu können, aber er befand sich jetzt nur noch zwanzig Fuß vom Boden entfernt. Er hielt sich kurz an einem vorstehenden Korrekturtriebwerk fest, dann sprang er in die Luft.

Er landete hart, rollte sich am Boden ab, wie er es im Training gelernt hatte. Der Anzug absorbierte den größten Teil des Aufpralls, und die Servos heulten, als er auf die Füße rollte und mit Volldampf die Verfolgung wieder aufnahm.

Als er um die Ecke bog, sah Ardo eine Reihe von Fahrzeugen vor sich. Man hatte sie alle vor der automatisierten Fabrik geparkt, wo sie, wie verlangt, in Massen produziert worden waren. Aber niemand hatte sie mehr gebraucht. Der Abendwind peitschte blind machenden Staub zwischen den SCVs, Bodenhilfs-Trucks und einer Reihe von mit Kapseln versehener Vulture-Bikes hindurch.

Ardo blieb stehen. Er wusste, dass sie irgendwo dort drin war. Er brauchte nichts weiter tun, als sie zu finden.

Der Wind heulte um seinen Kopf, trotzdem drehte er die externen Audiosensoren auf. Den Taktik-Kanal schaltete er auf

Standby. Er wusste, dass Breanne schon bald nach ihm fragen würde, und er wollte dadurch nicht abgelenkt werden.

Ardo bewegte sich langsam voran, zwischen den Maschinen hindurch, setzte seine Schritte vorsichtig und leise. Beiläufig dachte er darüber nach, wie erstaunlich es doch war, dass ein Kampfanzug zwar ein kompliziertes Stück militärischer Hardware war, sich aber dennoch vollkommen lautlos zu bewegen vermochte, wenn es darauf ankam. Er hob seine Waffe und machte sie schussbereit. Er wusste, dass er absolut willens und imstande war, Merdith in den Kopf zu schießen, wenn es sich als nötig erweisen sollte – und sehr wahrscheinlich auch dann, wenn es *nicht* nötig sein würde.

Die sandbedeckten SCVs standen so reglos da wie Wachen. Die gepanzerten Titanen maßen etwas mehr als zehn Fuß. Ardo wand sich geschmeidig zwischen ihnen hindurch, das Gewehr feuerbereit.

Rechts von ihm knarrte etwas im Wind. Er kreiselte herum, das Gewehr in die Richtung des Geräusches bringend. Die optische Vergrößerung in seinem geschlossenen Visier fand die Ursache sofort: eine offene Wartungsluke an einem SCV-Bein klapperte im Wind. Er wandte sich wieder seinem ursprünglichen Zickzack-Kurs zu und ging weiter.

Irgendwo nicht weit vor ihm quälte sich ein Motor in dem Bemühen, anspringen zu wollen. Ardo lächelte dünn und ging geschickt um ein weiteres SCV herum, das ihm die Sicht verwehrte.

Es war ein Schlepper, ein Truck, der annähernd so groß war wie ein SCV. Das Chassis hing zwischen sechs gewaltigen Ballonreifen, drei auf jeder Seite. Die Steuerkabine ragte aus der Front hervor. Ardo konnte durch den windgepeitschten Sand gerade noch den Glanz der Kabinenfenster ausmachen.

In die Kabine zu gelangen, war etwas problematisch. Man musste eine Leiter hochklettern, um eine der Seitenluken zu erreichen. Natürlich hätte er das im Kampfanzug tun können, aber er nahm an, dass der Lieutenant Merdith lieber lebend zurückbekam. Und ein direkter Angriff war nicht der beste Weg, um dieses Ziel zu erreichen. Plötzlich hatte er eine bessere Idee.

Lächelnd ging er um das Fahrzeug herum zu dessen Heck, wobei er sorgsam darauf bedacht war, aus dem Erfassungsbereich der Außenspiegel auf beiden Seiten der Steuerkabine zu bleiben. Dann duckte er sich und kroch unter dem Fahrgestell des Trucks entlang. Auf halbem Wege hörte er erneut das dumpfe, gequälte Mahlen des Anlassers. Ardo beeilte sich. Der Motor stotterte zweimal, dann erstarb er.

Unter der Kabine angelangt richtete Ardo sich direkt unterhalb der Tür auf der Fahrerseite langsam in die Hocke auf. Er konnte Schatten sehen, die sich in der Kabine bewegten, hörte, wie verschiedene Schalter betätigt wurden … und Merdiths leises Gemurmel.

Ardo erhob sich vollständig und riss die Fahrertür auf. Mit der freien Hand packte er die erstaunte Merdith am Arm, um sie aus der Kabine zu zerren und zu Boden zu schleudern.

Mit einer einzigen Bewegung katapultierte Ardo die junge Frau aus dem Fahrersitz; sein Kampfanzug verlieh ihm unglaubliche Kraft. Merdith flog regelrecht aus der Kabine, ihre Hände suchten verzweifelt Halt an Ardo. Ihre Beine traten gegen die Truck-Kabine, wodurch sie Ardo überraschend und mit zusätzlichem Schwung nach hinten drückte. Ardo fiel und zog die sich panisch wehrende Frau mit sich.

Gemeinsam stürzten sie zu Boden. Ardo rollte sich schnell auf die Füße, die Waffe bereits in Händen, als er wieder stand.

Merdith lag mit schmerzverzerrtem Gesicht am Boden und stöhnte.

„Steh auf", sagte er. „Du kommst mit zurück."

Merdith schnappte nach Luft, während sie zu ihm hoch blickte.

„Du bist meine Gefangene", sagte er knapp und hob seine Waffe.

„Gefangene?", keuchte sie, und die Worte klangen spöttisch. „*Wessen* Gefangene denn?"

„Eine Gefangene der Konföderation", erklärte Ardo pflichtbewusst.

Merdith schnaubte verächtlich. „Damit sind wir schon zwei."

„Halt's Maul!", knurrte Ardo.

„Hör zu, ich habe von hier aus den Funkverkehr abgehört." Merdith deutete zum Führerhaus des Trucks hinauf. „Die Streitkräfte der Konföderation haben ihre Evakuierung abgeschlossen, Soldatenjunge. Verdammt, inzwischen haben sie wahrscheinlich schon das System verlassen."

„Dann suchen wir eben einen anderen Uplink!" Ardo fing an zu schwitzen. „Wir rufen einen Evakuierungs-Transporter. Sie werden zurückkommen und –"

Merdith unterbrach ihn bissig. „Wach auf, Ardo! Wir *sollen* tot sein! Glaubst, dieser Atomsprengkopf ist von selbst vom Himmel gefallen? Diese Bombe sollte uns alle *umbringen,* Jüngelchen! KHQ hat dich und deine Kameraden da rausgeschickt, um mich und meine Kiste zu finden – diese gottverdammte Giftkiste –, und in dem Moment, da sie wussten, dass ihr sie hattet, haben sie euren Evak *zurückgepfiffen* und eine Bombe abgeworfen – mit euch und mir und dieser Kiste als Ground Zero. Sie wussten über eure Lage genau Bescheid. Sie haben euch reingelegt. Der einzige Grund, weshalb ihr da rausgeschickt wurdet, war, mich und diese Scheißkiste zu finden und *damit zu sterben!"*

„Wir sind Soldaten, Lady." Ardos Gesicht lief rot an. „Soldaten sterben! Es ist unser *Job* zu sterben!"

„Nein." Merdiths Stimme wurde leiser, blieb aber eindringlich. „Es ist euer Job zu *kämpfen*. Ihr habt heute gekämpft, und wir leben noch. KHQ hat euch ohne zu zögern hängen lassen, und ihr habt *trotzdem* weitergekämpft und lebt *trotzdem* noch. Gib dich keiner falschen Hoffnung hin, Ardo. Was die Konföderation angeht, sind wir alle tot, und so ist es denen auch am liebsten. Herrgott, die haben das so *geplant!* Niemand soll von dieser Kiste erfahren. Wenn ihr damit im KHQ aufkreuzt, werden sie dafür sorgen, dass ihr alle zusammen noch ein ganzes Stück toter seid, als sie es ohnehin schon glauben."

„Halt's Maul! Warum, zum Teufel, kannst du nicht einfach *dein Maul halten?"*

Sie flehte ihn über das Heulen des Windes hinweg an. „Wirf dein Leben nicht für Geister fort, Soldatenjunge! Die Konföderation hat dich belogen, hat dich deiner Liebsten, deiner Familie und deiner ganzen Vergangenheit beraubt. Sie haben dich hierher geschickt, um die Drecksarbeit für sie zu erledigen, und nachdem du damit fertig warst, versuchten sie dich so nebenher zu ermorden. Unter all dieser Programmierung und Gehirnwäsche und ‚sozialen Rekonditionierung' steckt immer noch ein Mensch – Ardo Melnikov –, der es verdient, ein Leben zu haben und es zu leben." Merdith seufzte in den Sturm. „Tief in dir drin muss doch noch etwas übrig sein von diesem anständigen Jungen, der von liebevollen Eltern aufgezogen wurde."

Ardo blinzelte. Er schwitzte, und die Kühlsysteme des Kampfanzugs schienen einen Scheiß dagegen zu helfen. „Was … willst du damit sagen? Was soll das heißen?"

Merdith nickte; ihre Blicke waren ineinander verschränkt. „Ich sage, wir hauen ab. Man hält uns für tot – belassen wir es doch dabei. Wir verschwinden von diesem Planeten, fangen irgendwo ein neues Leben an und überlassen das Sterben anderen."

Ardo lächelte traurig. „Und wie, bitteschön, sollen wir von hier verschwinden? Zu Fuß? Die Konföderation ist weg. Sie haben den letzten Handelstransporter mitgenommen. Selbst wenn ich ja sagen würde, selbst wenn ich dir vertrauen würde – es gibt keinen Weg, der uns von diesem Felsbrocken herunterführt."

Merdith trat lächelnd vor. „O doch, ich glaube, es gibt einen Weg, der von diesem Felsbrocken herunterführt."

Ardo hob sein Gewehr etwas an. Merdith verstand das Zeichen und trat zurück.

„Die Söhne von Korhal", sagte sie ruhig.

„Die Söhne von Korhal?" Ardo schnaubte. „Eine Hand voll größenwahnsinniger Fanatiker?"

„Ja." Merdith nickte lächelnd. „Weil sich eine Flotte von Transportschiffen dieser ‚größenwahnsinnigen Fanatiker' in Rufweite eben dieses Felsbrockens befindet und in fünf Stunden hier sein wird. Sie werden hier landen, um nach Möglichkeit alle zu evakuieren – oder alle eben, die noch übrig sind –, und, mein lieber Soldatenjunge, ich gehe davon aus, dass sie auf unser Ticket ganz besonders scharf sein und es dankbar akzeptieren werden."

Ardo schüttelte den Kopf, sagte aber nichts.

„Ardo, wir geben ihnen diese Kiste und sind im ersten Schiff, das von hier abfliegt!" Merdith vertrat ihren Vorschlag mit Inbrunst. „Und alles, was wir dazu tun müssen, ist, mit dieser Kiste hier wegzukommen und die nächsten sechs Stunden zu überleben. Ich kenne eine Enklave, das ist der letzte Ort, den die Zerg angreifen würden. Die Zerg konzentrieren sich zunächst bestimmt auf die Städte."

„Was?" Ardo wurde plötzlich bewusst, was sie da sagte.

„Die Enklave sollte imstande sein, durchzuhalten, bis die Flotte eintrifft. Die Städte werden den Vormarsch der Zerg aufhalten, sodass uns genug Zeit bleibt, um –"

„Die Städte?" Ardo wurde plötzlich von seinen eigenen Gedanken aufgerüttelt. „Diese Alpträume schlachten Zivilisten ab, zu Tausenden, und alles, was du tun kannst, ist, sie an den Minuten abzuzählen, die sie dir für *deine* Flucht verschaffen?"

Merdith schluckte hart. „Wir müssen alle Opfer bringen, Ardo. Manchmal ist es schwer, aber …"

Patriarch Gabittas sprach im Unterricht zu ihm. „Was nützt es dem Menschen, wenn er die ganze Welt gewinnt und seine Seele verliert …"

Melani lächelte ihm unter einer goldenen Sonne zu.

„Und ihr Opfer – Tausende von Menschenleben – lohnt sich also, weil du und deine kostbare kleine Rebellion dadurch überlebt?" Ardo bebte vor Zorn. „Littlefield hat sein Leben für dich geopfert! Er trat für dich ein und gab sein Leben, damit du nicht sterben musstest. Reicht das nicht? Wie viele Menschen ist dein Leben wert, Merdith? Ein paar Hundert? Ein paar Tausend?"

Merdiths Augen blitzten. Ardo drehte sich wütend um und hob sein Gewehr über den Kopf. Mit einem zornigen Schrei stieß er den Kolben der Waffe durch das untere Fenster der Kabinentür. Das schien ihm nicht zu helfen. Mit einem weiteren Heulen warf er das Gewehr durch die zerstörte Scheibe ins Führerhaus. Er wandte sich wieder an Merdith und packte sie mit beiden Händen grob an den Schultern.

„Was ist mit meinem Leben, Merdith? Wie viele Menschen ist mein Leben wert? Wie viele sollen für mich sterben?"

Ardo verstärkte seinen Griff noch. Merdith zuckte vor Schmerz zusammen.

„Was ist mit meiner Seele, Merdith? Meine Seele gehört mir. Die bekommt niemand. Die Konföderation nicht und deine teure Rebellion nicht. Meine Erlösung könnt ihr nicht kaufen. Was ist mein Leben wert, Merdith? Wie viele … wie viele Menschen kann ich mit meinem Leben kaufen?"

Sein Vater las der Familie vor. „Und fürchtet euch nicht vor denen, die den Leib töten, doch die Seele nicht zerstören können; fürchtet euch aber sehr wohl vor dem, der Leib und Seele verderben kann in der Hölle."

Ardo stand starr da, wie versteinert.

Merdith, immer noch in seinem schmerzhaften Griff, sah auf. „Was ist?"

Melani stand in dem Feld voll goldenen Weizens. Sie reichte ihm die Kiste und rezitierte etwas aus der Heiligen Schrift.

„Bitte." Merdith verzog das Gesicht. „Du tust mir weh!"

„Es ist besser für euch, ein Mensch sterbe für das Volk, als dass das ganze Volk verderbe."

Ardo ließ Merdith unvermittelt los. „Wie viele Schiffe werden kommen?"

„Was? Hundert vielleicht – so viele, wie sie zusammenkratzen können, nehme ich an – aber die Städte werden sie nicht rechtzeitig erreichen."

„Nein, aber was wäre denn, wenn die Zerg es nicht bis zu den Städten schaffen?" Ardo wandte sich, während er sprach, wieder dem Truck zu, zog die Tür auf und kletterte in die Kabine. „Tausende könnten gerettet werden, nicht wahr?"

„Du kannst die Zerg nicht stoppen, Soldatenjunge!"

Ardo sprang wieder aus dem Führerhaus heraus. In den Händen hielt er die Metallkiste.

„Nein, das können wir nicht", sagte Ardo. „Aber vielleicht – und nur vielleicht – können wir sie aufhalten."

KAPİTEL 20

SIRENEN

„Verdammt, du hast ja völlig den Verstand verloren, weißt du das?“

Ardo sah sich in der Ops um. Die Gesichter, in die er schaute, schienen Cutters Behauptung zum größten Teil zu bestätigen.

Eine Funkenkaskade regnete von der Decke der Operationsbasis herab. Bastler war draußen in einem SCV. Der Techniker hatte es geschafft, den Großteil der zerstörten Antennen und Sensorgeräte beiseite zu räumen und den heruntergestürzten Teil der Hülle dorthin zurückzuheben, wo er hingehörte. Jetzt schweißte er zusätzliche Platten über die Säurerisse in dem Metall über ihnen, damit dort alles an Ort und Stelle blieb und um die Konstruktion zu verstärken.

Der noch verbliebene Rest des Kommandos war in die Ops zurückgerufen worden. Ardo stand den einzigen Überlebenden des Zuges gegenüber, der an diesem Morgen von hier aufgebrochen war – ein Morgen, der Ardos Gefühl nach Jahre zurückzuliegen schien. Gefreiter Mellish hockte müde auf dem Laufsteg, seine Beine baumelten vor einer Konsolenabdeckung herunter. Er war der einzige Überlebende von Jensens ursprünglichem Trupp, und jetzt wollte er es offenbar unter allen

Umständen vermeiden, Ardo anzublicken. Die Gefreiten Bernelli und Xiang lehnten mit dem Rücken an den Bodenkonsolen, die Mellish gegenüberstanden. Xiangs Blick wirkte unkonzentriert und abwesend, während der von Bernelli sich mit der Intensität eines Lasers durch Ardo hindurchzubohren schien. Lieutenant Breanne stand mit dem Rücken zum Raum an dem Laufsteg hinter Xiang und Bernelli, die Arme vor der Brust verschränkt. Man hätte glauben können, sie schaue zu den immer noch zerbrochenen Fenstern in die Dunkelheit draußen, aber Ardo wusste, dass sie da dort nichts sah und dass ihre Gedanken sehr wohl hier im Raum waren.

Genau wie Cutter, der riesenhafte Insulaner im Plasma-Firebat-Anzug, der mit seinen Ansichten nicht hinterm Berg hielt. Er stampfte auf den neu aufgeschweißten Bodenplatten vor der Liftbucht auf und ab. „Du bist vollkommen durchgeknallt!“

„Vielleicht bin ich das“, sagte Ardo und fingerte an dem Metallkasten herum, der auf dem durchgebogenen Boden der Kommando-Insel neben ihm stand. Merdith lehnte an einem der zermalmten Paneele der Insel, die Hände in den Taschen ihres Overalls vergraben, den Blick nachdenklich zu Boden gerichtet. „Vielleicht bin ich das, aber ich glaube nicht, dass es für uns einen großen Unterschied macht. Für andere allerdings *könnte* es einen großen Unterschied bedeuten.“

„Keinen großen Unterschied für uns?“, keuchte Cutter. „Du willst dieses Zerg-Leuchtfeuer einschalten und jeden Mutalisken, Hydralisken und Was-weiß-ich-für-lisken im Umkreis von tausend Kilometern direkt hierher locken – und du glaubst, das sei uns *egal?“*

„Das habe ich nicht gesagt.“ Ardo schüttelte den Kopf.

„Bei den Göttern, das will ich auch nicht hoffen!“

„Ich habe gesagt, dass es für uns keinen großen Unterschied macht." Ardo legte seinen Kampfhelm auf dem Kasten ab und zog seine Kampfhandschuhe aus. „Versteh doch, die Konföderation hält uns für tot – verdammt, sie *wollten* sogar, dass wir sterben! Die kommen nicht zurück, um uns zu holen, nicht einmal, wenn sie wüssten, dass wir hier sind. Die haben diese ganze Welt abgeschrieben – und jeden hier lebenden Kolonisten. Denk doch mal nach, Cutter! Dieses kleine Gerät der Konföderation hier *rief* die Zerg auf diese Welt. Wir haben den Beweis in dieser Kiste. Glaubst du, die wollen, dass jemand erfährt, dass sie für die Hinrichtung dieses ganzen Planeten verantwortlich sind?"

Bernelli mischte sich ein. „Aber … aber was ist mit diesen Söhnen von Kohole oder Korhal oder was auch immer? Deren Evak-Schiffe kommen doch. Können wir uns nicht mit denen zusammentun?"

Ardo nickte. „Wir könnten mit den Söhnen von Korhal verhandeln. Wir könnten ihnen diese Kiste anbieten und kämen so wahrscheinlich mit ihnen von diesem Planeten herunter. Dazu müssten wir durch die Zergfront brechen, sie finden und den Deal abschließen. Aber diese Söhne von Korhal verfolgen ihre eigenen Pläne. Die Rettungsschiffe, mit denen sie kommen, reichen bestimmt nicht, um den ganzen Planeten zu evakuieren. Das ist nur eine PR-Aktion – damit sie Bilder zeigen können, auf denen sie ein paar von denen retten, die zurückgelassen wurden. Was sie allerdings nicht publik machen wollen, ist die Tatsache, dass sie für die Invasion der Zerg hier mitverantwortlich sind."

Xiang drehte sich abrupt nach Ardo um. „Dieser Korhal-Haufen? Ich dachte, dieses Gerät gehört der Konföderation."

Ardo wandte sich an Merdith. „Erzähl's ihnen."

Merdith wand sich vor Unbehagen. „Es ist wahr, dass ihr einen Deal mit den Söhnen von Korhal machen könntet –“

„Nein“, sagte Ardo, und sein Ton ließ Merdith zusammenzucken. „Erzähl ihnen, wer das Gerät aktiviert hat!“

Merdith blickte weiter zu Boden. „Um die Sache der Rebellen fortzusetzen, müssen gewisse Opfer gebracht werden. Die … Gräueltaten der Konföderation lassen der Rebellion keine andere Wahl, als … nun … als das Gerät gegen weitere Aggressionen der Konföderation einzusetzen. Indem sie deren eigene Waffe gegen die Konföderation verwenden –“

„Bei den Göttern, Melnikov!“ Xiang war entsetzt. „Das ist Massenmord! Planetarer Genozid!“

Merdith sah auf, ihre Augen funkelten. „Die Söhne von Korhal haben einen rechtmäßigen Anspruch auf –“

Mellish spuckte angewidert zu Boden. „Ach, halten Sie die Schnauze, Lady! Die Söhne von Korhal geben einen Scheiß auf die Zivilbevölkerung, genau wie die Konföderation. So wie ich das sehe, sind sie nur die andere Seite derselben Münze – und genauso dreckig.“

Ardo schüttelte traurig den Kopf. „Und wenn das alles vorbei ist, will dieser Korhal-Haufen genauso wenig wie die Konföderation, dass wir noch atmen. Die Konföderation mag diese Büchse der Pandora vielleicht entwickelt und gebaut haben, aber es waren die Söhne von Korhal, die sie öffneten. Wir wissen, was hier passiert ist und wie viele gestorben sind … wegen *beider* Parteien.“ Er seufzte. „Nein, Jungs, wir sind alle so gut wie tot. Die einzige Entscheidung, die uns noch bleibt, ist die, *wie* wir sterben und *wofür* wir es tun.“

„Na, war das nicht eine schöne Rede“, schnaubte Cutter; seine Nasenflügel bebten. „Du bist also der große Held und Märtyrer, was? Ich hab gesehen, was du für ein Held bist, Junge! In

Oasis warst du nur zu bereit, Wabowski zu opfern! Und jetzt machst du hier auf großer Mann und willst den Rest von uns opfern!"

„Da draußen sind Familien, Cutter." Bernelli klang müde. „Frauen und Kinder …"

„Ja, und ein paar davon sind meine!" Cutters tiefe, schwarze Augen waren weit und wässrig. „Aber dafür hab ich nicht angeheuert!"

„Mir kam es vor, als seiest du bei der Landung auf diesem Felsbrocken ganz scharf auf einen Kampf gewesen", ergänzte Mellish mit lauter werdender Stimme. Der Gefreite konnte Cutter partout nicht ausstehen. „Und jetzt suchst du nach einem Schlupfloch, um dich zu verpissen?"

„Cutter hat sich im ganzen Leben noch kein Schlupfloch gesucht, Schwester! Eine Schlägerei? Jederzeit! Bringt sie ran, und ich fress ihre Herzen zum Frühstück. Aber *der da* …" Cutter deutete wütend auf Ardo. „… dieser *Latrinenputzer* erzählt mir, dass ich still sitzen bleiben und für einen Haufen Zivilisten *sterben* soll, die ich nicht mal kenne, die nie erfahren werden, was ich für sie getan habe, und denen es wahrscheinlich sogar scheißegal wäre, wenn sie es wüssten! *Das* ist Irrsinn!"

„Darum bist du also hier, Cutter?" Ardos Enttäuschung sickerte in seinen Tonfall. „Du willst, dass dir jemand Anerkennung zollt? Dir zu Ehren eine Parade veranstaltet oder ein paar Tränen vergießt? Ist es das, worauf es hier ankommt – dass man sich deiner als Held erinnert? Unschuldige Menschen werden da draußen sterben, Cutter, und wir sind die Einzigen, die ihnen helfen können, ob sie es nun wissen oder nicht!"

„Ich bin hier, um meine Brüder zu finden. Sie sind da draußen, und ich muss sie finden!"

Ardo war im Begriff, etwas zu sagen, hielt aber inne. Cutters

Brüder. Bis jetzt hatte er nicht groß darüber nachgedacht, aber wenn seine eigene Erinnerungen durch die Resoz-Tanks so eklatant manipuliert und verändert worden waren, was hatten sie dann mit dem großen Insulaner angestellt? Waren seine Brüder überhaupt auf diesem Felsbrocken? Oder mehr noch – *hatte* Cutter überhaupt Brüder? Nur, wie sollte Ardo das dem aufbrausenden Marine je klar machen?

Bernelli seufzte. „Also, wenn wir schon sterben müssen, dann wär's mir schon lieb, wenn es für ein bisschen mehr wäre als nur meine Pension."

„Nun, wenn *ich* sterben muss", schäumte Cutter, „dann ganz bestimmt nicht wegen diesem Arschloch … und nicht *allein!"*

Cutter bewegte sich so schnell, dass Ardo keine Zeit blieb, um zu reagieren. Mit zwei schnellen Schritten war der gewaltige Mann heran und legte seine rechte Hand um Ardos Kehle.

Ardo versuchte zu sprechen, aber er konnte nicht. Der Firebat-Anzug verstärkte Cutters kräftigen Griff noch. Ardo wehrte sich vergeblich. Binnen weniger Augenblicke begannen Sterne vor seinen Augen zu zerplatzen, und die Welt fing an zu verschwimmen. Alle riefen durcheinander. Schatten bewegten sich am Rand seines Sichtfelds, aber alles, was er erkennen konnte, war das wütende Gesicht des Insulaners, in dessen Augen die pure Mordlust tobte.

Eine Stimme. „Lassen Sie ihn los! Lassen Sie ihn sofort los, Cutter!"

Plötzlich gab Cutter ihn frei. Ardo fiel wie eine Stoffpuppe zu Boden, rang nach Luft. Er sah nach oben.

Lieutenant Breanne drückte die Mündung ihres Gaußgewehrs gegen Cutters Schläfe. „Sie wollen Ihre Brüder retten, Cutter? Haben Sie schon mal daran gedacht, dass sie zu jenen Zivilisten gehören könnten, die auf einen Weg hier heraus warten? Haben Sie schon mal daran gedacht, dass Ihre einzige Chance, auch nur einen Ihrer Brüder zu retten, darin besteht, dafür zu sorgen, dass diese Zerg die Stadt nicht vor den Transportern erreichen?“

Cutter blinzelte wütend. Seine Stimme war dumpf und ruhig, als er antwortete: „Nein, Ma’am. Daran … daran hab ich nicht gedacht.“

„Dann versuchen Sie es auch nicht mehr!“, schrie Breanne. Ihre Stimme war schrill und entnervend. *„Ich* werde für Sie denken. Sie werden nicht fürs Denken *bezahlt!“*

Breanne nahm die Waffe von Cutters Kopf und gab ihm mit einem Wink der Mündung zu verstehen, dass er nach hinten treten sollte. „Ich habe mein Leben damit zugebracht, die Kriege anderer zu führen und für die Ideale und Angelegenheiten anderer zu kämpfen! Melnikov hat Recht! Jedes unserer Leben könnte Hunderte, vielleicht Tausende andere retten. Diese Menschen werden es nie erfahren, sich nie dafür bedanken, aber wenn ich sterben muss, lasst mich für etwas sterben, das es wert ist!“

Breanne wandte sich der Kiste zu und öffnete mit schnellen, sicheren Bewegungen die Verschlüsse. Die Kiste war offen.

Der Lieutenant drehte sich nach den erstaunten Gesichtern der anderen im Raum um. „Meiner groben Schätzung nach haben wir etwa anderthalb Stunden, bis die ersten Zerg eintreffen. Ich schlage vor, dass wir diese Zeit nutzen.“

Ardo war zum vierten Mal zu den Bunkern unterwegs. Er war müde, aber er wusste, dass er nicht mehr lange müde sein musste. Auf ihn wartete ein dauerhafter, ewiger Frieden. Er stellte fest, dass er sich regelrecht darauf freute. Was er in seiner Jugend gelernt hatte, stieg in einem fort an die Oberfläche seiner Erinnerung: Erzählungen von Glauben, Hoffnung und Frieden in einem Leben nach dem Tode. *Seltsam,* dachte er, *über solche Dinge nachzugrübeln – hier, im Zentrum der Hölle.*

Bastler hatte mithilfe der SCVs etliche neue Bunker rings um das Kommandozentrum errichtet. Das würde der Verteidigungskern innerhalb des äußeren Perimeters sein. Ihre Verteidigung würde am äußeren Ring beginnen, wo sie weitflächig auf alles schießen würden, was sich dem Stützpunkt näherte. Wenn die Zerg die äußeren Stellungen zu überrennen drohten, sah der Plan den Rückzug in den inneren Ring aus miteinander verbundenen Bunkern zur finalen Verteidigung vor. Danach würden sie aushalten, so lange sie konnten … und hoffen, dass es lange genug sein würde.

Unterdessen brachte Mellish in einem APC sämtliche Minen, die sie im Lager finden konnten, hinaus. Ardo hatte gegrinst, als Mellish mit der Idee zu ihm gekommen war. Jetzt war der Gefreite draußen und verteilte frohgemut rund um das Lager Minen in einem bestimmten Muster, gerade so wie ein Farmer, der seine Saat ausbringt. Ardo hoffte, dass Mellish eine Rekordernte beschieden sein würde.

Ardo beschäftigte sich in der Fabrik mit der Herstellung neuer Munition für die Gewehre. Breanne hatte sogar Ardos Bemerkung, dass die Zerg nie für ihre Verwundeten Halt machten, in ihre Überlegungen mit einbezogen. Es war eine ziemlich einfache Kalibrierung. Anstatt auf die standardmäßigen Infanterie-Projektile programmierte er den Replikator auf die Produktion von Hohlspitz-Dumdum-Geschossen um. Im Gegensatz zu ihrer Standardmunition würden sich diese Projektile abflachen und ausdehnen, wenn sie ihr Ziel trafen. Diese Geschosse waren nicht dazu geschaffen, zu verwunden, sondern zu töten und so viel Schaden wie möglich anzurichten. Ardo freute sich schon darauf, zu sehen, ob sie funktionierten.

Bastler arbeitete noch am Südperimeter, als Ardo kam. Seit das Transportschiff seines Bruders abgestürzt war, hatte Bastler mit niemandem mehr als zehn Worte gesprochen. Ardo machte sich mehr als nur ein wenig Sorgen um den Mann, aber im Moment war keine Zeit, sich um seine Probleme zu kümmern – und vielleicht würde nie mehr Zeit dafür sein. Ardo ging auf den niedrigen Kuppelbau zu und trat durch die offene Zugangsluke.

Bunker gehörten zu den Standardprodukten der SCV-Herstellung, und man konnte wirklich sagen, dass man, wenn man einen dieser Bunker gesehen hatte, alle gesehen hatte. Die dickwandigen Metallbauten boten vier Leuten Quartier und hatten auf allen vier Seiten Schießscharten. Es waren nicht die bequemsten Unterkünfte, aber sie hatten den Vorteil, die sichersten Orte zu sein, die man auf einem Konföderationsstützpunkt finden konnte. Einmal zusammengebaut war es extrem schwierig, sie wieder auseinander zu nehmen – Ardo war sicher, dass sie herausfinden würden, *wie* schwierig.

Er trat in das Mittelabteil, lud seine Munitionskisten ab und war überrascht, Merdith an einer der Schießscharten zu sehen.

„Oh, entschuldige“, sagte Merdith. „Ich geh dir sofort aus dem Weg.“

„Nein, ist schon in Ordnung.“ Ardo setzte die Kisten ab und begann, sie unter den Schießscharten zu verstauen. „Sie sind mir nicht im Weg. Wenn Sie wegen der Aussicht hier sind, schauen Sie allerdings in die falsche Richtung.“

„Tja, ich war noch nie ein guter Tourist.“ Merdith lachte müde. Dann wandte sie sich wieder der Schießscharte zu. „Was glaubst du, aus welcher Richtung sie zuerst kommen werden?“

„Ich weiß es nicht", sagte Ardo, trat neben sie und spähte hinaus über die rote Ebene. „Die letzten Einheiten, die wir sahen, zogen in Richtung Westen. Ich nehme an, dass sie hier als Erste eintreffen werden. Dort würde ich zuerst nach unwillkommenen Besuchern Ausschau halten."

Merdith nickte. Für eine Weile schwiegen sie beide.

„Soldatenjunge?"

„Ja, Ma'am?"

„Falls ich keine Gelegenheit mehr finden sollte, es dir zu sagen … Ich glaube, was du hier getan hast, ist …" Ihre Stimme verebbte.

Ardo sah sie ab. „Ist was?"

„Ich … ich weiß nicht. Ich wollte ‚gut' sagen oder ‚richtig', aber diese Begriffe scheinen mir nicht … groß genug dafür." Sie stützte ihre verschränkten Arme auf den Rand der Schießscharte und ließ ihren Kopf darauf ruhen, als sie weitersprach. „Vielleicht trifft es … episch."

Ardo lachte. „Episch?"

Merdith lachte ebenfalls. „Okay. Vielleicht auch nicht episch. Aber was auch immer das treffende Wort sein mag, ich möchte dir danken."

„Danken Sie nicht mir, Ma'am. Ich habe gerade dafür gesorgt, dass wir alle sterben werden."

„Aber wie viel mehr werden überleben wegen dem, was wir hier tun? Darüber habe ich bislang wirklich nie nachgedacht." Merdith sah ihn an. „Diese Menschen werden sich vielleicht nicht bedanken. Sie werden vielleicht nie erfahren, was hier geschehen ist oder wer wir waren, aber ich möchte mich in ihrem Namen bedanken."

Ardo nickte, dann überlegte er kurz. „Wissen Sie … ich bin mir nicht einmal mehr sicher, wer ich bin. Ich wurde so oft programmiert und umprogrammiert, dass ich vergessen habe, wer ich war und warum und was ich eigentlich wollte. Und doch gab es mich irgendwo immer – diesen Teil meiner Seele, den sie mir nie wegnehmen oder programmieren konnten. Davor habe ich mich immer gefürchtet, aber jetzt ist dieser Teil alles, woran ich mich noch festhalten kann. Sie haben mir geholfen, meine Seele zu finden, Ma'am, und dafür möchte *ich Ihnen* danken."

Ardo bückte sich, nahm ein neues Gaußgewehr auf und warf es Merdith zu. Er sagte: „Sie wissen doch, wie man damit umgeht, oder?"

Merdith fing das Gewehr auf und lud es fachmännisch mit einer einzigen Bewegung durch. „Und das vertrauen Sie mir an?"

„Hey, wenn Sie einen von *uns* umbringen, heißt das nur, dass es einen weniger gibt, der *Ihnen* den Rücken deckt!" Ardo lächelte.

Merdith erwiderte das Lächeln. „Dann muss ich wohl vorsichtig sein, würde ich sagen, nicht wahr?"

„Ich wünschte, Sie hätten Melani gekannt. Ich bezweifle, dass Sie beide viel gemeinsam gehabt hätten, aber sie –"

„Hier Mellish. Ich sehe etwas in westlicher Richtung. Wir kriegen Besuch."

Ardo verzog das Gesicht. „Sie sind früh dran."

KAPİTEL 21

BELAGERUNG

„Standby, Leute!“, kam Breannes Stimme über den Taktik-Kanal. *„Zuerst äußerer Perimeter, dann auf mein Kommando Rückzug zum inneren Perimeter. Blitzstatus!“*

Ardo drückte seine Tak-Komm-Sendetaste zweimal. „Melnikov, Außen Fünf, Südwest.“

„Mellish, Außen Vier, Nordwest! Sie kommen schnell näher und –“

„Kein Gequatsche, Mellish! Blitzstatus!“

„Xiang. Ich bin hier. Außen Drei, Nordost.“

„Bernelli auf Außen Zwei. Ich bin ... äh ... ich bin im Südosten.“

„Cutter, Außen Eins, Süd, Lieutenant.“

„Status vollzählig! Feuer halten, bis sie die Minengürtel durchbrechen. Durchbruch melden, dann Feuer eröffnen, verstanden?“

Ardo lächelte. Selbst in einer so hoffnungslosen Situation zog Breanne die Sache nach Vorschrift durch. Wenn es eine Möglichkeit gäbe, nach Vorschrift zu *sterben,* hätte sie auch das getan, davon war er überzeugt.

„Was ist?“, fragte Merdith, als sie den Ausdruck auf Ardos Gesicht sah.

Er lehnte sich vor, kniff die Augen zusammen und spähte durch die Schießscharte des Bunkers.

„Bei den Göttern! Was *ist* das?“, keuchte Merdith ungläubig.

Der Horizont im Südwesten verschwamm, seine klare Linie verwischte. Es hätte ein Sandsturm sein können, der auf sie zukam, aber Ardo wusste, dass es etwas weitaus Tödlicheres war.

Er öffnete den Tak-Komm-Kanal. „Lieutenant, hier Melnikov. Ich habe hier eine Zergfront, die sich von Westen her nähert … etwa drei Kilometer entfernt. Ich kann das Ende der Linie nicht ausmachen.“

„Hier Mellish. Ich glaube, ich habe das Ende der Vorhutlinie hier auf einem Radial von zwei-neunzig. Verdammt, ich hätte nicht geglaubt, dass es im ganzen Universum so viele Zerg gibt …“

„Hier Cutter. Ich kann auch von hier aus das Ende der Linie nicht sehen.“

„Ardo! Was ist los?“

Der Marine sah Merdith an. „Was? O *verdammt!* Du hast kein Tak-Komm-Set. Sie kommen jetzt – eine Front von Zerg, die sich über den ganzen Horizont erstreckt, und Gott allein weiß, wie tief diese Front ist. Diese kleine Kiste funktioniert offenbar viel besser, als ich dachte.“

„Aha.“ Merdith schluckte hart, ihr Mund war plötzlich wie ausgedörrt. Ihre Finger umklammerten ihr Gewehr so fest, dass sie weiß waren. „Und was passiert jetzt?“

„Wir warten auf sie.“

„Warten?“ Merdith blinzelte. „Warten worauf?“

„Warten, bis sie die Minengürtel erreichen.“ Ardo schüttelte die Schultern und ließ den Kopf kreisen. Er war verspannt, und es war schlecht, so in eine Schlacht zu ziehen. „Mellish und Bernelli haben zwei Minengürtel um den Stützpunkt gelegt.

Einer auf tausend Metern Entfernung, der zweite auf fünfhundert. Es handelt sich um eine Kombination aus HOPPER AND SHAPE-CHARGE-Minen mit heuristischen Sensorlinks …"

„Hey, hey, nicht so schnell! Mit heuristischen was?"

„Sensorlinks. Die Minen kommunizieren miteinander über ein spezielles Niedrig-Energienetzwerk und lernen auf diesem Wege voneinander, worauf bei einem Feind, der sie passiert, zu achten ist. Je mehr Feinde sie in die Luft sprengen, desto schlauer werden sie beim Töten dessen, was sie überquert. Damit können sie ihre eigenen Sprengmuster modifizieren, um effektiver zu verstümmeln. Wir mussten ihre Programmierung etwas verändern, weil …"

„… weil ihr nicht wollt, dass sie nur verstümmeln", beendete Merdith den Satz für ihn. Sie drehte sich um und sah zur Schießscharte des Bunkers hinaus. Die verschwommene Linie rückte rasch näher. „Ihr wollt, dass eure Minen so viele wie möglich und so schnell wie möglich töten."

„Richtig", bestätigte Ardo und drückte sich noch dichter an die Luke. „Unglaublich! Hören Sie sich das bloß an."

Das dumpfe Grollen war zu spüren, noch ehe es zu vernehmen war – ein Pochen des Bodens, das alles darauf Befindliche durchrüttelte. Binnen weniger Augenblicke nahm es so weit zu, dass es hörbar wurde – Tausende von Zerg eilten ungeachtet aller Gefahren und außer sich vor Wut auf den Stützpunkt zu. Das Trommelfell zerreißende Kreischen ihrer Stimmen durchsetzte das Brüllen und ließ Ardo bis ins Mark erschauern.

„Bei den Göttern! Was haben wir getan?", schrie Bernelli über den Komm-Kanal.

„Feuer halten!", knisterte Breannes Stimme darauf durch den Funk. „Ich muss wissen, wo sie zuerst auf den Perimeter treffen!"

Ein einzelnes, dumpfes Krachen erschütterte den Bunker. Von den oberen Munitionsregalen löste sich Staub und rieselte zu Boden. Ardo sah, wie sich Merdiths Augen weiteten. Dann rollte eine rasche Folge von Schlägen durch die offenen Schießscharten.

„Bernelli hier! Perimeterkontakt auf Radial zwei-zwanzig!“

Die Minenexplosionen erklangen jetzt in schneller Abfolge, fast ohne Unterbrechung. Und Ardo hatte den Eindruck, dass sie lauter wurden, näher kamen.

„Sie wechseln die Richtung!“, rief Bernelli. *„Sie kommen von links, Melnikov!“*

Schnell nahm Ardo seinen Feldstecher zur Hand. Er drängte Merdith zurück und schob das Glas durch die am weitesten rechts gelegene Schießscharte.

Jetzt konnte er sie ganz deutlich sehen: Eine solide Wand aus Zerg tobte und kreischte in einer Entfernung von fast tausend Metern. Sämtliche entsetzlichen Alptraumkreaturen, die ihre Art aufzubieten hatte, schienen hier anwesend zu sein, stürmten in seine Richtung, und dann, als folgten sie einer unhörbaren Tanzmusik, bewegten sie sich alle nach rechts.

Die wummernden Explosionen folgten ihnen. Eine Wand aus Erdreich, Feuer und zerfetztem Fleisch wogte wie ein steter Vorhang des Todes in der Luft. Und die Zerg hetzten weiter, suchten nach Schwachpunkten im Perimeter, nach der Öffnung, die die Menschen im Feld stets frei ließen, durch die sie passieren und angreifen konnten. Ardo lächelte. Er blickte in den Kopf des Feindes und wusste etwas, was dieser nicht wusste: dass es in diesem Fall keine Öffnung gab, durch die sie hätten schlüpfen können – weil ihnen klar war, dass sie von hier nicht mehr entkommen würden.

„Hier Melnikov!“, rief Ardo über das Brüllen der Feuerwalze

in den offenen Funk-Kanal. „Sie werfen ihre Führungselemente gegen den Perimeter. Bewegen sich ostwärts um den äußeren Minengürtel herum. Cutter? Hast du sie?“

„Ja, ich seh sie. Ach du liebe Schwester Sünde! Schau sich das einer an! Sie versuchen den Stützpunkt zu umzingeln! Ich hab im ganzen Leben noch nicht so viele hässliche Bastarde auf einem Haufen gesehen! Kommt nur her, ihr Süßen! Ich buddel euch hier ein Massengrab! Ich brat euch zum Abendessen, ihr hässlichen ... Achtung! Sie kommen rein!“

Der Vorhang der Vernichtung explodierte unverändert vor Ardo, verwehrte ihm den Blick auf die Zerg dahinter. Wie wild suchte er durch den Feldstecher nach einem Anzeichen für einen Durchbruch.

„Die Türme haben ein Ziel erfasst! Feuer!“

Er hörte es, bevor er es sah. Die Raketen jagten aus den Verteidigungs-Türmen. Merdiths Schrei wurde vom Heulen der Hochgeschwindigkeits-Triebwerke übertönt, die auf die Zerg zuschossen. Ardos Blick folgte ihrer Spur zu ihren Zielen.

Mutalisken flogen in Scharen über den Minengürtel, ihre Zahl ließ den strahlenden Himmel über ihnen fast verschwinden. Die Raketen jagten in sie hinein, ihre grellen Blüten brannten sich mit tödlicher Präzision in die Kreaturen. Die Bestien begannen wie ein grotesker Regen über dem Perimeterbereich niederzugehen. Ein paar von ihnen lösten selbst Minen aus, als sie zu Boden schlugen, doch Ardo registrierte mit grimmiger Zufriedenheit, dass die Minen diese neuen Ziele bereits als tot erkannten, wenn sie aufprallten, und sich für bessere und gefährlichere Zielobjekte aufsparten.

Plötzlich senkte sich eine fast ohrenbetäubende Stille herab. Der Rauch und der Staub rings um den Perimeter legten sich, der Vorhang aus beidem fiel langsam zu Boden.

Merdith und Ardo sahen einander an. Diese Ruhe nach dem anfänglichen Inferno war entnervend.

„Das hat sie gestoppt." Merdith lächelte, schien beinahe ausgelassen ob des Gedankens. „Ardo! Das ist unglaublich! Ihr habt sie gestoppt!"

Ardo hob den Feldstecher noch einmal an die Augen und versuchte, hinter den sich senkenden Staub, den Rauch und den Schutt zu spähen. Er konnte sehen, wie sie sich bewegten, die Stellung wechselten.

„O verdammt." Ardos Stimme schauderte, als er sprach. „Sie sind dahinter gekommen."

Merdith schaute verzweifelt zur Schießscharte hinaus und versuchte zu sehen, was Ardo sah. „Dahinter gekommen?"

Ardo drückte seine Funksendetaste. „Melnikov hier! Sie verteilen sich! Macht euch bereit!" Dann wandte er sich an Merdith. „Machen Sie Ihre Waffe klar! Es ist so weit! Die Zerg verteilen sich, sodass die Minen immer nur einen von ihnen erwischen. Dann werden sie rings herum durch den Minengürtel brechen."

Merdiths Kinnlade klappte herunter. „Du meinst ... Das ist doch Selbstmord!"

„Nein", sagte Ardo, lud rasch sein eigenes Gaußgewehr durch und schob die Mündung durch die Schießscharte. „Das ist schlicht typisch für die Zerg. Das individuelle Leben bedeutet ihnen nichts. Deshalb halten sie sich auch nicht mit den Verwundeten auf. Sie sind eiskalt und gerissen, und sie werden alles tun, was nötig ist, um uns und diese Kiste zu bekommen. Sie werden uns ohne zu zögern Tausende von ihren Kriegern entgegenwerfen. Sie wissen, dass ihnen die Zerg nicht ausgehen werden, bevor uns die Minen ausgehen."

„Sie setzen die Zerglinge ein!" Das war Cutters Stimme.

„Ich schätze, die wollen die schweren Jungs aufsparen, bis sie das Minenfeld geräumt haben."

„Schalten Sie die Minen auf Diskrimination. Wir lassen die Kleineren einstweilen durch beide Perimeter durch und konzentrieren die Minen auf die größeren Ziele."

„Verstanden, Lieutenant. Komm, komm, komm, Kätzchen, hierher …"

Selbst mit bloßem Auge konnte Ardo die Veränderung innerhalb der Zergfront in tausend Metern Entfernung erkennen. Die larvenartigen Zerglinge waren die kleinsten Wesen, die man unter den Zerg kannte, in etwa das, was man als Kinder dieser Ungeheuer bezeichnen konnte. Ein weiterer klarer Unterschied zwischen unseren Rassen, dachte Ardo, aber dann fragte er sich, ob es wirklich so ein großer Unterschied war. Die Menschen schienen gleichermaßen bereit, ihre Jugend im Krieg zu opfern, und Ardo wusste, dass er selbst mehr als genug Beweis dafür war.

„Da kommen sie!", kündigte Bernelli an. Seine Stimme wurde lauter. *„Lasst sie büßen!"*

Die vielbeinigen Zerglinge jagten über den geschwärzten, zernarbten Boden des äußeren Perimeters. Ardo ließ seinen Helm zuschnappen. Das Zieldisplay wurde augenblicklich eingeblendet. Er nahm mit seinem Gaußgewehr die nächsten Kreaturen ins Visier.

Die Zielerfassung war geradezu unheimlich in ihrer Effektivität. Der Laser-Markierer legte die Trefferstellen von Ardos Schüssen genau fest. Das Gewehr ruckte bei jedem Schuss, als er die Mündung rasch von einem Zergling zum nächsten schwenkte. Die neue Munition erfüllte ihren Zweck ausgezeichnet. Die Sprengspitzen-Geschosse knackten die Schale der näherkommenden Zerglinge und rissen die Eintrittswunden auf entsetzliche Weise auf, sodass das Innere dieser Kreaturen regelrecht zur Schau gestellt wurde.

„Ja-haa! Das ist wie auf dem Schießstand hier draußen!"

„Ich will einen Punkterekord sehen, Marines!"

Wie wird dieses Spiel enden?, dachte Ardo. Er wechselte weiterhin die Ziele, aber er schoss immer schneller und schneller, versuchte Schritt zu halten mit dem Ansturm. Es war wie der Versuch, eine Flutwelle aufhalten zu wollen. Die Zerglinge brandeten unverändert auf sie zu, Woge um Woge … und sie näherten sich dem inneren Minengürtel.

Ardo warf Merdith einen Blick zu. Ihre Waffe verfügte über einen eingebauten Ziel-Markierer. Ihr Griff um die Waffe lockerte sich um keinen Deut, während sie schneller und schneller schoss.

Plötzlich dröhnte das ohrenbetäubende, schrille Kreischen von tausend Zerg über den Sand.

Ardos Augen wurden groß vor Entsetzen. „Sie greifen an!"

Die zweite Hydralisken-Front donnerte auf das äußere Minenfeld zu. Augenblicklich explodierte der gesamte Perimeter in einer ohrenbetäubenden Kakofonie aus Zorn und Tod. Die Verteidigungs-Türme feuerten von neuem, und zugleich drängten die Mutalisken voran.

Abermals regneten die toten Mutalisken nieder, doch jetzt erfolgten die Aufschläge ihrer Kadaver immer näher bei den Außenmauern des Stützpunkts. Ardo ließ sich davon nicht ablenken. Der kriechende Teppich aus Zerglingen überquerte das innere Minenfeld, war nun nur noch fünfhundert Meter entfernt, und die Distanz zur Außenmauer schmolz zusehends.

Ardos Gewehr war leer geschossen. Er warf den Clip aus, griff sich einen neuen von dem Regal über ihm und rammte ihn in den Ladeschacht. Als er seine Waffe wieder hob, waren die Zerglinge bis auf vierhundert Meter heran.

„Lieutenant! Die Zerglinge überqueren gleich den inneren Minengürtel!“, rief Ardo über eine Salve von Schüssen hinweg. „Wir können sie nicht aufhalten!“

„Ihr müsst sie aufhalten! Wir brauchen die Minen für die größeren Zerg!“

Die Zerglinge waren jetzt auf hundert Meter herangekommen. Durch die Nähe des Stützpunkts waren sie nun aufgrund ihrer zahlenmäßigen Masse gezwungen, sich dichter zusammenzudrängen, bildeten einen beinahe massiven Teppich aus skarabäusartigen Heuschreckenwesen, die, so bildete Ardo sich jedenfalls ein, darauf aus waren, ihn persönlich zu verschlingen. Er schaltete sein Gewehr auf Automatik und bestrich die sich nähernde Horde, ohne einzelne der Kreaturen aufs Korn zu nehmen.

Er war so konzentriert, dass er das Verklingen des Donners der Minenexplosionen in der Ferne dahinter nicht einmal wahrnahm. Aber es erschreckte ihn, als es blitzartig wieder einsetzte, diesmal nur noch fünfhundert Meter entfernt. Sich auftürmende Säulen aus Rauch, Dreck und Gestein zerfetzten die voranstürmenden Zerg. Ihr ohrenbetäubendes Gebrüll zog sich um den ganzen Stützpunkt, als sie von allen Seiten gleichzeitig angriffen. Die Sonne wurde von Wogen der Vernichtung verdunkelt. Die Detonationen waren nun nicht mehr voneinander zu unterscheiden, verschmolzen zu einem scheinbar nicht enden wollenden dämonischen Brüllen.

Gestein und verkohltes Zergfleisch regneten auf den Bunker und den Boden dahinter herab. Ardo beharkte die Zerglinge, die jetzt nur noch ein paar Meter vom Bunker entfernt waren, weiterhin mit seinem Hagel aus Explosivgeschossen. Hinter ihnen wälzte sich die höllische Wand des Todes weiter auf ihn zu, ihr tobender Lärm ließ die Platten des Bunkers erzittern und drohte, ihn von den Beinen zu reißen. Die Wand aus Minenexplosionen war jetzt nur noch hundert Meter von seiner Position entfernt.

Ardo wusste, dass der Minengürtel achtzig Meter von seiner Position entfernt endete.

„Lieutenant! Sie brechen durch!"

„Rückzug! Rückzug, jetzt!"

Diesen Befehl brauchte Ardo nicht zweimal zu hören. Er packte Merdith am Arm und zog sie hastig von der Schießscharte fort. Er rief: „Wir müssen weg hier, *sofort!"*

Merdith trat rasch von der Luke zurück. Im selben Moment begannen sich die Panzerplatten über der Schießscharte nach oben hin abzuschälen.

Ein Zergling krabbelte durch die so entstandene Öffnung, landete auf dem Boden und sprang sofort auf Merdith zu.

Ardo schoss. Die Kreatur wurde mitten im Sprung davongewirbelt und explodierte über die Vorderwand des Bunkers.

„Rückzug!", schrie Ardo der jungen Frau zu. „Lauf!"

Das Letzte, was Ardo sah, als er die Luke hinter sich zuschlug, war eine Mauer aus Zerglingsbäuchen, die die Schießscharten bedeckte, als die Kreaturen nach oben zu der in die Wand gerissenen Öffnung kletterten.

KAPITEL 22

ABSCHIED

Der Lärm war überwältigend. Die Verteidigungs-Türme feuerten himmelwärts, spien ihren Inhalt in einem Inferno aus Flammen und Verheerung aus. Die Raketen mussten unmittelbar nach Verlassen ihrer Schutzhülsen explodieren, da ihre Ziele so nah waren und immer noch näher kamen.

Merdith rannte vor Ardo. Die staubige Strecke zwischen der Außenmauer und den inneren Bunkern war ein Schleier aus Asche, Rauch und verbrannten Zerg, die wie schwarzer Schnee vom Himmel fielen. Hier und da qualmten Säurespritzer am Boden. Ardo folgte der Frau so schnell, wie er konnte. Die Straße zwischen ihnen und dem inneren Bunkerkomplex war ihm noch nie so lang erschienen.

Ardo sprang sofort auf die Straße. Er schaute im Laufen nach oben. Die Verteidigungs-Türme über ihm waren von wiederholten Säurespritzern zernarbt, zwei davon bogen sich bereits unter ihrem Eigengewicht in den geschwächten Rahmen. Der Himmel dahinter war eine tosende Wand aus Flammen und Rauch, durch die aufgrund einer Laune des Chaos gelegentlich ein Fleckchen Himmel hervorblitzte.

Der Bunker befand sich vor ihm. Die Hauptluke stand offen. Darin, wie eingerahmt, stand jemand, der ihn zu sich winkte.

Dann hörte er es – ein Geräusch, das er schon kannte. Es war das donnernde Brüllen, das selbst den Lärm ihres eigenen verzweifelten Kampfes übertönte. Er sah auf.

Die Rettungs-Transporter! Sie kamen mit Vollschub heran. Die Schiffe der Söhne von Korhal flogen in geschwungenem Kurs durch die Luft, ihre flammenden Kondensstreifen senkten sich im Westen dem Starport von Mar Sara entgegen. Bald schon würden sie auf dem Boden aufsetzen – die Phase, in der sie am verwundbarsten waren, wenn die Schiffe versuchten, jeden zu evakuieren, der sie erreichen konnte.

Zeit. Sie brauchten mehr Zeit …

Plötzlich erwachten in den Schießscharten beiderseits der Bunkerluke Gaußgewehre ratternd zum Leben und rissen Ardo aus seinen Gedanken. Er sprang auf den Zugang zu. Hände packten ihn und zogen ihn hinein. Seine Füße waren kaum über die Schwelle, als sich die Luke auch schon schloss.

Ardo kam auf die Füße. Merdith feuerte durch eine der Schießscharten eine Salve ab. Bernelli hatte ihn hereingezogen, schrie ihm etwas Unverständliches zu und rammte dann sein Gewehr durch die zweite Anordnung von Schießscharten.

Ardo nahm rasch den Platz neben Bernelli ein, positionierte seine Waffe und blickte dann durch seine Zielvorrichtung in die Hölle.

Hydralisken ergossen sich über die Außenwand des Stützpunkts. Sie hatten so viele ihrer Art in die Minenfelder geschickt, bis nichts mehr übrig geblieben war, das explodieren konnte. Rings um den Komplex musste es Tausende von Toten gegeben haben, aber sie kamen unverändert. Jetzt glitten sie wie eine entsetzliche Welle über die Mauer und näherten sich dem Bunker in Scharen.

Auf dem Taktik-Kanal setzte sich der Funkverkehr fort.

„Xiang! Meldung!“

„Xiang ist tot, Lieutenant! Wir müssen hier raus! Ich kann sie nicht aufhalten!“

Bernelli schrie, feuerte unentwegt. Ardo fiel mit ein, der Lärm in seinen Ohren peitschte ihn auf, während er den Tod aus der Mündung seines Gewehrs jagte.

Immer noch versuchte die Welle dunklen Entsetzens über die Leichen ihrer eigenen Toten vorzustoßen. Aber jetzt gereichte den Angreifern das beengte Schlachtfeld zum Nachteil. Die Toten häuften sich vor ihnen, und sie kamen nicht näher an den Bunker heran.

„Melnikov! Hören Sie mich?“

Ardo warf ein Magazin aus, hielt den Abzug aber unverändert gedrückt, während er ein neues in den Schacht stieß. „Bin etwas beschäftigt hier, Lieutenant!“

„Wir kommen rein!“

„Was?!“

„Wir ziehen uns auf Ihre Position zurück!“

„Verstanden“, erwiderte Ardo grimmig. „Bernelli, halt sie zurück! Ich übernehme den Hintereingang!“

Ardo ging in den rückwärtigen Bereich des Bunkers. Durch die Schießscharten vermochte er das Fahrzeugfeld zu seiner Linken kaum zu sehen. Dahinter konnte er aber die zwei anderen Bunker beiderseits des Kommandozentrums ausmachen. Der linke Bunker war Xiangs gewesen, wimmelte jetzt aber von Hydralisken. Ardo konnte sehen, wie sie sich in die Plattierung fraßen und sie an den Nähten auseinander rissen, trotzdem der Bunker lichterloh brannte. *Auf Wiedersehen, Xiang,* dachte Ardo.

Auch am rechten Bunker machten sich Hydralisken zu schaffen, aber dort flackerte plötzlich ein grelles Licht auf.

Cutter, erkannte Ardo. Die Flammenflut aus der Plasmawaffe des Firebats kam immer näher. Ardo schob seine Waffe durch die Luke und nahm die Hydralisken unter Beschuss, die versuchten, seinen Bunker von der Flanke her anzugreifen, um an leichtere Beute heranzukommen. Im letzten Moment schlug Ardo mit der Hand auf den Schalter und öffnete den Hintereingang.

Breanne taumelte als Erste herein, wobei sie die verdammte Kiste und Bastler Jans mit sich schleppte. Gemeinsam stürzten sie schwer auf den Plattenboden. Cutter stand in der offenen Luke, sein Plasmafeuer erfasste mehrere wütende Hydralisken. Ein letzter Schuss, dann trat Cutter mit einem Schritt nach hinten durch die Öffnung. Sofort schloss Ardo die Luke.

Jetzt feuerten sie aus allen Schießscharten des Bunkers. Die toten Zerg türmten sich zu schimmernden Haufen.

Doch plötzlich stoppten die Zerg ihren Ansturm. Die Hydralisken zogen sich in die Schatten des inneren Stützpunktkomplexes zurück. Binnen weniger Augenblicke gab es keine Ziele mehr, auf die sie schießen konnten, und sie stellten das Feuer ein.

„Hey, was ist los?“, wollte Cutter wissen. „Geben sie auf?“

Lieutenant Breanne atmete schwer; Ardo wusste nicht, ob wegen des Adrenalins oder vor Erschöpfung. „Nein. Die geben *niemals* auf. Sie ziehen nur ihre Streitkräfte zusammen … sammeln ihre Stärke. Sobald sie bereit sind, werden sie hier hereinmarschieren und uns fertig machen.“

Bernelli lachte nervös. „Na ja, so lange wir nicht verlieren …“

„Wir verlieren bereits“, sagte Breanne, öffnete ihren Helm und fuhr sich mit den Fingern durch das kurz geschorene Haar. „Wenn sie sich erst einmal zum Zuschlagen entschieden haben, überdauern wir hier drin keine zehn Minuten. Ihr habt gesehen, wie diese Schiffe zur Landung auf Mar Sara ansetzten! Jetzt sind sie am Boden – fette Ziviltransporter, die Passagiere in sich hineinschaufeln. Sie stehen da wie auf dem Präsentierteller, und ich weiß, dass nicht einmal die Besten unter ihnen in weniger als vierzig Minuten wieder starten können. Einige werden noch länger brauchen."

„Und?" Bernelli zuckte die Achseln. „Diese Zergschnecken könnten diese Entfernung in einem halben Tag nicht zurücklegen, geschweige denn in einer Stunde."

„Das Krabbelzeug ist nicht das Problem", Merdith schüttelte den Kopf, „das Problem sind die, die fliegen können – die Mutalisken. Das Einzige, was sie hier hält, ist diese Kiste. Sobald sie zerstört ist, werden die Flugwesen Kurs auf den Starport nehmen, und all das hier wäre umsonst."

„Wir brauchen doch nur dreißig Minuten durchzuhalten", sagte Ardo. „Lausige dreißig Minuten."

„Sicher", höhnte Breanne. „Und wer verschafft uns diese dreißig Minuten?"

„Ich."

Sie drehten sich alle um.

Es war Bastler Jans.

„Ich tu's. Ich verschaffe euch dreißig Minuten", sagte der Techniker gelassen. „Aber dazu brauche ich eure Hilfe."

Bernelli sah durch die Schießscharte nach draußen. „Hey, ich glaube, sie rücken an!"

„Ihr müsst mir helfen, in ein SCV zu gelangen!", sagte Jans. „Und zwar schnell!"

Breanne überlegte kurz, dann traf sie ihre Entscheidung. „Cutter! Melnikov! Sie haben gehört, was der Mann gesagt hat! Schaffen Sie ihn in ein SCV!"

„Da draußen bewegt sich was, kein Zweifel!“, schrie Bernelli.

Ardo drückte den Schalter, die Luke öffnete sich. Mit grimmiger Miene sprang Cutter durch die Öffnung hinaus. Jans, der in seinem verdreckten Drillichzeug einen unsicheren und verletzlichen Eindruck machte, folgte ihm. Ardo schlüpfte hinter ihnen geduckt nach draußen und ließ seinen Kampfhelm zuschnappen; nicht, dass er glaubte, er könnte ihm viel helfen.

Der Boden war mit verstümmelten Kadavern von Zerg-Angreifern bedeckt. Es blieb keine Zeit zum Nachdenken. Sie rannten in Richtung des Fahrzeugfelds, stolperten über den rutschigen, schmierigen Boden.

Das nächste SCV zeichnete sich als Silhouette gegen die brennende Fabrik ab. Jans entriegelte die vordere Zustiegsluke, die sich mit einem befriedigenden hydraulischen Schmatzen öffnete.

„Mach schon! Mach schon!“, trieb Cutter ihn nervös zur Eile.

Jans kletterte über die Fußhalterungen nach oben und ließ sich rückwärts in die Steuerkabine sinken. Die Zustiegsluke begann sich reibungslos abzusenken.

„Da kommen sie!“, rief Breanne.

Ardo konnte sie sehen. Sie stürmten um die Fabrik herum, über die Stützpunktmauer, um das Kommandozentrum herum. Sie waren überall.

„Was machen wir *jetzt?“,* fragte Cutter den Techniker.

„Geht wieder rein! Schnell!“, antwortete Jans.

„Und dich sollen wir hier lassen?“ Ardo war erschüttert.

„Macht schon, und haltet sie mir so lange ihr könnt vom Hals!“

Ardo hatte keine Zeit zum Streiten. Er und Cutter rannten zurück zum Bunker. Er konnte das Tracer-Feuer, das aus den

Schießscharten in alle Richtungen ging, bereits sehen. Die Hydralisken ergossen sich über den Boden, drängten selbst auf den Bunker zu. Ihre hornigen Rückenschilde waren aufgerichtet, die panzerbrechenden Stacheln, die sie aus dem Rückgrat heraus verschossen, zur nächsten Attacke bereit.

Ardo zog sich in dem Augenblick in den Zugang zurück, als die Hydralisken angriffen. Die Stacheln jagten durch die offene Luke und schlitzten die äußere Schicht seines Kampfanzugs auf, als bestünde sie aus Baumwollstoff. Sengender Schmerz schoss in seinem Bein hoch; einer der Pfeile war ganz hindurchgegangen und steckte jetzt in einem Neostahlträger.

Cutter half ihm vom Boden hoch. „Bist du schon tot?"

Ardo zuckte zusammen, weigerte sich, sein Bein anzusehen. „Noch nicht ganz."

Beide bezogen sie jetzt selbst an Schießscharten Stellung und erwarteten mit Schrecken, was als Nächstes kommen mochte. Die Hülle des Bunkers dröhnte auf einmal unter dem Aufprall tausender panzerbrechender Pfeile. Es war ein tödlicher Hagel, der wiederholt gegen das metallene Äußere prasselte, und die säurebedeckten Stacheln scherten mit jedem Aufschlag ein Stück des Metallgehäuses ab.

„Tötet sie! Tötet sie alle, bevor sie zu uns durchdringen können!", tobte Breanne. Über ihnen beulte sich die Wandung schon nach unten, große Dellen drückten auf sie herab.

Verzweifelt durch die Luke feuernd sah Ardo, wie sich das SCV in Bewegung setzte.

Die Bewegung erregte kaum Aufmerksamkeit unter den Zerg. Die Kreaturen schienen dermaßen darauf fixiert zu sein, den Bunker zu erreichen, dass sie dieses einzelne Vehikel so gut wie nicht zur Kenntnis nahmen.

Wenn ich nur zu einem dieser Vulture-Bikes gelangen könnte, dachte Ardo wie benommen. *Dann könnte ich mich davonmachen ... ich könnte ...*

Er schüttelte den Kopf. Wer würde sterben, weil er lebte? *Wie viele* würden sterben, weil er davonrannte, obwohl sein Leben so viele andere retten konnte? Niemand würde je erfahren, wer er war oder warum er hier war. Keiner von jenen, denen er je etwas bedeutet hatte, würde von seinem Schicksal erfahren. Vielleicht würde Gott es erfahren. Ganz egal, was ihm die Konföderation über seine Person eingetrichtert hatte, Ardo wusste endlich, wer er war und dass er etwas Eigenes besaß, das er zu geben imstande war.

Das SCV rumpelte auf den Bunkerkomplex zu. Neben dem Bunker hatte Bastler einen Stapel Panzerplatten zurückgelassen. Ardo fragte sich mit einem Mal, ob der Techniker das Ganze von Anfang an so geplant hatte. Mit den gewaltigen Armen des SCV hob Jans eine Platte auf, musterte den Bunker, fand die schwächste Stelle und klatschte die Platte darauf. Mit einem der mechanischen Arme hielt er sie fest, während er den Plasmaschweißer des anderen aktivierte und dann die Hülle zu verstärken begann.

Die Zerg mussten erkannt haben, was Jans da tat. Mehrere Hydralisken schwenkten plötzlich auf das SCV zu.

Cutter und Ardo sahen es beide. Binnen eines Augenblicks änderten sie ihre Schussrichtung. „Wir sollen sie ihm vom Hals halten, hat er gesagt!“, knurrte Cutter schwitzend. „Und *wie* sollen wir das anstellen?“

Jans schuftete weiterhin wie wild rings um den Bunker herum, schweißte, verstärkte, ersetzte Platten so schnell er konnte. Die Marines hielten ihren tödlichen Beschuss der Invasoren aufrecht, mähten die Hydralisken reihenweise nieder, während diese vordrängten und ihrerseits schossen.

Die Schlacht tobte in einem quälenden Patt. Ardos Gewehr lag heiß geschossen in seinen gepanzerten Händen. Irgendwie schaffte es Jans, die Reparaturen so schnell vorzunehmen, wie die Hydralisken den Bunker beschädigten.

„Hey, ich glaube, es klappt!" Bernelli lachte. „Ich glaube –"

Die Hydralisken drängten heran.

„Nein!", brüllte Ardo.

Jans konnte in dem SCV nicht sehen, dass sie kamen. Mehrere Hydralisken hatten das Vehikel getroffen, es war übel beschädigt, funktionierte aber noch. Plötzlich hatte die Feindeswelle Jans erreicht. Sie fielen über das SCV her. Jans versuchte sie von der Hülle der Maschine abzuschütteln. Doch binnen weniger Augenblicke hatten sie ihn mitsamt des SCVs davon und außer Sichtweite der Schießscharten geschleift.

„Sie haben Jans!", schrie Cutter.

„Wenn wir ihn verlieren, sind wir erledigt!", schrie Breanne zurück.

Mit einem fürchterlichen Schrei hieb Cutter auf den Lukenschalter und stürmte hinaus.

Gewaltige Plasmafeuerwolken quollen vor den Schießscharten auf. Ardo konnte kaum erkennen, was draußen vorging. Dann erhaschte er einen Blick auf Cutter. Seine riesenhafte Gestalt stand vor dem Zugang und richtete ein ultraheißes Blutbad an.

Ardos Waffe verstummte plötzlich. Sofort warf er das Magazin aus und griff hinauf ins Regal nach dem nächsten.

Aber da war keines.

„Ich habe keine Munition mehr!", rief Ardo.

Breanne warf ihm einen weiteren Clip zu. „Genau zielen, Kleiner. Wir haben alle kaum noch Munition!"

Er rammte den Clip in die Waffe und wandte sich wieder der Luke zu.

Cutter war verschwunden.

Verzweifelt suchend schaute Ardo durch die Schlitze hinaus, konnte den großen Mann aber nirgendwo entdecken. „Bastler!“, rief er über den Tak-Komm-Kanal. „Wo ist Cutter?“

„Sie ... wahnsinnig ... sie sind überall! Kann nicht mehr ...“

Breanne wurde von der Schießscharte fort und nach hinten geschleudert. Ein einzelner Pfeil eines Hydralisken war durch die Öffnung gedrungen und hatte sich durch das Visier des Kampfanzugs des Lieutenants gebohrt. Damit nicht genug, fuhr er entsetzlicherweise auch noch durch ihren Kopf und nagelte ihren Kampfhelm an einen Neostahlträger. Lieutenant L. Z. Breanne hing da, immer noch auf den Beinen.

Ardo warf erst Bernelli, dann Merdith einen Blick zu. „Ich gehe raus und rette Jans. Er kann euch etwas Zeit verschaffen. Bernelli, hast du noch einen Clip übrig?“

„Ja“, seufzte er.

Ardo sah Merdith an. „Er wird sich um dich kümmern.“

Merdith nickte und wandte den Blick ab.

„Wir sehen uns auf der anderen Seite“, sagte Ardo zu den beiden, dann drehte er sich nach der hinteren Luke um.

„Hey, Soldatenjunge?“

Er wandte sich wieder Merdith zu.

„Bitte, Ardo!“, schluchzte sie. „Lass mich nicht allein!“

„Danke, Soldatenjunge.“

Ardo nickte, dann drückte er den Schalter.

Das Gaußgewehr reagierte unverzüglich auf seine trainierte Hand. Die Konföderation hatte ihn gut ausgebildet. Sein Streufeuer hielt die Hydralisken zurück und trieb sie auch von dem SCV weg. Als er dastand auf diesem dem Untergang geweihten Platz, kamen ihm seine Sinne überempfindlich vor. Die Welt ringsum war klarer, als sie es für ihn seit Jahren gewesen war, klarer vielleicht, als er sie jemals erlebt hatte. Er nahm alles in sich auf: den Schrecken um sich her, den er im Zaum hielt, den Rauch über dem Stützpunkt, der sich in der einsetzenden Dämmerung in Streifen verwandelt hatte. Die Geräusche. Die Gerüche. Alles schien ihm so lebendig.

Ardo war endlich er selbst. Er wusste, dass es etwas gab, das ihm nie genommen werden konnte: ein Sieg, der glorreicher und befriedigender war als alles, das man auf einem echten Schlachtfeld erleben konnte.

Als er seine letzte Munition verschossen hatte, schaute Ardo nach oben. Die Transporter, schwer von ihrer kostbaren Menschenfracht, flogen an diesem seinem schönsten Tag in den Sonnenuntergang. Hundert, vielleicht auch tausend Kaskaden aus donnernden Triebwerken stiegen himmelwärts. Sie würden nie erfahren, wer so hart für sie gekämpft hatte. Nie würden sie seinen Namen hören oder Lieder zu seinen Ehren singen. Nur er allein wusste von seinem Triumph.

Als sich die Dunkelheit über ihm schloss, lächelte Ardo ob seines letzten Gedankens: Die Kondensstreifen der fliehenden Schiffe waren ganz … golden.

ÜBER DEN AUTOR

Tracy Hickman ist *New York Times*-Bestsellerautor und am bekanntesten für seine *Dragonlance*-Romanserie, die er zusammen mit Margaret Weis schrieb. Tracy wurde 1955 in Salt Lake City, Utah, geboren. Heute lebt und schreibt er mit seiner Frau Laura im Süden von Utah.

kinohits zum Lesen!

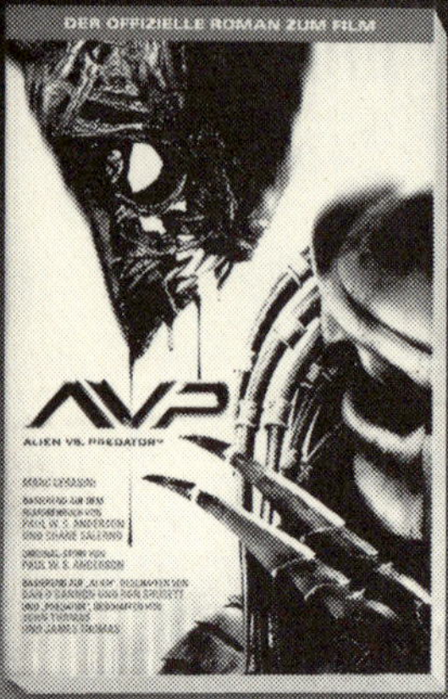

ALIEN VS. PREDATOR: Wer auch immer gewinnt ... wir verlieren.

ISBN 3-8332-1145-8

DAWN OF THE DEAD
Der Original-Roman zum Zombie-Kultfilm

ISBN 3-8332-1115-6

BLADE: TRINITY
Der Daywalker ist zurück

ISBN 3-8332-1146-6

IM BUCHHANDEL

FESTA SF
LICHT AUS EINER NEUEN WELT
DAN SIMMONS
Stephen King
Welten und Zeit genug
Gewinner des Hugo-Award!
Die Neanderthal Parallaxe
Robert J. Sawyer
ENDERS SCHATTEN
Der New York Times - Bestseller
ORSON SCOTT CARD
je 9,90 Euro (D)
www.Festa-Verlag.de